Fabrice Causapé

FONDAMENTALEMENT DÉTESTABLE

Illustration de couverture : Mel Underskin
Correction et mise en page : 2LI (www.2LI.fr)
ISBN : 978-2-9571432-0-7
Dépôt légal : mars 2020

Nous aimerions dire que nous pouvons identifier ces personnes dangereuses.
Le plus effrayant, c'est que les identifier est impossible.
Les gens ignorent qu'il y a parmi eux des tueurs potentiels.
Comment vivre dans une société où les gens qu'on aime, avec lesquels on vit,
on travaille ou qu'on admire peuvent du jour au lendemain
s'avérer être les plus diaboliques qui soient ?

Ted Bundy —

Chères lectrices, chers lecteurs,

En humaniste déçu, je m'adresse aux personnes pavées de bonnes intentions, jeunes ou adultes, afin de leur tendre un miroir. Exhiber le monde, la société et les relations humaines telles qu'elles sont et non telles qu'elles nous sont habituellement présentées de manière édulcorée.

Mon écriture a pour ambition d'être un électrochoc. Son but est de provoquer des émotions tant au travers des sourires que des larmes et de réveiller les consciences.

J'apprécie décortiquer la psychologie d'un quidam qui franchit la ligne rouge sans retour en arrière possible.

Dans ce roman, vous suivrez Vincent qui, en se réveillant d'un léger coma, suite à une agression, redécouvre d'un œil neuf le monde dans lequel il évoluait.

Ce constat l'incite à bouleverser son existence et à reprendre en main tant sa culture que sa musculature.

Et c'est lors d'une errance nocturne qu'il croise le chemin d'un de ses agresseurs…

En vous souhaitant une agréable lecture,

Sincèrement,
Fabrice.

ACICULARIS

Sur une vieille branche dénudée, semblable au bras malingre d'un paralytique, un jeune bourgeon point timidement, sorte d'herpès verdâtre sur une peau rugueuse, sa progression est cruellement inhibée par ces dernières gelées. La journée déploie de puissants rayons réchauffant fermement l'air printanier. Celui-ci profite à la pousse qui en peu de jours débourre, offrant à la vue des plus attentifs des prémices d'ombrages estivaux. De ce grotesque cocon se tient avec majesté sur une fragile tige. Il arbore une couleur vive et éphémère, constituant infime de la robe du séculaire végétal ligneux. La feuille parade. Sa forme plane, emplie de chlorophylle, balance avec négligence sous les affres du vent qui ternit lentement ce vert chatoyant. À peine née, la voici déjà blême et vieillie. La robe à laquelle elle appartient se mue progressivement en linceul inquiétant, présage de sa proche décadence. Cette tige, jadis porteuse de vie, se métamorphose ainsi en fétu. Le ballottement devient vacillement. Le mince rattachement ne résiste pas à cette faible rafale, qui plonge la feuille dans les airs. Lente chute de l'organisme éphémère. Ainsi s'engage sa lente tombée vers le néant, seulement annoncée par un faible craquement.

Sous un pneu, le végétal nécrosé, aspiré, effectue un dernier tour. Sur sa fragile texture comprimée se dessinent les larges sculptures de la gomme. Avant même sa réception, la voilà suppliciée par un mouvement circulaire. Il s'agit d'une roue, d'un véhicule, type berline, qui s'élance avec modération au sein d'une des multiples ramifications du cœur de l'agglomération. Suivie de trop près par un utilitaire. Un feu de signalisation les contraint de s'arrêter, le pare-chocs de l'artisan en profite pour caresser lubriquement celui du véhicule précédent. Le changement de couleur autorise de nouveau la circulation.

Soudain, une assourdissante pétarade s'élance à toute trombe du carrefour sectionnant l'artère routière. C'est une détonation de tôle accompagnée d'un tintement de verre qui met fin à ce vacarme, suivi de plusieurs crissements de pneus. Un instant d'immobilité offre un furtif répit à cette rue rarement tranquille. Des faciès hébétés tentent de part et d'autre de trouver une explication rationnelle à ce désordre. Désordre de tôle, désordre de corps, désordre humain. Sur le capot de la berline, sérieusement enfoncée sur le côté gauche, gît une carcasse s'apparentant à un scooter. À seulement quelques mètres, le motard est lamentablement étalé sur le bitume. Au milieu de la voie carrossable, une voiture stationne maladroitement en travers.

La seconde de silence prend fin à l'instant même où les cordes vocales de l'homme casqué vibrent sa douleur. Et aussitôt, la quasi-intégralité de la rue s'affaire autour du carambolage jusqu'à l'arrivée des secours, qui apaiseront cette vaine confusion de leur hypocrite bravoure rétribuée. Ensuite, se traînant paresseusement, les forces de l'ordre apparaissent, en vue de rétablir une partielle circulation. Enfin, plusieurs dépanneuses remorquent les fatras de tôle tout en se frottant les mains avec indécence.

Le soir entame l'usurpation d'une de ces courtes journées automnales, en obscurcissant temporairement la rue d'où, sans tarder, de nombreux lampadaires s'illuminent afin que des quidams puissent, une fois le soleil couché, déambuler sans aucune crainte. Ils ne doivent sans doute même pas remarquer les débris, unique témoignage de la contingence diurne. Non, ils ne remarquent pas…

Ce vieil homme, qui se fait traîner par son chien qui renifle dans chaque recoin, est bien trop occupé à clabauder après ce dernier, qui ne semble pas perturbé par la tentative d'autorité de son maître. Et cette femme qui le croise, le visage maculé d'une lumière bleue, fendu d'un crédule sourire peinturluré ! D'ailleurs, ses longues jambes qui se perdent dans d'inesthétiques talons aiguilles, n'expriment que l'urgence. Derrière la silhouette hâtive, deux pieds chaussés de docks en cuir recouverts d'un pantalon noir, lui-même partiellement dissimulé par un trois quarts du même ton. Une écharpe ceint droitement le cou, soulignant un visage plein de morgue.

« … en somme, je suis un humaniste déçu… Tiens ! Des fragments de phares. Ces foutus animaux sont incapables de conduire prudemment. Toujours précipités par une vie s'apparentant plus à une colique lancinante. J'espère au moins qu'il y a eu un mort. Cela raviverait leur méprisable crainte du trépas et ainsi ils apprendraient à conduire calmement. Oui, belle utopie… »

Je marche comme chaque soir, dans les rues fades de ma ville, afin d'aérer mon cerveau de la pléthore d'inutilités le polluant. J'aime me détacher de mon enveloppe corporelle, de mon esprit, et n'être plus qu'une pensée industrieuse, repousser toujours plus ma capacité à raisonner, digérer l'enseignement de mes honorables maîtres. Je ne veux plus me mêler à la bassesse de mes congénères, êtres primitifs et pulsionnels, méprisables parasites, dont la prétention est sans égale. Humains se revendiquent-ils, afin de se différencier des autres mammifères… mais ce ne sont que des vains.

Subitement, mon regard se focalise sur une forme. Un homme accoutré ridiculement, une casquette sur son crâne vide. Ce faciès ingrat ne m'est pas vraiment inconnu… on dirait que c'est lui ! Cette allure bovine… oui, c'est bien lui !

C'est ainsi que tout commença. C'est ainsi que tout s'acheva…

ACICULARIS II

Tout commença lorsque Mathilde quitta mon appartement. Ma mémoire rejoue ce succédané de tragédie. Son corps écrasé par de pesantes valises, son regard humide, soutenu par d'oiseuses paroles exprimant l'incompréhension la plus totale, espérant jusqu'à la dernière seconde qu'il s'agisse d'une douteuse plaisanterie…

Non, tout commença à l'instant où mon crâne percuta rudement ce trottoir, quand cette cloche osseuse résonna… raisonna… dans l'intégralité de mon âme, dont chaque vibration détacha la crasse amassée depuis vingt-neuf années.

Non, tout commença par ma première naissance. Oui, c'est ainsi que tout commença.

Comment résumer ma première vie ? À vrai dire, à sa simple évocation, un relent de haine enflamme ma gorge. Je suis né dans une famille ordinaire (classe moyenne), dans une petite ville peuplée d'habitants moyens. Un père cadre, une mère infirmière. Avant moi, mes parents commirent l'infamie de procréer un frère. Tout en me martyrisant et en m'humiliant durant toute mon enfance, il m'aura appris les joies de la collectivité et donc du partage.

De la maternelle au collège, j'étais un élève médiocre, relativement effacé. Des amis ? J'en avais parce qu'il fallait en avoir, plus par instinct de conservation que par réelle volonté. J'en gardais quelques-uns, d'autres ont disparu de ma vie pour d'obscures raisons. Avant l'obtention de mon brevet, on me questionna à propos de mon avenir. Quelles aspirations peut-on avoir à quatorze ans à part l'assouvissement de désirs immédiats ? Sans véritable consultation et appuyé par la bénédiction de mes géniteurs qui choisirent la simplicité, j'ai été placé dans une section industrielle, étrangement située dans l'enceinte du lycée de la ville où nous résidions. Évidemment, mon intérêt pour ces matières frôlait le nul. Néanmoins, je me laissais porter par la vague des années, le tourbillon des devoirs et le bouillonnement de mes capacités atténuées. Je suis pourtant parvenu, dès la deuxième tentative, à obtenir mon examen. Familiarisé avec cette discipline industrielle, je poursuivis dans cette branche jusqu'en études supérieures. Deux années plus tard, un papier cartonné en provenance de l'académie m'informait de mon statut de technicien supérieur. J'aurais pu continuer mes études. Cependant, il fallait se déplacer, trouver un appartement, cuisiner, nettoyer… non, j'étais à l'époque incapable d'accomplir ce peu de responsabilités.

Mon père considérant avoir suffisamment contribué à mon éducation se démena pour m'obtenir un emploi au sein d'une grande entreprise aéronautique. Son investissement détonnait avec mon désintérêt probant. « Il y a de l'avenir dans l'aéronautique ! » disait-il, plus pour se rassurer que pour me convaincre. Je dus honorer les fonctions d'inspecteur Qualité Réception. Honorer, j'exagère. Effectuer conviendrait, car je n'effectuais mes fonctions qu'avec un semblant d'intérêt. En plus, je dus prendre un appartement, cuisiner, nettoyer…

Je n'échappais donc pas à mon destin. Bref, j'étais un être passif, hétéronome, insignifiant.

ACICULARIS III

Insignifiant oui, mais également une victime. Victime depuis mon enfance, constamment écrasée par un père me considérant inapte à tout. En effet, il m'inscrivit à toutes sortes de sports afin de « me former », de « m'arracher des jupons de ma mère », de « devenir un homme ». Toutefois, comment s'investir au sein de sports ennuyeux et pratiqués avec des enfants tous plus abrutis et méchants les uns que les autres ? Après trois ou quatre disciplines différentes, la flagrance de ma défectuosité lui apparut comme un profond échec. Alors, il me libéra de ses lubies et me laissa retrouver les « fameux jupons de ma mère », tandis que mon frère aîné brillait au football.

Certes, j'étais très attaché à ma mère… néanmoins, mon avidité à rester dans la maison familiale se justifiait surtout par la présence d'une console. Seuls les jeux vidéo me grisaient. Je pouvais y passer des heures, des journées, sans en éprouver un soupçon de lassitude. Bien évidemment, ce plaisir demeurait éphémère puisqu'au retour de mon frère, je devais la lui céder. Oui, mon frère faisait du sport et cela lui conférait pléthore de droits aux yeux de mes parents. D'ailleurs, ce tortionnaire aimait bien me rappeler sa supériorité, en me frappant et me dénigrant à longueur de journée, souvent loin des autorités, parfois avec la complicité de mon père.

J'écumais auprès de ma mère, rarement disponible, partagée entre les tâches ménagères, son emploi, son mari… La couverture de mon lit, unique objet de réconfort, accueillait ma frustration en dessinant des auréoles lacrymales sombres. Il faut bien relativiser, je n'ai pas été battu, ni violé. Seulement humilié par deux parfaits connards. De ce fait, j'ai choisi la docilité en vue d'obtenir un minimum de tranquillité. Malheureusement, ce statut se généralisa dans mes relations sociales où je me voyais dans l'impossibilité de me positionner dans un rapport de force.

Victime, je fus. Victime de l'écrasante pression sociale qui me priva de ma propre personnalité, m'obligeant à être ce que voulaient mes bourreaux : ma famille, mes amis, mes petites amies, vous, moi. Cette cruelle machine broie l'homme non conforme, défini d'après des normes obscures, élaborées par des entités abstraites, pourtant largement alimentées et diffusées, dont le non-respect provoque l'isolement, la solitude, le rejet, l'oubli : l'équanimité finalement. Cela, je l'appris bien plus tard.

ACICULARIS IV

Sur mon lieu de travail, je subissais l'angoisse d'échouer, de perdre mon premier emploi, de revenir chez mes parents sous les accablements paternels, probablement soutenus par les railleries fraternelles. D'ailleurs, cela parasitait mes compétences, ma compréhension était lente, laborieuse, on devait me répéter les instructions plusieurs fois. Alors, je me convainquis de mon inaptitude. Et lorsqu'on s'adressait à moi, j'atteignais le comble du grotesque. Ma locution devenait hésitante, hachée, je ne trouvais plus mes mots, mon corps s'enflammait, je suais à grosses gouttes.

Bien entendu, les choses s'arrangèrent et avec le temps, je me détendis. Seulement, une sourde angoisse résidait dans mon esprit et me faisait accepter toutes sortes de contraintes qu'un salarié sensé aurait, à la longue, refusées : des multitudes d'heures supplémentaires rarement dédommagées, des astreintes les week-ends et tant d'autres avantages désagréables.

Quant à mes collègues… à vrai dire, cette simple dénomination n'a pas évolué d'un iota. Je ne leur parlais qu'uniquement quand ils m'abordaient… le plus souvent pour me demander de la monnaie, voire me tourner en dérision afin de vaincre leur ennui, ce qui ne me troublait pas, car je n'éprouvais aucune considération envers ces individus. J'étais à des années-lumière de leurs vies, certainement à cause de l'âge. En effet, ils oscillaient entre la trentaine et la quarantaine, période où, selon toutes apparences, les seules préoccupations sont des divorces, au mieux des mariages qui dépériront, des constructions de maisons, l'acquisition d'un nouveau véhicule ou la frigidité de leurs femmes. Néanmoins, ces hommes, auxquels j'aurais sans doute ressemblé au même âge, compensaient cette dernière frustration en commentant trivialement les rares femelles présentes dans l'entreprise… exception faite de notre chef de service. Je ne pouvais que me sentir à mille lieues de tout cela. Moi, je vivais depuis peu avec Mathilde dans un nouvel appartement, largement financé par mes revenus puisqu'elle était encore étudiante.

Nos occupations… enfin, ses occupations étaient simples : elle se contentait de muser devant la télévision, ou au mieux de bouger sa frêle masse corporelle afin de remplir le frigo. Parfois, lors de jours exceptionnels comme la célébration d'une année de plus de paresse amoureuse, nous nous rendions au restaurant et finissions la soirée au cinéma dont la toile ne reflétait rien d'autre que la médiocrité de nos existences. Ce rythme ne me convenait nullement, pourtant mes intentions étaient seulement velléités. En vue de pallier ma langueur, je passais le plus de temps possible à jouer en ligne et apparemment, cela ne la gênait pas plus que cela.

Notre vie sexuelle… oui, c'était une des particularités pour laquelle je souhaitais la quitter. En effet, Mathilde possédait peu de désir et je me retrouvais souvent frustré près de cet être glacial, la haïssant alors sincèrement. Mais j'étais trop couard pour lui reprocher quoi que ce soit, car je savais comment la conversation se terminerait : une crise d'hystérie, un visage vermeil humidifié de larmes, donc je me taisais et me branlais devant des sites de cul… pauvre hère.

Nos relations sociales n'étaient pas plus glorieuses et se constituaient pour la majorité de ses relations amicales, les miennes étant trop futiles d'après elle. Niveau futilité, j'étais servi. Des couples roucoulant, se nommant ridiculement et ayant comme unique projet la concrétisation matérialiste de notre société : voiture, maison, enfants. Voilà ce qui nous tenait lieu de compagnie… mes parties informatiques relevaient de bien plus d'intérêt.

Enfin, je fais des raccourcis concernant ma tyrannique petite amie. Elle n'est pas restée étudiante tout au long de notre vie de couple, seulement les deux premières années. Ensuite, elle acquit les compétences de secrétaire de direction dont elle remplit les fonctions aussitôt. Et puis tout de même, nous ne passions pas notre temps dans l'appartement. Parfois, nous partions en week-end dans une ville inconnue. Pour quelle raison ? Je ne détiens toujours pas la réponse. Mathilde paraissait passionnée par notre patrimoine. Alors, mon âme de laquais la suivait sans rechigner. De manière plus microcosmique, la jeune femme appréciait les magasins de prêt-à-porter où je désespérais qu'elle trouve ne serait-ce qu'un vêtement, tant sa nature indécise la dominait. Bon gré, mal gré, son physique galbé lui permettait de choisir à peu de choses près l'ensemble des habits agencé sur cintres. Afin de dédommager ces heures infinies de patience, nous terminions l'après-midi au sein de boutiques masculines, en quel lieu ses goûts me vêtirent. Heureusement, les sorties en boîte de nuit ne l'intéressaient plus.

Oui, nous nous sommes rencontrés dans ce genre de lieu… Comme à mon habitude, j'avais abordé un groupe de femmes pour mes amis et l'une d'entre elles s'était focalisée sur moi. Nous avions discuté longtemps sur une banquette avant de nous mouvoir ridiculement sur la piste. À ce stade-là, l'alcool avait noyé mes perceptions et plus particulièrement ma perception du ridicule… un baiser en fin de soirée, les numéros de portables échangés, une invitation au restaurant la semaine suivante, des préliminaires, une invitation en vue de confirmer ses talents culinaires, un rapport sexuel, suivi d'autres, des week-ends chez moi, chez elle, débouchant sur une installation dans ma demeure.

La solitude en couple, la complaisance dans la médiocrité, l'inactivité, l'anéantissement de l'ensemble des libertés et de la volonté, la servilité, le masochisme, voilà les mots justes avec lesquels les dictionnaires devraient, en toute cohérence, définir le couple.

Un jour, durant nos courses, une personne m'apostropha. J'eus beaucoup de mal à la reconnaître jusqu'à ce qu'il se présente. Il s'agissait d'un ancien camarade de classe. Il me résuma rapidement sa vie et ses fonctions professionnelles pendant que ma compagne soupirait de manière ostentatoire.

Étrangement, je fus ravi de cette rencontre. J'avais de nombreuses affinités à l'époque avec lui, alors j'acceptai son invitation prochaine à son appartement. De plus, il n'habitait pas très loin de chez moi, je m'y rendis donc à pied après avoir essuyé une quantité considérable de reproches de la part de ma colocataire, qui ne daigna pas honorer la soirée de sa présence et tenta de me faire culpabiliser afin que je change d'avis. Peut-être avait-elle pressenti combien cette soirée modifierait de manière irréfragable le restant de mes jours ?

ACICULARIS V

Je me souviens avoir marché d'un pas léger, les mâchoires contractées par la bonne humeur, les mains dans les poches et la tête droite. Ce contentement était-il dû à ma sortie ou à ma résistance ? Je ne suis plus vraiment sûr. Probablement un peu des deux… car je ne sortais seul et ne résistais à Mathilde que très rarement. J'étais donc heureux dans ma dimension formatée, dans mon monde conceptualisé. Une dizaine de minutes me séparait du lieu de résidence de Clément. Des trottoirs, des rues, des lampadaires, des personnes et l'interphone au bas de son immeuble où je sonnai.

Il m'accueillit avec un verre de whisky, puis un second accompagna nos souvenirs communs et nous mangeâmes enfin tout en poursuivant. Lui avait continué ses études deux années de plus, ce qui lui offrait un emploi aux activités de toute évidence passionnantes et légitimement rémunérées. Cette constatation leva un léger regret dans mon esprit, aussitôt noyé par une gorgée de vin rouge. Ma joie influençait mes propos, ainsi je narrai ma vie d'une couleur nettement plus enthousiasmante que ma réelle appréciation. Je n'allais tout de même pas lui révéler que j'étais un pauvre type.

Ce moment hautement agréable se conclut par un joint, substance non usitée depuis l'obtention de mon diplôme. Forcément, l'effet anesthésia mon cerveau, cerna mes yeux, contracta mes lèvres en un sourire niais, tempéré de bouffées euphoriques. Minuit s'afficha sur son horloge digitale. Étant en semaine et des salariés responsables, nous nous quittâmes sur des promesses de renouvellement. Alors, je repris ma marche dans le sens contraire, le pas lourd, les mâchoires molles par l'étourdissement, les mains toujours dans les poches et la tête baissée.

La tranquillité de la rue, inhérente à sa désertion, déroula son agréable chemin. Mon cerveau ajourné de la multitude de contrariétés habituelles m'offrait un moment de délassement. Une cigarette divertissait ma vision de son halo rubescent à chaque bouffée. J'étais donc béat dans mon application de la notion de satisfaction : bonheur, réjouissance. J'aurais pu encore dérouler une quantité non négligeable de synonymes pour définir cette notion inculquée depuis des millénaires dont très peu d'hommes parvinrent à se libérer en vue d'atteindre la pleine lucidité. Cet exemple est flagrant dans l'usage de ces foutaises : les perceptions doivent être altérées. Altérées par des substances, par des convictions ou simplement par une éducation afin d'être un tant soit peu saisissable. Cependant, ma marche ne s'acheva point dans la présente contemplation. Tout est éphémère, d'autant plus les moments agréables. À environ cinq cents mètres de chez moi, je passai devant un couple d'hommes à l'apparence véreuse et troublant ce vaste vide vivifiant. Toutefois, je ne me méfiai pas et poursuivis. Inopinément, ils se jetèrent sur moi, me rouèrent de coups de pied avant de me traîner à proximité d'un jardin public adjacent.

Assis sur mon séant, les paumes en appui sur le sol, j'étais sonné, désorienté, je ne comprenais absolument pas ce qui m'arrivait. Mon corps trépidait, ma respiration pantelait, mes yeux hagards les braquaient. Ces deux hommes s'adressaient à moi, seulement mes oreilles n'entendaient aucun son. Un coup de pied dans le thorax me libéra de cette surdité spontanée :

— Balance tes thunes, fils de pute ! Sors-toi le doigt ! Allez ! vociféra le premier, tandis que son acolyte me fixait d'un air menaçant.

Mes doigts palpaient à l'aveuglette la poche intérieure de mon blouson. Trop lentement au goût de l'agresseur qui brandit un couteau à cran d'arrêt, afin de me presser, et provoqua l'effet inverse. Après un temps infini, je parvins à me munir difficilement de ce si courtisé portefeuille, mais je le fis tomber. Lorsque je voulus le ramasser, son pied droit s'écrasa douloureusement sur ma main, suivi du gauche qui molesta mon visage. Un goût âpre et ferreux satura à la fois mon nez et ma gorge sous un râle animal.

— C'est tout, connard ? Putain, tu te fous vraiment de ma gueule !

Je le suppliai, promettant n'avoir rien de plus. Des larmes inondèrent mes yeux. Oui, je pleurai tel un enfant, telle une victime, faible et ténue. Une sensation fraîche cribla mon cou de frissons, la lame sous ma gorge. Mes protestations s'intensifièrent au rythme de mes sanglots.

— T'as bien un portable, hein ? Tu veux que je te saigne comme un porc ? Alors, donne !

Je suais à grosses gouttes et tentai de nouveau l'exploration obscure de mon blouson. Exaspéré par ma lenteur, il m'arracha littéralement l'habit, dans un craquement de couture tant le mouvement fut violent, et fendit mon arcade sous son poing.

Je ne savourai pas ce coup, mon cerveau alerte – ou plus exactement mon instinct de conservation – s'avisa de l'inattention de mon assaillant. Il parlait activement à son complice. Ce constat m'emplit d'énergie et, dans une impulsion inédite, je me ruai en direction de la route. Une seule chose comptait à cet instant, courir. Courir malgré les cris derrière moi, courir malgré le couteau pointé en ma direction, courir pour survivre. Je traversai la route sans m'enquérir de la présence d'une hypothétique voiture et fusai vers l'autre rive. Jusqu'à ce que l'on tacle ma progression.

Je sens encore mon corps s'élever dans ce simulacre d'apesanteur, d'absence de temps, mes jambes s'allonger dans le néant, mes bras tentant de protéger la réception, la pause dans cet infini instant en station horizontale. Mon crâne résonna finalement dans un vacarme insensé sur le bord du trottoir. Ensuite ? Les ténèbres.

C'est ainsi que tout commença. C'est ainsi que tout s'acheva.

ACICULARIS VI

Une puissante pression dans le crâne me réveilla. Trace certaine d'une douleur endormie cliniquement. Mes paupières étaient lourdes, les ouvrir requérait un véritable effort. Par contre, mon appareil auditif m'accablait d'un désagréable remue-ménage. Un étau serra ma main droite. Une haleine fétide, un mélange de tabac et café, satura mon olfaction. Un tel dégoût ne put qu'accélérer mon mouvement et la lumière fut, pâle, aveuglante, irritante, s'estompant peu à peu pour former deux silhouettes humaines, deux femmes, une infirmière et Mathilde.

La garde-malade me posa une multitude de questions à laquelle je ne répondis pas. Mon regard se focalisait sur celui de ma compagne. Il était saisissant, empli d'inquiétude et de soulagement. Avec le recul, je pense qu'il introduisait le dernier que je croiserais d'elle.

Elle m'adressa un sourire que mon visage figé ne lui rendit pas. Je préférais contempler sa face aux traits actualisés. Étrangement, sa figure ne m'était jamais apparue de la sorte ou du moins ne l'avais-je jamais étudié avec rigueur. Je découvris son large front exempt de plissure s'achevant sur deux sourcils similairement modelés. Il dominait une paire d'yeux homogène aux nuances bleues, vertes, scindée par un nez droit harmonieusement proportionné. Sa bouche aux lèvres charnues était d'un rosé naturel, preuve de sa vitalité.

Une question me ravit à ma rêverie tout en m'assénant un coup de marteau sur le cerveau. Elle concernait les circonstances de mon agression. Sur l'instant, je ne possédais qu'une vague sensation de fuite dans les tréfonds de ma boîte crânienne.

Le tout me revint quelques heures suivant mon réveil lorsque deux agents de police m'interrogèrent. Je me sentais las et leur présence me gênait plus qu'elle ne me rassurait. Je donnai l'ensemble des indications à ma disposition, c'est-à-dire pas grand-chose : des visages altérés par l'obscurité et des vêtements aux couleurs sombres. Mes réponses semblèrent les satisfaire. Avant de partir, ils m'informèrent des événements post-traumatiques. Malgré l'abandon de mon corps inerte sur les lieux, je ne détenais aucune souvenance.

Apparemment, un véhicule aurait chassé les deux individus postés autour de mon enveloppe inanimée. Le conducteur ne put les identifier puisque son héroïsme le rua auprès de la victime. Je saignais beaucoup. Le sang s'écoulait par les cavités naturelles les plus proches du cerveau : le nez et les oreilles, me précisa Mathilde après leur départ. S'ensuivirent deux jours de coma. Elle s'était beaucoup inquiétée, d'après ses dires. Alors, pour donner un sens à son sacrifice, je lui exprimai ma reconnaissance, en la remerciant d'une tonalité terriblement fausse.

Fausse, en effet. Je ressentais un profond changement au sein de ma personnalité. Une indifférence totale. Un besoin intense de solitude. Toujours en me maintenant la main, elle m'informa de la gravité de mon traumatisme crânien. Cela pouvait provoquer des troubles de l'humeur, de la mémoire, du sommeil et de la vue. Je ne savais quoi en penser, trop d'interrogations et de souvenirs submergeaient mon esprit affaibli. De fait, je sombrai sans aucune considération pour Mathilde.

Mon sommeil rejoua mon agression de manière grossière. La scène se situait dans le jardin de mes parents, en plein jour, les hommes étaient de taille plus importante, détenaient un faciès étrange, limite monstrueux, et leur locution s'apparentait à des cris d'animaux. Derrière eux ricanait ma compagne entourée de mon père et de mon frère qui se divertissaient de mon supplice.

Je me réveillai dans l'obscurité, complètement désorienté, le souffle court, la tête dolente. En vue d'y pallier, je bipai l'infirmière de nuit qui me prescrivit de quoi assurer sa tranquillité. Tranquillité évidente, car je sombrai aussitôt.

ACICULARIS VII

Je me réveillai en douceur durant la matinée. Mon cerveau m'offrait un temps de répit influant fortement sur mon humeur. Je contemplai la pièce, cette intense blancheur simulait l'éclat de lumière d'une journée d'été, une suave sensation de pureté. Je scrutai chaque recoin comme si je voulais l'imprégner dans mes souvenirs. Je me fixai enfin sur la perfusion, aiguille insérée dans l'une de mes veines, remontant vers un doseur d'où des gouttes chutaient avec somnolence, provoquant une légère ondulation à la surface du liquide sirupeux et provenant d'une épaisse poche translucide. L'écoulement de celle-ci me fascina réellement, je ne sais combien de minutes elle m'hypnotisa.

Je compris qu'un événement très particulier venait de se produire. Cet événement était un éveil, la conscience.

Jusqu'alors, je n'avais été qu'un être. À présent, j'étais plus et moins que cela.

Puisque le calme demeure une notion temporaire, le médecin apparut dans la chambre. Il s'enquit de mon état, me confirma qu'un traumatisme crânien n'était pas anodin, pour finalement reproduire les paroles de Mathilde concernant les possibles séquelles. Avant de me quitter, il me proposa… enfin, il m'imposa la consultation d'un psychiatre. Je cherchai l'intérêt, car je me sentais très bien… du moins jusqu'à qu'il pénètre dans la chambre. Comme un malheur n'arrive jamais seul, ma dévouée maîtresse entra, ce qui accéléra le départ du premier visiteur. Elle m'embrassa en guise de salutation. Ensuite, elle m'enlaça tout en susurrant des stupidités dans mon oreille. Cet acte finit de ruiner mon état d'esprit. Je me dégageai sans ménagement. Néanmoins, cela ne la troubla pas. Son sourire agaçant ne s'effaça pas de son visage.

Étant donné que je ne parlais pas, ma compagne me submergea de questions. Afin de stopper ses piaillements, j'abordai le sujet du psychiatre.

— C'est une excellente idée, chouchou ! Tu sais, après ce que t'as vécu, il faut que tu évacues ce traumatisme.

Je n'en étais pas aussi sûr, mon unique souvenir de la psychologie/psychiatrie datait de l'enfance. Ma mère, probablement appuyée de son mari, consulta une psychologue, jugeant étranges mon désintérêt du sport et mon fanatisme pour les jeux vidéo. La première séance ne me laissa pas grande trace. Par contre, la seconde s'acheva sur des sanglots. Depuis, mon sentiment envers ce corps médical est mitigé. D'ailleurs, le psychiatre débarqua sans frapper en congédiant Mathilde. Décidément, personne ne tenait à mon repos ce jour-là !

Il insista pour me faire revivre l'agression… ce dont je me serais bien passé. Cela évoqua des sensations étranges au sein de mon organisme. Je suais. Le stress tyrannisait ma peau en frissons. Mes mains tressaillaient. Bref, rien d'agréable. L'homme conclut l'entretien par la promesse d'une prochaine visite, mais cette fois à son bureau puisqu'il m'annonça par là même ma sortie. Pourtant, la nouvelle ne me provoqua pas un quelconque émoi. C'est surtout sa prescription d'anxiolytiques qui m'incommodait, bien que je n'aie mon mot à dire.

Une semaine après mon entrée à l'hôpital, et une visite anecdotique de ma mère affolée, on me libéra sous les sempiternelles recommandations du docteur et des infirmières : repos et calme. Déjà, les premiers pas dans la rue constituaient une contre-indication tant je l'estimais bruyante. Je pris sur moi afin de ne pas exploser de rage, car une haine s'épaississait dans ma poitrine chaque fois qu'une personne frôlait une partie de mon corps. Compte tenu de l'importante multitude de sorties ce samedi après-midi, j'aurais sans grand mal pu m'initier à l'homicide tant cette masse m'apparaissait hideuse et hostile.

Le trajet me parut éternel. Je commençai à reprocher à Mathilde de ne pas avoir pris la voiture. Elle répliqua abruptement qu'un bol d'air ne me serait pas néfaste d'après l'avis médical. En vue de ne pas provoquer de conflit, je me concentrai sur la rue. Je me sentis aussitôt anxieux. J'avais peur… je craignais que derrière chaque badaud soit dissimulé l'un de mes agresseurs…

Je me repris en relevant la tête. Je découvris des pans de bâtiments, encombrés parcimonieusement de balcons aléatoirement décorés de fleurs ou saturés d'immondices, sorte de débarras. Cette rue ne m'était pas inconnue, toutefois je n'avais jamais remarqué pareilles particularités, jamais ma curiosité ne m'avait fait lever la tête. Je restai ainsi jusqu'au terme de la traversée.

— Vincent ! Qu'est-ce que tu fais ? On est arrivés ! s'exclama mon accompagnatrice, un brin exaspérée.

En effet, depuis ma découverte, ma progression était nettement plus lente. De plus, devant le seuil de notre immeuble, je poursuivis ma route, fasciné par la présence inattendue d'une gargouille à l'angle d'une voie piétonne. Que faisait-elle ici ? Rien ne correspondait à la couleur terne de sa pierre.

— Certainement le vestige d'un temps révolu, qu'un nostalgique considéra sain de conserver !

— Mais qu'est-ce que tu racontes ?

— La gargouille, dis-je en la pointant du doigt.

— Rentre, tu vas prendre froid !

ACICULARIS VIII

Assis confortablement dans le canapé siégeant au milieu du salon, je découvrais de nouveau mon lieu d'habitation. L'agencement des meubles me semblait incohérent tant ils étaient multiples et inutiles. Une quantité déconcertante d'objets de décoration posés avec parcimonie les saturaient. Peu d'espace finalement dans cette pièce ainsi que dans l'ensemble de l'habitat. À croire que Mathilde… puisque je n'ai pas vraiment eu mon mot à dire concernant la décoration… exécrait le vide, chaque centimètre devait être comblé telle l'édification d'un château fort voire d'un nid. Est-ce que tous les êtres humains font de même ? Mes souvenirs me transportaient dans les appartements de mes différents amis et, en effet, chacun d'entre eux présentait la même configuration.

Ennuyé par ce paysage somme toute matérialiste, je me figeai devant la fenêtre. En bas, dans la rue, se déroulait un surprenant ballet. Un incessant ballet de véhicules… Le premier donnait la mesure au suivant, progressant avec modération, compte tenu de l'envahissement important sur la chaussée de piétons que des klaxons chassaient. Un aliénant manège de passants… ces derniers me fascinèrent un moment. Je comparais leurs visages, rarement enjoués, parfois mélancoliques et principalement impassibles. Que pouvait-il y avoir derrière ces expressions ? Qu'est-ce qui influait sur leur humeur ? Qu'est-ce qui peuplait leurs pensées au moment où je les voyais ?

Ma colocataire vint troubler mon divertissement en m'enlaçant. J'éprouvais une sensation déplaisante au contact de ses manches autour de mon cou. Mais je ne la repoussai pas, jugeant cela ingrat, entendu qu'elle s'occupait de moi. Son attitude différait nettement de ses habitudes. C'était plutôt moi qui venais vers elle et me faisais souvent jeter.

— Pourquoi te comportes-tu ainsi ?
— Pourquoi tu dis ça ?
— Pourquoi tu es affectueuse ?
— Ça te dérange ?
— Réponds à ma question !

— J'ai eu tellement peur de te perdre… j'ai compris combien…

Elle sanglota. Ce spectacle m'affligea. Je n'eus pas la force ni l'envie de la consoler, alors je me réfugiai dans la cuisine. Quel intérêt de pleurer pour des broutilles pareilles ? Je me munis de mon paquet de cigarettes et en allumai une. Un goût âcre, immonde combla ma bouche ainsi que ma gorge et une toux coercitive commotionna mon tronc.

Il s'agissait de ma première cigarette depuis mon retour et la dernière. Je la pris par réflexe sans réelle tentation. Comment avais-je pu supporter ce goût ignoble durant toutes ces années ? Cela me paraissait une activité vaine et fallacieuse. Je précipitai cette immondice au fond de la poubelle.

Agacé, je fusai devant mon ordinateur et cliquai sur une des nombreuses icônes de jeux en ma possession. Au bout de quelques minutes, je me lassai et stoppai. Je mis en marche la télévision, zappai jusqu'à la dernière chaîne et l'éteignis. Mon corps se liquéfia sur la chaise, mes bras glissèrent avec négligence sur mes genoux et je fus foudroyé par une évidence : ma vie n'était que vacuité. Un vide intense usurpait mes os, mes tendons, mes veines, mes organes, seule subsistait ma peau, imperméable enveloppe. Quelque chose avait changé en moi. Je ne savais pas vraiment l'expliquer, il me semblait que la personne qui occupait ces lieux, vivant avec cette femme, pratiquant ces activités, était un étranger. Même cet appartement si familier m'était devenu inconnu, inquiétant. La tristesse m'envahit. Néanmoins, les anxiolytiques se ruèrent sur mon regard. L'attente de l'effet fut brève, mon cerveau s'emplit d'ivresse, un sourire plissa mon faciès et je sombrai aussitôt dans une sorte de monde cotonneux où mon esprit amorphe se complaisait d'une fuite furtive, fuite de cette accablante réalité.

ACICULARIS IX

En avalant mon petit déjeuner, je songeai à ma matinée.

Matinée durant laquelle j'eus encore à subir près de moi ma compagne. Les cheveux ébouriffés, les yeux gonflés, son odeur naturelle, pas encore couverte par de délicates et onéreuses fragrances, aussi incommodante que son haleine, qui m'affligea lorsque ses lèvres se posèrent sur les miennes. Pourtant, je ne pouvais nier sa beauté. Beauté somme toute relative. En effet, ce détail nullement anodin m'avait attiré vers elle, attraction purement physique. Mais la splendeur est plus une notion temporelle qu'une valeur esthétique. Certes, le temps l'altère physiquement. Néanmoins, l'habitude la gâche antérieurement. Tout devient fade à l'œil familier et ainsi cette belle femme m'est rapidement apparue aussi insipide que tout le reste. Enfin sorti du lit, je me dirigeai vers les toilettes afin de déverser le contenu de ma vessie. Mais là, une résistance refusa mon soulagement. Une haine incommensurable me submergea alors. Nerveusement, je rejoignis la salle de bain sans raison particulière.

Un bruit de chasse d'eau m'interpella, suivi du cliquetis de la serrure. Cela provoqua immédiatement un élancement dans mon bas-ventre. À peine avais-je pénétré dans ce vil lieu qu'une puissante puanteur opprima mon système olfactif : un mélange de merde et de désodorisant. La haine brûlant dans ma poitrine n'en fut que plus alimentée. En vue de ne pas croiser la propriétaire de ces immondices, je préférai me recoucher. Le son de l'imposant trousseau de clés de Mathilde m'indiqua la désertion de l'ennemi. Je profitai donc sans différer de mon éphémère tranquillité.

Après m'être restauré, mon ventre me blâma. De ce fait, je revins dans l'antre des immondices. On nomme ce lieu « toilettes » alors qu'il n'est que souillure. Assis sur la froide cuvette, ma peau parsemée de points blancs, je pris conscience de ma position avilissante. Comment avoir la prétention de se différencier des animaux quand on doit se plier à des besoins aussi primaires ? De plus, l'usage du papier toilette me consterna. Il permet d'étaler ses excréments, pas de nettoyer ! Et on ose parler d'hygiène, alors qu'on a le cul merdeux ? Il y a bien des lingettes pour nouveau-nés, pourquoi ne sont-elles pas généralisées ? Nettoyer, ne plus étaler, pensai-je quand je pris ma douche.

En sortant de la cabine, je distinguai la réflexion de mon image dans le miroir. Un homme mal proportionné s'en dégageait. Un ventre naissant, des pectoraux fondants, un torse garni de poils hirsutes contrastant avec une paire de jambes et de bras frêles. Comment avais-je pu me négliger autant ? Je décidai avec conviction de modeler cela.

Trois semaines d'arrêt maladie. Que pouvais-je faire devant cette éternité d'inactivité ? Mes jambes errèrent au sein de l'appartement, à la recherche d'une improbabilité. Elles me portèrent jusqu'à mon alcôve et s'immobilisèrent en face d'une ridicule bibliothèque ne m'appartenant pas. Je me munis de chaque livre la constituant, lut la quatrième sans effervescence. La majorité de ces livres n'effleuraient pas ma curiosité. À vrai dire, je n'avais lu de ma propre initiative que les œuvres ennuyeuses que l'on m'imposa lors de ma scolarité. Quand je dis ennuyeuses, je réfute actuellement ce qualificatif, c'était mon esprit profane d'adolescent qui les jugeait comme telles.

Au moment où ma main saisit ce dictionnaire de philosophie, ma vie prit une tout autre dimension. À la lecture des premiers mots, je ne pus le refermer. Prostré sur le linoléum de la chambre, je demeurai des heures ainsi, entouré de romans négligemment positionnés. Aucune sensation, aucune pensée ne vint parasiter mon cerveau grisé par ce flot de définitions. Celles-ci semblaient répondre à l'ensemble des interrogations qui me submergeaient depuis mon véritable éveil. Une fatigue visuelle ainsi qu'un léger mal de tête m'en détachèrent. Par là même, mon estomac me somma de le remplir. Je vérifiai l'heure et en fus surpris. La matinée s'était noyée dans l'immensité des caractères du dictionnaire laissant uniquement un après-midi déjà bien entamé. Kant m'inspira une promenade. Je déjeunai rapidement afin de m'élancer au plus vite dans ce désir.

L'air me vivifia, toutefois la présence de mes congénères atténuait cette douce sensation. Pour y pallier, je me réfugiai dans le recoin d'un jardin public. Avant de m'asseoir, de violents souvenirs foudroyèrent mon intelligence. Une sorte de cinéaste pervers jouait pour moi un montage saccadé. J'étais le spectateur privilégié de mon agression. Je dus clore puissamment mes yeux pour que les ténèbres les chassent.

Un rossignol me rappela par son chant la sage intention de ma sortie. Le soleil envoyait de faibles rayons, offrant à cette journée de février des saveurs de printemps. C'est dans ce contexte fort plaisant que je poursuivis mon éducation.

ACICULARIS X

Une légère mais fraîche brise instaura une progressive obscurité qui m'obligea à envisager de reporter ma lecture tant je frissonnais. Alors, j'entrepris le chemin en sens inverse sans égard pour ce qui m'entourait, je préférai méditer sur ce dont je m'étais nourri durant plusieurs heures. Le sourire qui plissait mon visage s'effaça aussitôt que mon regard croisa celui de Mathilde. Elle transpirait l'inquiétude, la nervosité, annonçant une conversation désagréable. Je m'y résignai tant cela était inévitable.

— Où étais-tu ? Je me faisais du souci pour toi… en plus, tu es injoignable… tu n'as pas pris ton portable…

En effet, je scrutai les alentours et le découvris, posé sur un bord de table. L'avais-je utilisé depuis mon retour ?

— J'allais appeler tout ton répertoire… ne me fais plus jamais ça… laisse au moins un mot quand tu pars et prends ton portable !

Je ne répondis rien. Il n'y avait rien à répondre. Je la considérai avec mépris. Qui était-elle, pour qui se prenait-elle pour m'infantiliser de la sorte ?

La nervosité s'effaça des yeux de Mathilde au profit de la surprise à la vue du contenu de ma main.

— C'est quoi, ça ?

Je levai le bras afin d'éviter d'émettre un son.

— Mais c'est à moi, ça ! Qu'est-ce que tu fais avec un dictionnaire de philosophie ?

— Qu'est-ce que tu veux que je fasse ? Je le lis.

Comme pour confirmer mes constatations antérieures, la présence de cette femme me pesait de nouveau. Je sentais un besoin immense de solitude contrastant avec l'oppression constante de cet être à qui je devais à longueur de temps rendre des comptes. Mais comment peut-on accepter cela ? Après l'oppression parentale, la masse trouve un salut dans l'oppression partenariale. C'est tout simplement du masochisme ! L'être humain est donc par essence en quête d'une jouissive souffrance.

— Au fait, prépare-toi, nous partons dans moins d'une demi-heure.

— Quoi ? Mais où ça ?

Alors, j'appris. Enfin, elle me rappela que nous étions invités chez Pierre. À vrai dire, je n'avais aucun souvenir d'en avoir été informé plus tôt.

— Tu prends tes médicaments au moins ?

Mes médicaments ? Ah oui ! Je n'en éprouvais pas le besoin. Ces benzodiazépines détenaient plus un caractère anesthésiant que curatif. Je profitai de l'absence de ma compagne pour enfoncer au plus profond des détritus les emballages au contenu peu dévalisé. Je ne me préparai pas, jugeant ma tenue correcte, en accord avec les personnes que nous allions visiter. Mathilde me demanda de conduire. Je refusai, prétextant une récente prise de médicaments qui, d'après la posologie, pouvait provoquer une somnolence.

Pierre… ce Pierre… songeai-je, la tête appuyée sur la vitre, derrière laquelle défilait un paysage urbain, poisseux, subtilisé par les ténèbres d'une proche campagne. Pierre était un ami d'enfance… du moins d'adolescence. Nous nous étions séparés après le lycée. Pendant ma stagnation dans le même établissement scolaire, lui n'hésita pas à partir à plusieurs centaines de kilomètres afin d'apprendre les rudiments du commerce. Toutefois, nous nous voyions les week-ends où il rendait visite à ses parents.

Le commerce aida ce jeune homme introverti. Cette discipline lui offrit une assurance souvent désagréable et à la limite de l'arrogance, mais somme toute salvatrice pour un être léthargique. D'un point de vue professionnel, il acquit une aisance, si ce n'est un art dans la manipulation de l'innocent consommateur. Si bien que, depuis ses vingt-sept années, il dirigeait tyranniquement ses représentants en vue d'obtenir le maximum de profit et par là même de reconnaissance de son supérieur. J'oublie de mentionner qu'il exerçait ses talents dans une cave à vin reconnue. De fait, il était dans l'obligation de voyager souvent en Asie, dont il n'avait de cesse de vanter les délices.

D'un point de vue personnel, Pierre avait une vie conjugale. Il était marié depuis quatre années à une infirmière libérale. Pierre avait une vie familiale, puisqu'il était père d'une fille de deux ans.

Je voyais peu cet homme depuis que ma conductrice partageait ma vie, car elle ne l'aimait pas, comme elle n'aimait pas la majorité de mes amis. Pourtant, elle avait fait un effort flagrant en le contactant, souhaitant renouer, souhaitant faire plaisir à l'homme que je n'étais plus.

ACICULARIS XI

Le crissement des graviers, sous l'avancée de nos roues, annonça notre arrivée. Pierre apparut, fort enjoué de nous accueillir, il nous tira presque dans l'imposant salon. Sur une table basse reposait un verre de vin à moitié empli, dont l'hôte se saisit aussitôt pour y tremper bien plus que les lèvres. Cette table était saturée d'amuse-gueule et autres charcuteries destinés à estomper l'appétit avant même qu'il ne soit mis à contribution. Placés parcimonieusement, de luxueux verres vides et des bouteilles de vin blanc, bien trop nombreux pour un simple apéritif, accompagnaient l'ersatz de nourriture.

Si tôt étions-nous assis que les verres furent remplis et l'un d'eux tendu à sa femme, s'échappant furtivement de la cuisine. Elle nous salua cordialement. Toutefois, je perçus notre présence comme peu désirée par la dame. Je présume qu'elle n'avait pas son mot à dire. Pierre entama la conversation, l'intensité de son débit de parole attestait de son précoce enivrement. Je préférai contempler les lieux plutôt que de l'écouter. En outre, il dissertait sur le vin. Je m'enorgueillis en découvrant l'excès de colifichets comblant cette vaste pièce. Aucune place, aucun respect pour le vide dans cet endroit et probablement dans l'ensemble des lieux.

— Vincent ? Vincent ? m'interpella-t-on.

— C'est son traitement qui le fait planer, poursuivit Mathilde en souriant.

Enfin, je réagis :

— Quoi ?

— Comment tu te sens à présent ?

— Pas trop mal, merci.

Évidemment, je compris que l'on attendait bien plus de l'invité que j'étais. Pourtant, je repris ma contemplation.

— Alors, qu'est-ce qu'il t'est arrivé ? Raconte ! Enfin, si ça ne te pose pas de problème…

Son œil imbibé et brillant ne me laissait pas vraiment le choix. Je le haïssais? Quel intérêt de savoir comment je m'étais fait agresser, humilier et voler ?

— Il n'a peut-être pas envie d'en parler, indiqua pertinemment sa femme.

— Voyons, à un ami quand même… après tout ce que l'on a partagé, hein ?

Son manège me rendait fou, mes mains tremblaient, ma mâchoire se contractait, non pas à l'évocation des faits, plutôt à cause de son comportement déplacé. Alors, j'essayai de me tempérer et narrai laconiquement le non-événement qu'était finalement cette agression. L'auditoire sembla satisfait, si bien que nous nous plaçâmes autour de la table méticuleusement apprêtée.

Le chef de famille versa de nouveau du vin rouge dans l'ensemble des verres, n'ayant pas remarqué que mon précédent était toujours vierge du contact de mes lèvres.

À présent et pour mon plus grand bonheur, je n'étais plus le centre d'intérêt du repas. De fait, je regardai autour de moi, à défaut de pouvoir lire. D'abord, je me focalisai sur mon « ami ». Je remarquai le début d'une calvitie sur le haut de son crâne, mais elle ne devait plus le déranger puisque tout était acquis. De gros cernes pesaient sous ses yeux, témoins de son probable surmenage, qu'il apaisait grâce à l'alcool. En effet, sa bouche éclusait de manière exponentielle la multitude de verres qu'il se servait au rythme effréné de ses récits de voyage. Était-ce seulement son emploi qui le menait à sa perdition ?

Mon regard se tourna vers sa femme. Comment s'appelait-elle déjà ? I... In... Isabelle ! Oui, Isabelle. De longs cheveux bruns entouraient le visage agréable, mais fatigué, d'Isabelle. Ses yeux se fascinaient pour un point de la nappe. Elle ne portait vraisemblablement aucune attention aux propos de son mari. Elle rêvait à autre chose, Isabelle. Songeait-elle à un amant ? Ou à un autre simplement aimé ? Constatait-elle le mensonge qu'on lui serinait depuis son enfance ? Le mensonge d'une joyeuse vie conjugale ? Le mensonge d'une vie orbitée autour d'un mariage et d'une grossesse ? Le mensonge de la satisfaction dans l'opulence ? Le mensonge de l'éducation des filles ? Bref, Isabelle songeait et il était tout aussi possible qu'elle songe à son prochain rendez-vous chez le coiffeur qu'à un prochain divorce.

Je m'intéressai ensuite à Mathilde, cette chère Mathilde. Madame riait aux éclats des anecdotes pitoyables du conteur. Pour une personne qui n'appréciait pas mes amis, je la jugeai bien réceptive. Ses paupières immobiles découvraient de grands yeux admirateurs, un large sourire dévoilant ses dents blanches se figeait sur ce visage rayonnant. Soudain, Isabelle se réveilla et somma son mari de parler moins fort afin de ne pas gêner le sommeil léger de leur fille. En réponse et par provocation, l'homme amplifia son flot, ce qui ne parut pas troubler son interlocutrice. Le visage de la mère se renfrogna.

Quelques secondes suffirent pour percevoir les premiers sanglots infantiles. Pierre se tut. Mathilde effaça son sourire. Isabelle implosa d'une rage dont seuls ses poings témoignèrent. Il y avait une forte tension dans ce couple, cela était indéniable.

Une petite fille brune à l'air amolli foula les planches de cette vaste comédie. Elle bredouillait de sa bouche ankylosée un jargon mal maîtrisé.

— Eh bien, ma chérie, on ne dort pas ? Viens voir papa !

La mère jeta littéralement l'enfant au père et reprit sans différer sa profonde passivité. Lui ne s'occupa pas plus du petit animal qui siégeait sur ses cuisses et continua ses fabuleux récits dont se languissait ma voisine de table. Le petit être ne tarda pas à perdre patience et réclama la télévision en ces termes : « *télé... papa... télé...* ». La mère reprit conscience et l'y installa.

Cet instrument se situant tout près, je pus étudier le comportement de la petite chose face à cet écran démesuré. Isabelle, quant à elle, sembla hésiter entre s'assoupir sur le canapé et rejoindre la table lassante. Par servilité morale, elle nous rejoignit, mais entreprit de débarrasser. Mathilde s'empressa de l'imiter. Moi, je contemplais l'enfant.

Elle maintenait la station droite, dans son pyjama trop grand, ses doigts effectuaient des mouvements étranges à l'intérieur de la paume de ses mains, ses yeux globuleux ne décrochaient pas du divertissement bien trop proche. Elle ne cillait pas. Elle était hypnotisée, la bouche ouverte.

Devant moi se tenait la caricature de l'homme moyen devant une télévision, c'est-à-dire un état larvaire, aliénant et inutile. Le plus affligeant était qu'il provenait d'une petite fille de deux ans, de toute évidence déjà bien ancrée dans cette habitude, succédané de parents. Probablement son éducation sera-t-elle principalement cathodique et ne pourra-t-elle plus se séparer de cet objet culturellement vil, lui inculquant l'ensemble de la bassesse humaine constituant les programmes. Triste constat, absence de perspective.

— Tu n'es pas très bavard ce soir, Vincent !

— En effet, je suis assez fatigué.

— Tu reprends le travail quand ?

— Dans trois semaines.

— Tu fais toujours la même chose ?

— Oui.

— Tu contrôles des pièces, c'est ça ?

— Voilà.

— Tu ne t'en lasses pas ?

— Je m'en contente.

Ce que l'on nomme la tautologie ou l'art de parler pour ne rien dire. Car Pierre connaissait les réponses à toutes ces questions, exception faite, j'avoue, concernant mon arrêt maladie. Qui était cet homme soûl qui me scrutait niaisement ? Comment avais-je pu partager quoi que ce soit avec un homme aussi inintéressant ?

Ma compagne réapparut et, prétextant un lever auroral, annonça le départ tant attendu. Sur le pas de la porte, on se promit réciproquement et hypocritement de se revoir prochainement, à défaut d'afficher un sincère enthousiasme à se quitter. Au reste, Isabelle excellait dans ce jeu : après s'être effacée durant toute la soirée, elle paraissait maintenant impatiente de nous rencontrer de nouveau.

ACICULARIS XII

Nous voguions vers notre demeure. Je me délectais de cette campagne vide, sereine, à laquelle l'éclairage pâle d'une pleine lune offrait une robe argentée. Au-dessus des champs, encore masse argileuse, un épais brouillard flottait. J'aurais tant voulu sortir de cette voiture et marcher sous cette lumière, les jambes usurpées par ce leurre de ténèbres. Quand les réverbères sans scrupule ravirent la pureté luminescente par une facticité orangée et déplaisante, mon émerveillement devint méditation.

L'objet de celle-ci était l'événement de la soirée : Pierre et Isabelle. Pierre n'était plus rien pour moi, je n'avais plus rien à partager avec lui, je ne souhaitais plus entendre ses exploits, ses trivialités. Elles ne m'intéressaient plus. Ainsi, je le comparai à mes autres amis et je conclus qu'il ne s'en distinguait pas tant. Il est vrai que la majorité d'entre eux vivaient avec leur compagne dans un appartement comblé d'équipements identiques et c'était ce qu'ils appelaient leur confort. Ils aspiraient à des projets similaires dans une configuration à la rigueur différente, pourtant de même résultante : l'acquisition d'un patrimoine immobilier, la fondation d'un foyer constitué d'un ou plusieurs enfants voire d'un animal, une récente voiture, des loisirs conséquents à leur labeur. Et donc de « voyager » le plus possible en vue d'oublier la monotonie d'une quotidienneté pesante, au sein de clubs touristiques suffisamment opaques à la misère ambiante. Alors, à quoi bon les revoir ? Pour être de nouveau le spectateur de la répétition du jeu de Pierre et d'Isabelle ? Bientôt ou non, mais irrémédiablement, leurs beaux couples se désagrégeraient pour des raisons diverses, toujours inhérentes à une profonde insatisfaction, symptôme de l'homme moderne, symptôme du consommateur.

D'où venions-nous, Mathilde et moi ? Du même moule vicié, notre destinée ne différerait pas de celle de notre génération. Je me tournai vers elle. Elle se tourna vers moi tout en me souriant, appuyant ce sourire d'un regard suintant l'illusion. Elle ne le savait pas, elle ne le saurait certainement jamais. Le véhicule pénétra dans le parking souterrain. Dans l'ascenseur, Mathilde m'enlaça, m'embrassa, l'alcool l'avait grisée. À peine étions-nous entrés que ses mains me déshabillèrent, me caressèrent de toute part. C'était gênant. Je suais. Mon cœur s'emballait. Mon pénis s'érigeait. Mon corps en transe n'avait aucun égard pour mon esprit en alerte. Si bien qu'aussitôt, nous nous retrouvâmes nus sur le lit conjugal.

Au cours de l'ébat, je récupérai mes pleines capacités et le jugeai sous un autre angle. Je m'effrayai presque de cet animal déchaîné me chevauchant dans des allers-retours des plus brutaux. Le visage crispé. Enragé. Émettant des cris bestiaux. Enfin, j'imaginai mon pénis encerclé de chair exagérément lubrifiée de sécrétions corporelles dans l'attente d'une apothéose de pollution. Je doutai de sa fraîcheur comme de la mienne à ce moment de la journée. Finalement, qu'est-ce que cette aberration autour de la propreté, des bactéries, des maladies ? Nous ne sommes que des pourceaux se vautrant constamment dans la fange.

Les contractions de son vagin lors de l'assourdissant orgasme enclenchèrent le mien. La minute suivante, je supportai difficilement son poids mort, haletant, humecté de sueur ruisselant sur mon torse, où se collaient ses cheveux hirsutes. J'aspirai à une improbable solitude qui me purifierait de cet acte pulsionnel, primitif et animal.

ACICULARIS XIII

Ce cauchemar… oui, je me souviens encore de ces images agressives, violentes, troublant la quiétude de mon sommeil… un succube malmenant mon corps de ses coups de reins hystériques… une douleur intolérable au niveau de mon bas-ventre… une chaleur étouffante… je sentais ma chair s'insérer progressivement dans la sienne, aspirée… elle allait me phagocyter…

Je me réveillai en sueur et haletant. Le radio-réveil affichait quatre heures quarante-huit. Circonvoisine, Mathilde respirait bruyamment, en position fœtale, son dos dénudé loin du drap que je replaçai par réflexe.

Dans l'attente de me rendormir, je pensais à ce rêve. Je pensais au sexe. Le sexe avait obnubilé le début de mon adolescence sans que j'y prenne garde. Depuis ce jour funeste, mon être tout entier se vouait à l'assouvissement de cette pulsion et à la frustration. D'abord de manière lancinante, j'avais souhaité baiser avec tout ce qui possédait un vagin, en me masturbant frénétiquement. Puis vint la première fois, où je me ridiculisai, ne sachant pas encore maîtriser ce surplus d'hormones. Cette quête constante se poursuivit dans une recherche de nouveau partenaire sexuel afin d'étancher ce besoin viscéral. Enfin, elle vint à bout de moi en m'obligeant à me mettre en couple afin d'être repu sans interruption. Et là était mon erreur ! Puisque la partenaire que je choisis n'était pas vraiment gourmande de ce genre de pratique. Contrairement à ce qu'elle me laissa imaginer au début de notre relation. Trop lâche et trop paresseux, je me contentais de rapports occasionnels, plus par hygiène que par désir. De sorte que j'étais incessamment frustré et condamné à visionner des vidéos de cul lors de ses absences. Habituellement, je devais me masturber avec diligence avant qu'elle ne réintègre le domicile familial après sa journée de travail ou sous la douche. Car mon acariâtre compagne ne concevait pas ce besoin. À son avis, il reflétait une obsession sexuelle.

Depuis mon adolescence, j'étais victime de cette obsession factice et insatiable. Oui, insatiable étant donné que deux jours en moyenne après avoir déchargé, mon corps quémandait à nouveau. Cette insomnie occasionna une déterminante décision : ne plus être dépendant d'une passion, d'une personne, de quoi que ce soit. Pour cela, je me résignai à tarir ce désir sexuel trop aliénant.

Je ne parvins pas à retrouver le sommeil. Alors, et pour ne pas perdre mon temps dans ce lit, je me levai en vue de parfaire mon enseignement. Je me plongeai parmi les enchevêtrements de mots constituant des phrases hautement enrichissantes. Quelques heures plus tard, Mathilde sortit du lit conjugal. Forcément, elle parasita ma lecture de ses multiples va-et-vient dans les pièces de l'appartement ainsi que des différents sons qu'elle émettait tels que la chasse d'eau, la télé, le micro-ondes, la douche, des talons et le claquement de la porte halant le silence. Évidemment, un salut fut partagé, mais n'étant pas de l'aube, on pouvait dire que Mathilde n'appréciait pas être dérangée au lever, ce que j'appris à respecter dans le but d'éviter un conflit et qui ne pouvait mieux être appliqué ce matin-là.

Le temps continua à s'étendre le long de cette nouvelle journée qui serait un commencement, une répétition et une fin, selon la personne. Pour ma part, mes yeux me brûlaient. Pour y remédier et après m'être douché, je sortis digérer ce sage enseignement.

ACICULARIS XIV

Malheureusement, je ne me délectai pas de cette promenade tant les trottoirs urbains se trouvaient gorgés de passants, fait étonnant pour un jour de semaine. J'avais l'impression qu'ils favorisaient le contact en m'effleurant, me bousculant.

Et ces vieux au coin de la rue qui s'esclaffaient bruyamment et sans pudeur… Et ces gamines sur le banc qui comparaient leur sonnerie de portable… Et ces ouvriers qui hurlaient pour couvrir l'assourdissant marteau-piqueur… Je commençai à étouffer. Mes mains et mes tempes devinrent moites. Mes jambes chancelèrent.

Soudain, une grille percuta mon regard et je m'engouffrai au sein du lieu qu'elle refermait. Il me fallut plusieurs secondes avant de cerner où mon malaise m'avait mené. Il s'agissait d'un vaste cimetière. Je ne m'en effrayai aucunement tant le calme était vivifiant. Je vainquis l'immobilité en me dirigeant vers une allée. Ma démarche était lente, mes gestes lents. J'examinai chaque sépulture en imaginant ce qu'elle pouvait bien cacher. Certainement des masses de viscosité ou squelettes décharnés recouverts de tissus, de bijoux, semblant d'éternité. Ces carcasses détenaient toujours des marques, restant de fractures, restant de plombages, restant d'un passage terrestre plus ou moins conséquent. Mon olfaction se satura d'une harmonie de fragrances, mélange de fleurs, de marbre, d'eau et de terre. Seul dans cet endroit de multitude, j'éprouvai la plénitude. Comment avais-je pu me passer de la quiétude de ce lieu funeste ?

Je poursuivis ma découverte tout en calculant l'âge des défunts, considérant la pluralité des caveaux : caveaux d'anges, caveaux familiaux, caveaux ancestraux. Compte tenu de l'étendue du cimetière, son étude me prit plus d'une heure. Lorsque j'aperçus un banc, je décidai de l'honorer afin de savourer ce paysage réjouissant en totale immobilité. Je compris le caractère inoffensif de la mortalité.

L'être humain est mortel. L'être humain en a conscience. De ce fait provient l'explication de la vanité de notre espèce. Apeurés par cette acmé, nous

nous essoufflons à accumuler des biens, des activités, des connaissances, des plaisirs en nous persuadant de leur importance, légitimant l'accomplissement d'une vie et sa fuite. Seulement, nous omettons l'essentiel : cet ensemble est voué à la nécrose, à la putréfaction et à l'extinction. Comme l'ont brillamment analysé les épicuriens, la mort omniprésente auprès des vivants n'est rien, puisque l'existence est négation de la mort et la mort négation de l'existence.

Une plaisante sérénité me combla face à ce constat. Je ressentais l'insignifiance de toute chose et par là même, la complaisance dans les petites. Ma vie se détachait de chaînes et autres cordes de préjugés inhérentes à ma première perversion, à ma première éducation. Ma vie prenait sens dans la solitude et la béatitude. Ma vie aspirait à présent à l'ataraxie.

Un grincement attira mon attention. Sans bouger, je regardai l'entrée d'un véhicule suivi d'un cortège lent et hypnotique de personnes neurasthéniques. Celui-ci était de taille honnête, sans être important. Probablement s'agissait-il d'un vieil homme, d'une vieille femme ayant enterré la majorité de ses connaissances, ou une personne pas suffisamment sociable pour être aimée. Je m'approchai à distance raisonnable quand le cortège fut figé. Des larmes et reniflements altéraient la clarté du discours d'un homme en costume. Il célébrait une dernière fois le défunt qu'on allait inhumer. C'était un vieillard, mort de maladie, si j'avais bien compris. La foule se dispersa après la cérémonie, abandonnant à jamais le disparu à la gueule béante de la fosse afin d'exorciser leur proche finalité. Profitant du mouvement de foule, je contemplai le simulacre de vide et d'obscurité corrompu par un Jésus crucifié et cloué sur le cercueil. À ce moment-là, la réalité s'engouffra dans le passé, me laissant face à un trépassé familier.

ACICULARIS XV

Ce jour se répète dans mon esprit tel que je le vécus. Je me souviens encore de l'instant précédent. Je me trouvais dans ma chambre en cette fin de matinée. J'étais déjà en vacances et je languissais. Je me languissais de l'attente des résultats de mon examen. C'était ma deuxième tentative. Je jouais sur mon ordinateur comme à mon habitude.

Tout à coup, une sirène retentit dans la ville. À chaque fois qu'un accident survenait, je l'entendais, puisqu'elle était située à proximité de la maison familiale. Tellement imprégné dans le jeu, je pensai qu'il s'agissait d'une alerte m'indiquant l'attaque d'un ennemi. Quelques secondes suffirent pour que je comprenne que cette sirène lui était destinée. En effet, la veille, je l'avais visité. Il rentrait de l'hôpital où il avait subi de multiples pontages. Il était étrangement paisible, ce jour-là. Cela contrastait singulièrement avec son acrimonie habituelle. Je bondis au rez-de-chaussée, retrouva ma mère paralysée par l'angoissante mélodie. Elle aussi savait. Aussitôt et sans un mot, nous nous ruâmes chez mes grands-parents.

Une camionnette de pompiers y était stationnée, les gyrophares éteints. Ma précipitation sema ma génitrice et me mena dans une chambre où quelques sauveteurs s'affairaient à réanimer cette masse ballante sous les affronts du violent massage. Le temps s'immobilisa. J'aperçus mon grand-père me jeter un dernier regard. C'était son ultime effort, ses yeux étaient larmoyants et interrogateurs. Une puissante odeur âcre et irrespectueuse embaumait la pièce sépulcrale. J'appris les minutes suivantes qu'elle provenait d'un mélange d'urine et de vomi. La lumière tamisée donnait au lieu une tonalité apocalyptique, orangée, soufreuse… aucun son ne parvenait à atteindre mes tympans.

Soudain, son corps se contracta au rythme d'un important soupir qui serait son dernier. Les pompiers essayèrent en vain une série de massages cardiaques. Dans un coin, je discernai ma grand-mère, interdite. Son visage était marqué par le traumatisme dont elle venait d'être spectatrice : l'agonie de son mari. Le médecin se sentit dans l'obligation de me préciser de façon tout à fait inadéquate : « *Il fallait s'y attendre, il s'agissait d'un sujet à risque.* » Je ne répondis rien et m'approchai de la dépouille du vieil homme. Je contemplai ce visage rendu grotesque par l'absence de vie. Ses yeux emplis de larmes, dues à l'effort de se rattacher à l'existence, étaient figés dans une éternelle stupeur. Sa bouche ouverte laissait entrevoir des dents à présent inutiles et marquées par le temps. Un léger filet de bave s'en échappait. Ses bras s'étiraient en mains aux doigts désarticulés qui n'exprimaient plus que la désinvolture de la mort.

Je souhaitai m'approcher de ce qui n'était déjà plus mon grand-père quand je fus bousculé par sa femme et sa fille qui se jetèrent sur le défunt.

La scène pouvait s'assimiler à l'hystérie de pleureuses. La veuve accapara une main qu'elle embrassa, caressa. Tandis que l'orpheline baisa frénétiquement le visage comme à la recherche d'un impossible souffle de vie. Elles émettaient des propos inintelligibles noyés de sanglots. Sous ce remuement, le cadavre se laissait aller à de burlesques soubresauts.

Après une durée indéterminée, les femmes se tempérèrent. Ma grand-mère, avec des gestes lents emplis d'onction, joignit les mains de son mari. Puis elle obscurcit les globes oculaires qui ne reflétaient plus que le vide. Enfin, accompagnée de sa progéniture, elle quitta la pièce, me laissant seul face à cet aboutissement. Le processus vital cessa pendant qu'un autre s'enclencha, celui de la putréfaction. Je remarquai son ventre gonfler à vue d'œil ainsi que sa peau bleuir.

Je restai de la sorte, sans tristesse, sans larme, simplement atteint par une curiosité morbide, méditant sur la vanité de l'existence. Hier, ce corps se mouvait et maintenant, il pourrissait.

S'ensuivit un enterrement désagréable, car ma pathétique famille jugea opportun de régler ses comptes à propos d'obscures histoires auxquelles je ne pris point part. Je prenais réellement conscience de cette expérience troublante, unique et fascinante. Non que je n'appréciais pas cet homme, bien au contraire, j'appréciais justement chez lui ce que je pourrais qualifier maintenant de caractère célinien. Oui, mon grand-père était un personnage célinien. Toutefois, il est parti comme disparaissent les êtres fanés.

ACICULARIS XVI

Évidemment, le temps m'obligea à rejoindre ma demeure, à rejoindre mes vicissitudes humaines. D'ailleurs, mon après-midi se voyait agrémenté d'une incongrue consultation chez un psychiatre. Moi, pauvre victime, je devais relater ce grand traumatisme. J'y allai sans conviction, des idées me venant sur cette discipline.

L'entrevue fut relativement brève. En effet, la psychologue, puisqu'il s'agissait d'une femme, me posa quelques questions auxquelles je répondis, jusqu'à ce que j'interrompe spontanément le processus pour lui exposer ma pensée. Je lui indiquai mon point de vue concernant la malignité de ce procédé pseudo curatif, en arguant qu'il contribuait à l'assistanat, empêchait les victimes, comme moi, de surmonter elles-mêmes ce genre d'épreuve et favorisait la faiblesse et la dépendance à autrui. Je lui précisai également combien je jugeai sa fonction aliénante et égocentrique, puisqu'elle poussait le sujet à se complaire dans une dramatisation exagérée d'événements infantiles anodins. Néanmoins, je légitimai ses compétences pour traiter les maladies mentales et lui conseillai de se tourner plus vers ces patients plutôt que de soigner des nombrils infectés.

La femme ne sut quoi me répondre d'emblée. Suite à une pause conséquente, elle entama sa défense, constituée uniquement de verbiage et autres babillages. En vue de lui éviter qu'elle ne se compromette plus devant un profane, je pris promptement congé au cours de son laïus. Sur le chemin du retour, je m'enthousiasmai de ma prestation. Enfin, je ne me laissais plus endormir, bafouer par un sentiment d'infériorité. Je me sentais plein de superbe, flamboyant. Du moins intérieurement, dans la mesure où mon corps ne suivait pas. Je constatai de nouveau ces cheveux bien trop longs, ce visage bouffi, ces pectoraux fluants, cette accumulation de gras en guise de ceinture.

Un détail me marqua pour la première fois : les poils parsemant mon torse me révulsaient. Comment pouvais-je apprécier cette hérédité animale ? Néanmoins, je me résignai à les garder encore quelque temps, jusqu'à l'instant où je pourrais enfin me déployer.

Les semaines passèrent à un rythme trop soutenu à mon goût. Je parvins à terminer à temps le dictionnaire philosophique. Des noms, des doctrines me fascinèrent. Ainsi je sus vers quels auteurs me tourner et ceux à ignorer pour compléter mes connaissances. Finalement, peu d'entre eux se distinguèrent, car bien trop souvent ces chers sages demeuraient soit trop humanistes et donc utopistes, soit trop croyants sinon trop engagés à des causes que je jugeais ineptes.

Alors je décidai, avant mon éminente reprise de travail, d'acquérir ces œuvres destinées à me parfaire.

Dans l'enceinte occupée à l'excès, je me dirigeai vers le coin philosophie. En explorateur béotien, je furetai, avec peu d'aisance, les étagères saturées de savoir, à la recherche de Schopenhauer, Nietzsche ou encore Cioran. Lorsque je me saisis de *L'Antéchrist*, un homme entre deux âges m'apostropha.

— Vous préparez une thèse ?

Je répondis sans y faire plus attention, en poursuivant mes recherches.

— Non, seulement pour lire.

— Dans ce cas, monsieur, vous avez le rayon bandes dessinées un peu plus bas à votre droite.

Je me redressai doucement. Je me tournai vers lui et le poignardai du regard.

— Pardon ?

— À votre droite !

Un rictus se forma sur mon visage, exprimant mon plus grand mépris. J'enfonçai plus profondément la lame dans ses orbites, pourtant il ne baissa pas immédiatement la tête.

— Qui es-tu, inutile merde, pour avoir l'affront de me tourner en dérision ? Que crois-tu ? Tu dois penser que ton haut niveau d'étude te perche au-dessus de tous les hommes. Mais laisse-moi t'affirmer que tu n'es qu'une bête, un esclave comme eux ! Tes connaissances sont stériles, car tu es incapable de les appliquer. Tu es bien trop imbu et faible ! Alors, maintenant, dégage ! Tu ne sais vraiment pas à qui tu t'es adressé !

Ses lèvres se tordirent dans une tentative d'élocution. Cependant, il se résigna à déserter mon espace vital.

Une rage sourde brûlait au plus profond de mon être. Sans différer, je me confortai au sein d'une indispensable solitude. Grâce à ce fils de pute, je compris que mon instruction ne pouvait être acquise que par mon unique biais et que je ne pourrais jamais la partager avec quiconque. Je devais être seul. Définitivement seul.

ACICULARIS XVII

Le dernier week-end de ce qui fut finalement une villégiature aborda une inclinaison tout autre. Mathilde souhaita découvrir une nouvelle ville et en profita pour s'arrêter chez mes parents en faisant un subtil détour. Ma mère parut rassurée à la vue de mon visage dépourvu d'ecchymoses ou de cicatrices. Mon père, sans surprise, se montra indifférent à mon égard et bien moins à celui de mon accompagnatrice… comme à son habitude.

Nous nous installâmes dans ma chambre d'adolescent. Mathilde déserta aussitôt le lieu afin d'aider ma génitrice à la cuisine. Alors, je m'allongeai sur le lit après avoir sorti l'ensemble des bagages qui le comblait, et contemplai chaque détail. Je me laissai submerger par une quantité de souvenirs plaisants et déplaisants, au travers des posters de groupes de musique que j'affectionnais. Ensuite, je me levai et ouvris tous les des tiroirs. Je remarquai que personne n'y avait touché ou alors n'avait osé bouger quoi que ce soit, car l'intégralité de mes biens y séjournait. Comme si le temps s'était arrêté, comme si j'étais décédé.

Le contenu se composait uniquement d'objets disparates sans valeur, placés là pour libérer de l'espace ailleurs. Oui, j'étais terriblement désordonné, voire sale. J'écartai ensuite les portes d'une armoire. Mes anciens vêtements n'avaient pas été déplacés. Depuis des années, ils languissaient dans l'attente d'un corps à couvrir, niant le temps et les modes qui les transformaient insidieusement en guenilles.

Des voix familières m'arrachèrent de cette déréalisation. Je reconnus immédiatement les personnes qui les émettaient.

— Vincent ! Descends dire bonjour à ton frère ! déclama ma mère, dans une tonalité inaltérée.

Combien de fois avais-je entendu ces mots ? Je descendis les marches lentement. Je n'éprouvai aucune envie de serrer la main à ce pauvre homme. Je m'y résignai et il me brisa la main tel qu'il le faisait depuis toujours. À côté de lui, une femme d'une beauté rurale. Une beauté remarquable dans ce genre de microcosme où la consanguinité avait fait des ravages. Une beauté s'assimilant à de la banalité au sein d'une communauté plus importante. Une beauté fanée passée vingt ans, passée vingt années de négligence. De plus, cette singularité se gâte au terme de la première grossesse où des graisses s'accumulent à jamais autour de ce ventre répugnant. Cela accompagné de vergetures et/ou cellulite. Son ventre poignait orgueilleusement. Mon frère allait donc être père. Irrémédiablement à l'image du nôtre… pauvre enfant.

Évidemment, ma compagne se fascina pour cette aberration. Habituellement, elle n'appréciait pas vraiment ma famille, sans pour autant m'en faire part. Et je lui donnais raison. Son comportement était excessif, surjoué. Le repas se déroula normalement, c'est-à-dire entre les conversations oiseuses de mes ennemis intimes. Parfois, ils demandaient mon avis. Mais quel avis avoir sur des propos aussi insignifiants ? Je songeai à sortir de table afin de lire, m'éloigner de ces sons inconstants. Ma faible décence m'y laissa. Je le regrettai rapidement, puisque mon cas devint le sujet de discussion suivant.

Mon père ainsi que mon frère me demandaient de narrer les circonstances de mon agression, bien qu'ils en sachent chaque ligne. Je m'exécutai, laconique, tout en précisant les différentes blessures, en vue d'anticiper d'autres improbables questions. Ils simulèrent alors la compassion, la tristesse. Toutefois, je discernai leurs jubilation et déception internes. Jubilation que l'on m'ait littéralement cassé la gueule et déception de ne pas en être les commanditaires. Je ressentis une haine séculaire pour ces êtres partageant mon sang. Tandis que ma mère me plaignait avec sincérité, sincérité de l'utérus qui me porta durant neuf mois.

Pour l'en remercier et sortir de cette accablante atmosphère, je l'aidai à débarrasser. À l'intérieur de la cuisine, lorsque je m'apprêtai à repartir prendre d'autres couverts, elle m'arrêta.

— Vincent… j'ai discuté avec Mathilde. Et elle m'a dit que tu es très distant, tu ne prends pas tes médicaments… tu sors tout le temps… tu fais quoi ? Elle s'inquiète… moi aussi.

Mathilde… Mathilde… incapable de me dire le fond de sa pensée et préférant le faire auprès de ma mère. Connasse !

— Oui, je ne prends pas mes médicaments, mais sache que je ne me suis jamais senti aussi bien. Concernant mes sorties, n'y vois rien de particulier, je sors pour trouver une tranquillité inexistante quand Mathilde est dans l'appartement.

— Sois plus sympa avec elle ! N'oublie pas tout ce qu'elle a fait pour toi après l'incident ! Elle est patience avec toi, fais-en autant !

Je ne répondis rien, filai directement dans ma chambre sans considération pour le reste de la famille et je lus jusqu'à l'arrivée de mon accompagnatrice. Nous poursuivîmes notre week-end au sein d'une ville fortifiée. La visite fut sabordée par une pluie diluvienne empêchant toute sortie. De fait, nous restâmes dans la chambre d'hôtel où je lus à m'en user les yeux. Durant ce temps, Mathilde tenta une conversation à laquelle je coupai court, téléphona dans la salle de bain après avoir remarqué mon agacement et dormit. Une tension était palpable au sein de ce couple en éclats. Les premières fissures rompirent au cours du trajet nous ramenant à notre appartement. Ses yeux se reflétaient sur le pare-brise maculé d'eau. Somme toute, une belle image me reste de ce non-événement.

ACICULARIS XVIII

Oui, une belle image. Des torrents de larmes fuligineuses baignaient son visage. Mathilde représentait la quintessence du tragique, la perfection d'une héroïne antique. Je la jugeai belle, mais non d'une beauté lascive, plutôt d'une beauté artistique. Cette masse de chair se muait en œuvre d'art.

Là n'est pas le sujet ! Le véritable était cette discorde. En effet, je lui reprochai ce qu'elle avait dit par lâcheté à ma mère et lui demandai pourquoi elle ne s'était pas adressée à ma personne.

— Tu ne comprends pas ou quoi ? Ce n'est pas de la lâcheté, mais une confidence ! Je voulais des réponses. Je suis perdue depuis ton agression…

— Oh, que c'est beau ! Certes… mais… ne crois-tu pas qu'il est préférable de me le demander ? Ma mère n'a pas à subir notre pseudo mal-être de couple ! Ne t'avise plus jamais de faire ça ! C'est compris ?

— Ce n'était pas contre toi ! Je te comprends vraiment plus… j'ai l'impression de plus te connaître… où est l'homme que j'aime ? piaula-t-elle.

— L'homme que tu aimes ? Laisse-moi rire ! Je n'étais que ton chien… ton chien que tu nourrissais, faisais pisser dehors… surtout pour ne pas te sentir trop seule…

— Pourquoi tu dis des choses pareilles ? Tu es horrible ! Toi… tu fais que me fuir… tu refuses mon affection… tu refuses mon attention… tu refuses de me faire l'amour !

— L'amour… te faire l'amour ? L'amour est un concept ! Un concept pour embellir l'acte de reproduction ! Nous ne sommes que des animaux !

— Qu'est-ce que tu racontes ? Tu deviens complètement incohérent, prends tes médicaments, je t'en supplie ! Je suis patiente… je sais que tu as vécu quelque chose de difficile… ne me vois pas en ennemie, mais en amie ! J'ai l'impression que tu ne prends pas conscience des efforts que j'ai faits…

— Les médicaments ne servent à rien, c'est seulement une drogue et j'ai passé l'âge de planer ! Pourtant, je ne me suis jamais senti aussi lucide et bien. Effectivement, tu as fait beaucoup d'efforts et je t'en remercie. Néanmoins, je n'aspire plus à ce que j'étais, comprends-le ! Je vois les choses autrement maintenant ! Je vois tout autrement ! Tout plus clairement ! Je ne me sens bien que quand je suis seul. Je m'enivre de mes lectures et je ne trouve de sens qu'en cela. Ma vie d'alors n'était qu'absurdité et vacuité…

— Tu fais une dépression et rien de plus. Qu'en pense le psy ?

— La psy… mon Dieu ! Sa fonction est inutile, elle ne comprend rien à rien… tous ces concepts psychanalytiques présomptueux… je suis sûr qu'elle se touche en lisant Freud et Lacan ! Et c'est seulement dans la masturbation qu'elle est compétente !

— Tu deviens obscène !

— Et toi excessive ! Restons-en là. Cette discussion ne mène à rien !

Elle sanglota silencieusement un long moment tandis que je regardais le paysage délayé. Quand le véhicule se stoppa, elle me lança un regard empli de supplication. Je ne pus le soutenir alors je me détournai. J'éprouvai de la pitié pour cet être fragile… quel faible étais-je encore ! À l'intérieur de notre demeure, elle se jeta sur moi sans me laisser l'occasion de me rétracter. Par commisération, par pleutrerie, j'y participai.

Ses mains sur mon corps… ses embrassades baveuses déposant des sillons malodorants et collants sur ma face… ma nudité… ses larmes… nos corps… notre sueur… son soulagement… ma révulsion… son poids… mon poids.

ACICULARIS XIX

À mon réveil annonçant ma reprise du travail, je décidai de faire du vide autour de moi en me remémorant les événements de la veille. Cela devait être imminent, car je percevais que Mathilde attisait uniquement ma faiblesse. Seule la solitude me mènerait au meilleur de ma destinée. Également, lorsque je contemplai à nouveau mon corps, je me résolus à me mettre au sport au cours de la semaine et pourquoi pas le soir même.

Ma compagne vint m'embrasser dans le cou au moment où je me rasais, tout en me souhaitant bonne chance. J'agrémentai mon remerciement d'un large sourire. Il fallait la ménager… oui, la ménager !

Enfin, je m'assis sur le siège de mon véhicule et m'engageai vers la voie professionnelle. Habituellement, je partais sans appétit, l'estomac et mes intestins me tourmentant. Aujourd'hui, je me rendais au bureau dans une parfaite indifférence, si ce n'est confiance.

Mes pieds foulèrent le sol de l'entreprise. D'abord, je présentai mon badge m'ouvrant un imposant portail. Ensuite, je m'élevai grâce à un escalier en colimaçon qui me permit de dépasser le Service Conception. Mon passage ne leur fit pas perdre l'attention qu'ils portaient à leurs tâches. Enfin, j'arrivai au sein du Service Qualité. Mes collègues, Garelle et Montuzet, m'accueillirent avec des visages simulant la joie de me revoir, accompagnés d'excessives poignées de main.

Le récit de mon drame leur offrit durant dix minutes un motif valable pour paresser, bien que nous ne soyons que rarement débordés. Des lieux communs fusèrent en réaction à mon agression. Mais ce succédané de réunion prit fin. Mes collègues retournèrent à leurs occupations. Ce n'était toujours pas mon cas puisque notre chef de service m'invita dans son bureau. Notre chef était du sexe féminin. Une femme aux yeux constamment humides, ce qui donnait à son regard un aspect larmoyant, voire fou. Le stress la rongeait. Elle transpirait le manque de confiance en elle, tout en simulant le contraire. Souvent, elle se ridiculisait quand une fièvre despotique la prenait. Bien heureusement, cela demeurait rare et profondément inefficace.

Derrière son bureau, la femme s'assit avec un air solennel peu crédible et me plaignit, avant de m'indiquer qu'elle se tenait à ma disposition pour toutes sortes de difficultés. Bref, j'étais choyé, ce qui contrastait avec l'absence d'intérêt que ma personne inspirait auparavant. À mon poste, mes réflexes revinrent rapidement. À vrai dire, je prenais enfin conscience de la simplicité des tâches qui m'étaient confiées. Il était temps.

Mes compétences consistaient… je devrais en guise d'introduction nommer ma fonction ! Mon bulletin de salaire portait la suave dénomination d'Inspecteur Réception. Donc mes compétences consistaient… consistent, car il m'arrive de le faire encore de temps en temps… à vérifier les pièces transmises par nos différents fournisseurs, hexagonaux et étrangers. Ces pièces, assemblées, forment l'avion dans lequel vous tremblez avant le décollage ou quand il traverse des perturbations. Et vous avez bien raison ! Souvent, n'étant pas réellement rigoureux, je validais des pièces pas vraiment conformes et pourtant à destination des assembleurs pas réellement rigoureux… enfin, je m'éloigne…

Ensuite, à la réception d'un mail du fournisseur contenant la documentation de la pièce, je consulte le Service de Gestion de Production afin qu'il confirme ou infirme le besoin de cette pièce. Dans le premier cas, je renvoie la commande par mail. Celle-ci est acheminée par un camion au sein d'une importante caisse de bois. Des manutentionnaires pas suffisamment rémunérés la décaissent tandis que le Service Réception vérifie s'il s'agit de la commande attendue. Puis ce service me transmet les documents idoines à partir desquels je rentre diverses informations dans un tableur. Je m'assure ensuite de la pièce en question, son type, son numéro de série, s'il y a des rayures, des impacts, si le kit est complet, si tous les rivets sont présents… compter des vis, des boulons… étape souvent survolée à cause de sa « pénibilité ».

Si la pièce détient une avarie, je dois créer un formulaire de non-conformité, joindre des photos localisant avec netteté le vice avant de lui attribuer une étiquette rouge l'expédiant en quarantaine. L'étiquette verte indique sa conformité et l'envoie auprès des ouvriers. Un coup de tampon clôture le dossier et l'invite à être archivé.

La reprise fut finalement aisée et le travail fut abattu avec plus de rapidité et de qualité. Mon acuité semblait dégagée, rendant le flux de ma réflexion plus prompt et moins parasité par de multiples questions. Je prenais presque du plaisir tant je dus peu me concentrer, et méditai ainsi mes lectures. La journée s'acheva sans que je prenne conscience de son accomplissement. L'aliénation permettait à mon esprit d'être fécond.

ACICULARIS XX

Cette journée me raviva et m'inspira la concrétisation de mon projet matinal de faire du sport. À peine avais-je ouvert la porte d'entrée que je me précipitai dans les placards à la recherche de chaussures adéquates et d'un survêtement. Après une dizaine de minutes de furetage, je fus enfin prêt. Mon avancée se stoppa au moment où je franchis le pas de la porte. Oui, il fallait que je le fasse maintenant. Ainsi, ma très chère pourrait tranquillement digérer l'acte jusqu'à mon retour. Cette action me prit pas loin d'une heure.

Je m'engouffrai enfin dans la rue après m'être médiocrement échauffé.

Les premiers mètres furent insoutenables, une pointe me perforait le flanc, mes bronches s'enflammaient à chaque inspiration. Je songeai à rebrousser chemin. Pourtant, j'insistai et les mètres suivants amenèrent une stabilité respiratoire et le plaisir. Sur le trottoir, je croisai une quantité, trop importante, de badauds aux pas lents et mécaniques. Pour y pallier, je pénétrai dans le premier parc s'offrant à ma vue. Ainsi, je troquai l'asphalte pour le gravier d'un chemin plus étroit et plus déserté.

Le vent caressait mes joues et mes cheveux d'une main emplie d'onction, une main maternelle. Je ressentais chaque muscle se contracter et se décontracter au gré de mes mouvements. Je découvrais le langage de mon corps. Un langage divin et serein, loin du babillage humain. Une réconciliation établie entre mon esprit et mon corps enflammait chacun de mes pores. Une association qui me guidait vers un inévitable dépassement de cette enveloppe négligée. Sans être essoufflé et après avoir effectué un tour du lieu, je me dirigeai dans la foulée vers ma demeure où un spectacle m'attendait.

Ne voulant pas parasiter mon entreprise par des piaillements, je décidai de m'étirer sur le mur de l'immeuble avant de rentrer. La sueur ruisselait sur mes tempes. Elle collait mon t-shirt à ma peau. Soudain, la dopamine se libéra au sein de mon cerveau, afin que cette molécule me donne goût à l'effort physique. Chose faite, ma clé tourna dans la serrure, ma main abaissa la poignée, la porte s'ouvrit. Une silhouette familière se tenait là, le visage livide. Je ne pus faire deux pas avant que Mathilde m'apostrophe.

— Qu'est-ce que c'est que ça ? vociféra-t-elle en désignant des valises posées à l'entrée.
— Ce sont des valises, répondis-je posément.
— Ne te fous pas de ma gueule !
— Dans ce cas, les choses sont claires.
— Tu veux que je parte ? Sans même me consulter ! En me donnant l'impression que notre couple revient à la normale… tu es un beau salaud ! Jamais je n'aurais imaginé ça de toi ! Comment tu peux me faire ça après tous ces efforts...
— Sept ans…
— Peu importe ! Comment tu peux me faire ça après tous les efforts ! J'aurais mieux fait de ne pas m'inquiéter pour toi ! J'aurais pu rester tranquillement ici le temps que tu te rétablisses…
— C'est tragique ! L'être humain ne peut pas agir avec désintéressement.
— Ne me réduis pas à une généralité ! Je suis ta compagne, je voudrais être ta femme… je voudrais des enfants de toi… alors qu'est-ce que tu fais ? Tu ne crois pas qu'il serait préférable de s'asseoir et de mettre les choses à plat ?
— Les choses… toujours besoin d'utiliser un nom générique au lieu de désigner normalement un concept ou un objet…
— Arrête ! À quoi est-ce que tu joues, à la fin ?
— Je joue notre fin !
— Quoi ? Tu insinues quoi ? C'est fini ?
— Eh bien ! Tu es un peu lente…
À l'entente de ces paroles, Mathilde devint pâle. Ses traits se crispèrent et immédiatement, elle plaça sa main devant la bouche avant de se précipiter aux toilettes où elle vomit bruyamment.

Je n'aurais jamais imaginé que le cerveau pouvait provoquer des manifestations aussi violentes sur un individu à la suite de palabres de toute apparence traumatiques. Ses pas neurasthéniques et ses larmes hystériques me ravirent de cette rêverie.

Tout en essuyant du revers de sa main le coin de sa bouche, elle reprit la controverse de la sorte :
— Tu ne peux pas me virer de chez nous quand ça te chante !
— De chez moi, je te rappelle que le bail est à mon nom, comme la plupart des factures, que c'est sur mon compte que le loyer est prélevé, que la majorité des meubles ont été acquis avec mon argent lorsque tu étais encore une étudiante, vivant aux crochets de papa-maman. Je te l'accorde, tu disposes d'un budget pour l'achat des provisions. Enfin, tel que tu as dû le vérifier, tes valises… oui, je t'offre les miennes… elles sont comblées par tes vêtements et autres biens. Cependant, tu peux prendre ce que tu veux, tu as les clés, donc je te donne la possibilité de venir récupérer ce que tu veux, quand je serai absent et durant le temps que tu le souhaites. Sans abuser de ma faveur, bien sûr. Ensuite, tu laisseras ton jeu dans la boîte aux lettres et on n'en parlera plus.
La femme se jeta à mes pieds et me supplia.

— Tu ne peux pas me faire ça ! Où je vais aller, maintenant ? Qu'est-ce que je vais devenir sans toi ?

— Tu peux aller chez tes parents, chez une amie, à l'hôtel… je ne sais pas… démerde-toi !

— Pourquoi tu es devenu aussi froid ? Je sais très bien que tu n'es pas toi-même… jamais tu ne te serais permis ça autrefois.

— Justement, je suis enfin moi-même… bon, on ne va pas y passer la nuit, j'ai de la lecture qui m'attend !

— Non, non… tu ne peux pas me faire ça !

Soudain, Mathilde se jeta sur moi, me gifla et martela mon torse de ses poings frêles en geignant. La seconde suivante, elle tenta de m'enlacer, mais je la repoussai avec ménagement.

— Ça suffit ! Allez, sois raisonnable. Prends tes affaires et laisse-moi… ne m'oblige pas à appeler les flics.

Elle se résigna enfin à charger ses valises et à prendre la sortie. Je ne lui ouvris pas la porte. Je ravalai des relents de pitié en contractant l'ensemble de mes muscles. Elle se retourna une dernière fois. Ses lèvres articulaient une forte incompréhension tandis que ses yeux larmoyants espéraient encore qu'il s'agisse d'une plaisanterie douteuse.

Pourtant, il n'en était rien. Et ainsi tomba le rideau de cette mauvaise tragédie : tragédie somme toute ordinaire.

C'est ainsi que tout commença, c'est ainsi que tout s'acheva.

ACICULARIS XXI

Ma vie prit une tout autre direction après son départ. Enfin, je ne me suis pas débarrassé d'elle comme cela. Le lendemain, alors que je m'apprêtai à partir courir, mon portable, auquel je ne prêtais plus attention, bipa. Un message… Mathilde…

« Tu me manques mon amour. C'est vraiment trop difficile sans toi, laisse-moi une chance. JE T'AIME ! »

Mon Dieu, que c'était pathétique et comme cela m'indifféra ! Je reposai l'appareil et me préparai. En rentrant, j'étais en sueur et légèrement essoufflé. Le mobile s'emballa de nouveau… Mathilde…

« C'est ça, ne réponds pas ! Tu ne me méritais pas ! T'es qu'un pauvre type sans aucune perspective. JE TE HAIS ! »

De mieux en mieux ! pensai-je en me dirigeant vers la douche.

La soirée avançait. Je lisais paisiblement au sein d'un silence enivrant. Je savourais ce que j'attendais depuis près d'un mois. La solitude, cette indispensable solitude. Évidemment, mon portable la troubla encore une fois. Cette fois-ci, il s'agissait de Nicolas… un « ami » d'antan…

« Salut poulet ! Mathilde m'a contacté et m'a expliqué où vous en êtes. Dis-moi, t'es sûr que ça va ? Si je peux faire quoi que ce soit pour toi, contacte-moi. »

La salope ! Elle était vraiment désespérée ! Et ce con, de quoi il se mêlait ? Allez vous faire foutre ! Je pris une décision irrévocable : j'ouvris la fenêtre du salon, toujours en possession de cette nuisance, et je la jetai le plus puissamment possible. J'entendis le bruit sourd de sa réception, suivie d'un éclat de pièces. Un sourire rida ma face, jaugeant mon acte.

Cet appareil est incontestablement une pollution. Depuis sa commercialisation, il prolifère dans chaque lieu que je traverse. Je dois subir les sonneries ou encore les exhibitions des usagers oubliant qu'ils ne sont pas dans leur salon. De plus, chaque possesseur ne peut plus être en paix et est constamment obsédé par ses notifications, la réception d'un message ou d'un appel l'obligeant à consulter frénétiquement son écran. Quand il n'est pas déconcentré dans l'exercice de sa fonction ou en voiture. Bref, le mobile est un fléau. Un fléau qui rattache à la collectivité, niant l'individualité. Effectivement, qui n'a pas ressenti le poids de sa médiocrité lorsque son téléphone ne sonne pas ? Nous avons aussi tendance à occulter que le smartphone trace constamment chacun de nos faits et gestes. Il semblerait même qu'il émette des ondes nocives pour l'organisme… Que leurs cerveaux se remplissent de tumeurs, tous autant qu'ils sont ! Bref, c'est une bien piètre invention. Je suis nostalgique du bon vieux téléphone fixe qui sonne inutilement dans une pièce vide d'âme.

Je repris ma lecture jusqu'à ce que mes yeux brûlent. Ne me jugeant pas fatigué, je décidai d'effectuer une promenade nocturne. Après avoir évalué la température extérieure, je m'habillai. Il faisait doux en cette approche de printemps. Dehors, je méditai en premier lieu mon instruction journalière, puis je constatai la désertion des rues. Quel bonheur ! Pas besoin de contourner des personnes, d'être révulsé par d'autres. Ô joie de la solitude !

Certainement que le troupeau était bien couché à cette heure avancée. Il devait rêvasser à une vie moins monotone plus animée, pour finalement se réveiller et comprendre que plus rien n'adviendrait. Le plus fortuné du groupe ne rêve pas et se lève, aussi indifférent qu'au coucher… indifférent… inconscient plutôt. Personne. Personne déambulant sur les trottoirs de ces petites rues citadines. Il faut préciser qu'à l'époque, je ne m'éloignais pas de chez moi. Ce fut aussi ce soir-là où je me convainquis de faire l'acquisition d'haltères afin de muscler ce corps adipeux.

Le temps me manquait pour concilier l'ensemble de mes nouvelles activités. Alors, je décidai de réduire mon sommeil. Une heure d'abord. Puis une supplémentaire. Je songeai aux militaires qui ne devaient pas dormir plus de quatre heures si mes connaissances collectives ne me faisaient pas défaut. S'ils y parvenaient, moi aussi. Oui, dormir est une perte de temps. Une réelle perte de temps… Reposé et disposé à une nouvelle lecture, je jugeai cette promenade indispensable à mon acquisition de connaissances. Pour cela, je la réitérai chaque soir…

ACICULARIS XXII

J'ai réglé ma vie à la seconde près afin de contraster avec mes vingt-neuf années de spontanéité et de paresse. Au lever, j'effectue des séries d'abdominaux et de pompes. Puis je petit-déjeune avant de pratiquer des séries d'exercices avec des poids. J'ai consulté au préalable sur YouTube les différents entrainements s'affairant à mon embellissement. Ensuite, je me rends à mon emploi. À ce jour, cette routine demeure immuable.

Là-bas, je peux dire que le changement se faisait ressentir. Déjà, je parlais à mes collègues, qui commençaient à me respecter. Non par altruisme, plutôt parce que j'accomplissais mes tâches journalières avant dix-sept heures. Alors, pour ne pas paresser, je leur proposais de les aider. Ainsi, j'acquis une certaine polyvalence ; cela me permit d'avoir une vue d'ensemble de mon service. Néanmoins, cette situation ne perdura point. Comme à mon habitude, je foulais les graviers des parcs municipaux lors de mes footings. Parallèlement, je procédais au désencombrement de mon lieu de résidence. Peu à peu, les objets superflus disparaissaient. Seuls demeuraient des meubles, relativement utiles, car ils conservaient mes quelques couverts, documents importants ou vêtements. Il restait toutefois le canapé et la télévision.

Le vide investissait de nouveau les lieux, en se réappropriant ses droits et sa beauté. Je jugeais mon approximatif dénuement comme reflétant le vrai, la vacuité de la vie. Et encore, je m'estimais tout de même cossu par le nombre de mètres carrés, la possession d'un lit, d'une chambre, alors qu'un simple matelas dans le salon suffirait. Pourtant, prévoir un déménagement pour un toit plus modeste me semblait un important gaspillage de temps.

Un soir, alors que j'examinais mes transformations physiques, je remarquai l'excès de ma pilosité corporelle. Premièrement, mes cheveux trop longs furent rasés. Ensuite, j'épilai mon monosourcil, grâce à l'oubli d'une des multiples pinces de Mathilde. En vue de poursuivre cette désanimalisation, je me munis d'un rasoir pour éliminer cette moquette présente sur mon torse. Puis je tondis mon pubis qui n'était qu'une masse gonflée et grotesque, et rasai mes testicules ainsi que les abords de mon anus. Comment avais-je pu vivre jusqu'à cet instant avec cette hérédité animale ? Ces poils tout bonnement inutiles sur notre enveloppe. Nous n'allons plus nus dans la nature. Et après, on ose encore se revendiquer humain par négation de l'animal, mais nous sommes leurs semblables. Notre corps nous le recorde. Prétentieuse espèce.

En me rhabillant face au miroir, je notai une certaine allure à mes vêtements noirs. Cette couleur me donnait un air austère, sérieux, mince. Le lendemain, j'entrepris de refaire ma garde-robe, contrastant avec la précédente aux couleurs bigarrées. Oui, je commençais à prendre forme, je reflétais enfin ce que j'étais… chassant le pantin ridicule que je côtoyais depuis mon enfance.

Je pensais naïvement que Mathilde était de l'histoire ancienne. Pourtant, un soir, je la trouvai assise sur le canapé. En me voyant, elle me salua de manière relativement neutre. Je lui rendis son salut par un abaissement de la tête et j'engageai :

— Ça y est, tu as récupéré tout ce dont tu as besoin ?

— Oui.

Elle hésita une seconde et reprit :

— Ça ne t'a pas dérangé que je prenne quasiment toute la déco ?

— Absolument pas, tu m'en as débarrassé !

La déception marqua son visage.

— Tu ne veux pas reparler de ce qu'il s'est passé ?

— En effet, je ne veux pas. Je considère que tout a été dit, n'est-ce pas ?

— S'il te plaît, laisse-nous la chance de repartir sur des bases saines…

— Bon… Mathilde… je n'ai pas de temps à perdre avec ces futilités… il serait donc temps de se dire adieu !

— Futilités ? Pour toi, notre couple n'est qu'une futilité ?

— Je dirais plutôt « n'était qu'une futilité »… enfin, je ne veux pas polémiquer… Je te souhaite « tout le bonheur possible » : mari, gosses, chien, maison, etc. Bref, bon vent !

— Tu…

— Je… vais appeler les flics, oui ! Si tu ne te décides pas rapidement à quitter les lieux… non que je ne puisse pas le faire moi-même, mais je ne voudrais pas te donner l'occasion de te plaindre auprès de ta pathétique fratrie. Allez, ça suffit ! Tu sais où c'est.

Elle se leva en trombe, les yeux emplis de larmes et de haine. Néanmoins, je ne me retournai pas. La tragédie me lassait. Le lendemain, une nouvelle serrure fut posée à l'entrée principale… et je ne revis plus Mathilde… du moins pas chez moi.

ACICULARIS XXIII

Sublime, oui, sublime devenait mon corps. Je n'étais plus graisse, j'étais muscles et os. Ma silhouette ne portait plus les stigmates de ma négligence.

Celui qui veut être léger et oiseau, celui-là doit s'aimer lui-même.

À présent, je commençais à ressentir une certaine affection, un certain respect pour ma personne. Je n'étais plus une victime, personne ne décidait plus pour moi, personne n'intercédait dans mes choix. Ma vie était entre mes mains et j'en étais le seul maître. Maître et esclave de mon être, y a-t-il meilleur statut ? Mes yeux, qui souvent auparavant n'osaient accepter la réflexion de mon visage, maintenant dardaient d'une assurance vert foncé l'intégralité de cette masse.

Ma superbe semblait croître au fil des jours, en vue d'atteindre la surhumanité. Je ne me complus pas à ma personne, j'avais soif de découvertes tant intellectuelles qu'expérimentales. D'un point de vue spirituel, mes œuvres me rassasiaient. Il manquait la pratique. Le sommeil me quittant progressivement, mes escapades nocturnes s'allongèrent, si bien que je m'engageais au sein de nouveaux horizons. La nuit devint le moment le plus appréciable de la journée. J'avais la capacité de me déplacer sans être accablé d'un troupeau grouillant et puant d'humains. D'ailleurs, et je ne m'en plains pas, pourquoi notre tradition mystifie-t-elle à ce point la nuit ? La nuit s'assimile au sein des consciences collectives à la débauche, au crime, si ce n'est à la mort ! Ce préjugé est tout bonnement inepte. Tel que la plupart des préjugés acquis par le biais de l'éducation.

Malgré mon assurance, une légère crainte perdurait. N'oublions pas que je fus agressé un soir similaire à ceux-là. Afin de vaincre cette faiblesse, je pris la décision d'acheter une arme. Pas une arme à feu, il n'y a pas invention plus poltronne, hormis la bombe, bien entendu. L'arme à feu est une évolution logique. L'homme s'évertue à créer des effets qui le contenteront dans une reposante paresse. Les pistolets en tout genre appartiennent au processus normal d'intermédiarité de notre espèce. On ignore la loyauté et ainsi le courage. On dédramatise l'acte de mort, le rendant par là même plus expéditif, plus facile et moins traumatisant. Par l'invention de l'arme à feu, le meurtre est devenu anodin. Il suffit de regarder un tant soit peu autour de soi pour juger les ravages de l'intermédiarité parmi nos congénères. Ce n'est plus exclusivement la mort physique qu'elle amène, mais également la mort cérébrale par le transfert de leur intention dans un objet.

Pourtant, l'acquisition de cette arme ne m'exempta point de toute complexité. Il est vrai que, pour un homme de ma sorte, s'offrir un couteau pourrait s'apparenter, dans l'esprit d'un quidam, à une manie. Cela justifia l'accoutrement grotesque avec lequel je me rendis dans un magasin de chasse et pêche. Complexe, je disais, car je dus fureter dans mes armoires, afin de dénicher les immondices vestimentaires en ma possession, datant de ma première vie. Puisque Mathilde m'aidait à me fondre au milieu des tendances, le travestissement en un être moyen restait difficile. Car oui, il n'y a que les êtres moyens qui fréquentent encore ce genre d'enseignes.

Je trouvai enfin la panoplie correcte, précisons après avoir tenté une dizaine d'assemblages d'habits contradictoires. Je rappelle que l'être moyen est totalement dépourvu de goût, comme je l'étais. J'optai pour un pantalon de survêtement gris accompagné d'une chemise, verte à défaut d'être élégante.

J'oublie… je me vissai une casquette en vue de cacher au mieux mon regard.

Je m'y rendis en marchant. Ce samedi-là, une lubie me prit. Je me mélangeai à la masse fangeuse et je fus servi, et ce, jusqu'à la première enseigne qui s'offrit à moi. Je supportai les conversations futiles de personnes âgées, des discussions byzantines d'adolescents. J'excuse ces deux premières catégories. La première, car cela doit correspondre à la sénilité. La seconde, à l'immaturité, quoique chacune d'entre elles ait appartenu ou soit sur le point d'appartenir à la plus méprisable. Je parle bien sûr de la classe intermédiaire… mon Dieu ! Elle semble obnubilée par son petit patrimoine. Je tiendrais certainement les mêmes discours si ma vie n'avait changé. Ces infâmes étaient, à de rares exceptions, accompagnés d'une marmaille assourdissante et incontrôlable.

Fi ! Je retrouvai la paix au sein du magasin. La paix… À vrai dire, je songeai à ces pratiques, relativement ignominieuses et inutiles. La clientèle de ce magasin n'était autre que des beaufs qui se galvanisaient en chassant ou pêchant, dans l'eau, sur terre ou dans les airs, un animal élevé par l'homme jusqu'à la date fatidique de l'ouverture nationale du loisir où il serait lâché en vue d'être massacré. Au mieux allait-il devenir une œuvre culinaire, au pire une charogne fétide. Triste maillon de la chaîne alimentaire abandonné à un simulacre de nature. Triste ? En effet.

Je ne me pressai pas, je laissai le vendeur converser avec un client.

Le gérant, les bras croisés sur son ventre proéminent, ne faisait pas attention à moi. Il était l'archétype du chasseur/pêcheur. Un quinquagénaire, les cheveux incultes et cendrés, une moustache de la même tonalité, une corpulence excessive. L'homme qui parviendrait à survivre en milieu hostile, contrairement au citadin incapable de rien. Sa voix forte et grasse voletait jusqu'au fond du lieu et capta mes tympans. Elle narrait une récente sortie de chasse datant du week-end précédent. Rien d'intéressant en somme, hormis que le destinataire parla d'avoir dépecé un chevreuil avec un couteau. Voilà, il avait formulé ma requête à merveille…

— Monsieur, je peux vous renseigner ?

— Euh… oui, s'il vous plaît, dis-je, surpris.

— Que cherchez-vous ?

— Un couteau de chasse… un…

— Approchez-vous, la vitrine est à ma droite.

Bien entendu, je suivis son indication et m'avançai devant une panoplie d'armes blanches aux lames impressionnantes. Certaines demeuraient sobres et ne se destinaient qu'à la chasse. D'autres, travaillées, semblaient n'exister que pour être collectionnées.

— Que voulez-vous en faire ? Les petits, les gros gibiers ou votre femme ?

Et il s'esclaffa tout en jetant un regard complice à son camarade qui riait avec plus de retenue.

Pauvre con ! Et je dus le toiser, car il s'arrêta net.

— Je plaisante, monsieur…

Je pensai à mon accoutrement et je souris.

— Donc ?

— Plutôt le gros gibier, je chasse surtout le chevreuil ou le sanglier…

— Ah oui ? Où ça ?

Merde !

— Euh… avec mon frère, mais pas dans la région… alors qu'avez-vous à me conseiller ? bafouillai-je.

Il entama alors un monologue harassant, si bien que j'acquis le plus dispendieux afin de le faire taire. Dans la rue, je n'osai pas le sortir de sa poche et encore moins de son étui. Si bien que je le découvris réellement une fois arrivé chez moi. Et je le déballai avec les gestes maladroits et agités d'un gamin devant un paquet-cadeau.

Finalement, l'arme se dotait d'un réel esthétisme. Un manche en bois peint en noir et travaillé, d'où une lame chromée était née. Son sommet plat et inoffensif portait une dentelure et se stabilisait en une droite parfaite. En penchant le couteau, on pouvait voir une raie. À cet endroit, la lame se désépaississait en un côté aiguisé aboutissant sur une pointe dure et effilée. Oui, il s'agissait d'un bien bel objet. Je compris, après quelques mouvements maladroits, mauvaise reproduction de réflexes cinématographiques, que ce couteau, comme toute arme, se maniait. J'étais un profane. De fait, je devais apprendre. Mais comment ?

En faisant une rapide recherche sur Internet. Ainsi, l'heure suivante j'avais connaissance de trois coups mortels, enseignés par l'armée en vue de neutraliser une sentinelle. Je pus dès la soirée venue, voguer parmi les ténèbres, au sein de territoires inexplorés, m'enfoncer dans les tréfonds de ma ville, de l'homme, de la vie, de mon esprit.

ACICULARIS XXIV

Ainsi, ce soir-là, je marchais sans prêter attention à l'heure. Mon ombre effectuait d'infinies rotations autour de mes jambes au gré du dépassement d'abondants lampadaires. Ces derniers altéraient considérablement la candeur de la nuit. Le scintillement des étoiles autour de la lune n'avait aucun effet sur la lumière orangée. Je traversai les quartiers résidentiels. Puis j'atteignis les abords du centre-ville. Les rues étaient en partie désertes. Seules les principales avenues se divertissaient du passage de rares véhicules. Parfois, je croisais un individu promenant son chien à cette heure incongrue. Souvent, le visage de ces promeneurs nocturnes exprimait la lassitude, quand il exprimait quelque chose. Même leur animal de compagnie semblait plus vivant qu'eux. Étaient-ils à l'extérieur par plaisir ? Avaient-ils été jetés sur le trottoir par une insomnie ou un conjoint désobligeant ?

Peu importe. Je respectais ces personnes téméraires ou désespérées.

D'autres occupaient ces lieux décriés, des sans domicile fixe ivrognes ou fous, cuvant ou geignant près ou sur des cartons, tantôt solitaires tantôt accompagnés. Ou encore, des alcooliques claudicants, que leur cerveau imbibé ramenait avec compassion en direction de leur demeure. Mais aussi des hardes de prostituées grotesquement grimées, preuves vivantes des limites du féminisme, patientant à des carrefours, déterminées.

Parmi eux.

Parmi les marginaux noctambules, inconsidérés au milieu de la masse diurne, déchets générés par notre société, uniquement visibles dans les ténèbres, jetés négligemment dans la rue tant les poubelles sont saturées, ultimes bactéries qu'elle essaie de ravager en occultant leur infinie prolifération. Et moi, voguant tel un fantôme errant, tel un esprit dérangé. Dans la rue, tout s'affaiblit et se dégrade. Et c'est justement cette dégradation que je recherchais, cette vérité.

Soudain, un passant sans animal, sobre et encore moins soldant son corps, marcha en ma direction. Il leva la tête, m'aperçut et changea de trottoir. Mon apparence était-elle effrayante ? Je ne le pense pas. Cet acte m'amusa. Lui ressentait la peur et moi, je me sentais en totale sécurité. Les inadaptés sociaux que je croisais ne m'apeuraient pas. Nous étions de la même race. Donc nous nous échangions seulement des regards indifférents. De sorte que je n'avais rien à craindre de cette caste-là.

Si qui que ce soit osait polluer mon plaisir, je détenais l'instrument qui le ferait changer d'avis. Rien ne pouvait me stopper à présent. La nuit m'offrait la liberté. Mon couteau une sûreté.

Ce quidam sur l'autre trottoir devait sûrement faire partie de ceux qui furent endoctrinés par la fièvre sécuritaire. Pour être dehors à une heure aussi avancée, ce devait être une raison importante qui l'y menait. Son cerveau devait lui jouer une obsédante frayeur, son corps tendu devait être rudoyé de frissons… Faible !

Ah ! L'insécurité ! Il y a des politiciens qui en font leur sujet de campagne. Pourtant, et en adéquation avec leurs revendications, l'insécurité est une aberration. Aberration, en effet ! Une société n'a jamais été aussi sûre. Sérieusement, le risque d'agression ou de viol frise le zéro (oui, frise étant donné mon antécédent). Nous sommes cloîtrés dans un monde verrouillé, nos maisons, nos véhicules, nos portables, nos ordinateurs. Dans un monde surveillé, chacun de nos faits et gestes est enregistré, interprété, vérifié si besoin est. La paranoïa n'est plus une maladie mentale, elle est devenue une caractéristique humaine. Nous sommes constamment sur nos gardes, si bien que peu de personnes, hormis des inconscients, osent une quelconque tentative d'intrusion au sein de notre précieux cocon. La vie humaine a plus de valeur que dans l'Antiquité ou dans certains pays non acculturés, dans lesquels l'on tuait ou tue pour un oui ou un non. Et après cela, nous continuons à nous méfier de la terre entière ? Le monde est sûr et ne l'a jamais autant été. C'est seulement notre sensibilité, notre absorption des inanités médiatiques et, de fait, notre faiblesse qui nous laissent croire le contraire. Nous ne sommes que des animaux devenant fébriles au moindre coup de vent. À se demander si l'être humain ne se grise pas de cette crainte ! Nous nous barricadons en fantasmant le danger qui exalte la morosité de nos vies. Je sais que la faute ne nous incombe pas totalement. Cela est inhérent à une éducation post-traumatique. Nos ancêtres ont vu une quantité incommensurable d'horreurs, de relents de millénaire religieux faisant l'apologie de la faiblesse en prêchant une morale d'esclave autour d'un craintif péché originel. Si bien qu'ils ont protégé leurs descendants en niant qu'ils donneraient naissance à une nouvelle espèce à l'émotivité pathologique.

Je suis au-dessus de tout cela grâce à ma vierge lucidité…

ACICULARIS XXV

Ce jour-là, à peine étais-je assis à mon bureau qu'un supérieur pénétra dans mon service. Il salua l'assemblée avant de se tourner vers moi.

Autrefois, durant cet instant infini où son regard accrochait le mien, avant que sa bouche s'ouvre afin d'émettre des sons, je me serais enfoncé dans mon siège. Mon estomac se serait tordu. Mon cerveau aurait lancé pléthore de questionnements tentant d'anticiper l'objet de son adresse. Mais là, je soutenais ses yeux marron sans appréhension.

— Cazaux, votre chef est absente aujourd'hui, c'est vous qui dirigerez.

— Très bien ! répondis-je.

Alors, je m'installai dans le bureau de ma supérieure afin de récupérer les tâches à effectuer pour cette journée. Puis je les distribuai à mes collègues. Ceux-ci ne paraissaient pas éprouver de la rancœur à l'égard de ma désignation. À ce propos, je me rappelle qu'habituellement, c'était Garelle qui était désigné. Chaque fois, il ruminait durant sept heures son mécontentement. Son collègue, peu motivé, préférait ne pas déroger à sa faible activité qui consistait à faire des pauses dès que possible. Bref, ils étaient ravis et moi aussi.

J'accomplis mon travail journalier à ma place familière et, quand j'eus terminé, je revins au sein du vaste bureau. Je savourai le fauteuil plus confortable que le mien et m'enorgueillis de la reconnaissance dont me faisait part mon entreprise. Je préparai le rapport quotidien avant de l'envoyer aux plus hautes hiérarchies. Une fois rédigé, je remarquai dans la boîte email un certain nombre de courriers équivoques.

Un premier provenait d'un site de rencontre, pas encore lu. Le second d'une amie de ma responsable. Ma curiosité, exempte de culpabilité, me lancinait. Cela demeurait trop dangereux. Alors je me contentai de lire les précédents, déjà consultés par la propriétaire. Je découvris une femme qui souffrait de la solitude, exprimée tout au long de ses messages sous forme de jérémiades. Ses amies la consolaient, l'encourageaient. Certains étaient plus enjoués et narraient sa nouvelle conquête qui, deux écrits plus tard, n'était plus. Il s'agissait donc d'une célibataire dépressive. Une faible ! Il fallait dire aussi que cette trentenaire n'avait pas grand-chose pour elle. Une coiffure inqualifiable et probablement la même depuis son adolescence voire son enfance, c'est-à-dire un carré avec une frange relevée… So 90s !

Des yeux globuleux constamment humides, la dotant d'un regard exprimant l'hystérie. Un profil chevalin. Enfin, elle était dépourvue de menton. Le reste, une enveloppe de banalité. Rien de très ragoûtant, mais pas tout à fait repoussant non plus.

Je compris, bien que je n'en doute pas vraiment, qu'il s'agissait d'une personne pathétique. Elle subissait les affres de sa vie conceptualisée par son éducation onirique. Elle attendait depuis l'enfance le prince charmant, que la réalité transfigurait en cauchemar : il ne viendrait jamais ! Son cas m'amusa, j'éprouvai une certaine jouissance à ce constat. Quelques mails plus tard, je découvris des billets d'avion pour une destination exotique dans un avenir proche.

Garelle se présenta à mon bureau et me demanda d'un visage contrit s'il ne pouvait pas partir plus tôt en prétextant une flagrante inanité. Je le congédiai en prenant son dossier et en lui précisant que je ne le ferais pas chaque fois. Il me remercia longuement et disparut. Quelques minutes plus tard, mon autre collègue, Montuzet, fit de même. Seulement, lui avait bouclé chaque dossier. Je le laissai partir aussitôt. Je devais gagner toujours plus leur confiance ainsi que leur respect. Cela pourrait m'être profitable. Quand le dossier de Garelle fut terminé, je vérifiai les conclusions de son collègue. Rien à signaler. Ensuite, je m'intéressai au travail exécuté la veille par ma supérieure. Et là, je découvris un nombre important d'erreurs. Comment une conne pareille pouvait-elle être chef de service ? Si bien que je décidai de le devenir.

Je voyais là de nouvelles perspectives d'avenir. Afin de mener à bien cet objectif, je fouillai dans ses tiroirs à la recherche d'informations. Rapidement, je trouvai son adresse, ses coordonnées téléphoniques. De toute apparence, elle venait d'emménager dans une maison localisée en périphérie. Rien d'extraordinaire d'après le descriptif. Toutefois, l'espace paraissait légèrement excessif pour une femme seule. Peut-être fantasmait-elle l'installation proche d'un mâle dans sa vie. Pauvre fille… de quoi souffrait-elle le plus ? Du non-sens de sa vie ? De la solitude oppressante ? De la vacuité persistante de son vagin ? Pauvre fille bercée par l'illusion te protégeant du désespoir et du vide de l'existence ! Si tu savais l'absence de perspective qui s'offrait à toi, tu mettrais fin à tes jours sans différer.

J'allais l'aider à cela !

ACICULARIS XXVI

Une heure du matin, je me garai à près de huit cents mètres du lieu de résidence de ma victime. Je me rendis à son domicile à pied. Le quartier était calme. Pas un bruit ne pouvait nuire au sommeil des habitants. La rue suréclairée me permettait de lire sans mal les numéros des maisons. Si bien qu'en quelques minutes je me figeai devant celle qui m'intéressait. J'hésitai un instant avant d'enjamber la clôture. Je vérifiai dans mon poche la présence de ma lampe torche ainsi que de mes gants en cuir acquis pour l'occasion. J'analysai les alentours afin d'être certain de ne pas être vu. Je ne courais pas grand risque puisque la majorité de ses voisins avaient dressé de hautes sapinettes en vue de protéger des regards leurs piscines de trous du cul.

Une fois dans le jardin, je progressai à pas feutrés sur le gazon. À l'abord de la porte d'entrée, anticipant sa fermeture, je fis le tour de l'habitat pour repérer l'ensemble des possibilités.

Les volets étaient clos. Elle devait dormir à poings fermés. Je me demandai s'il fallait que je pénètre dans la demeure ou me contenter de la réveiller. Mais le désir de m'introduire dans son intimité était trop grand.

Je posai la main sur la poignée de la porte arrière. Elle força. Je commençais à trépider, à rechercher une solution réalisable quand je levai la tête et découvris une petite fenêtre, une sorte de chatière aérienne. De ma main gauche, je poussai avec onction la vitre qui se laissa mener. Il fallait que je m'insère dans ce minuscule passage. Cela ne m'effrayait nullement. Et si elle se réveillait ? Non, c'était impossible ! Avant de m'engager, je passai le visage dans l'ouverture afin d'étudier vaguement ce qui s'offrait au halo de ma torche, histoire de ne pas heurter des objets bruyants. Il s'agissait d'un cellier. Alors je découvris la machine à laver, le congélateur, une panière emplie de linge et de multiples autres biens. Le franchissement ne fut pas aisé. Je m'engageai les pieds en avant. Mon corps coinça au niveau des hanches si bien que je dus forcer et écorcher ce qui dépassait. Je posai mon pied gauche sur la machine à laver qui se trouvait sous l'ouverture puis l'autre sur l'évier circonvoisin.

Après avoir tordu mon corps en plusieurs points pour amortir mes mouvements et notamment ma réception sur la pointe des pieds, je me dirigeai vers d'autres lieux. Le cellier donnait sur la cuisine. De celle-ci, je perçus des ronflements. Pour m'assurer qu'elle était seule, je me laissai guider par les grotesques sons de la dormeuse. Je traversai le salon et avançai dans un couloir. Au bout de celui-ci, l'encadrement de la porte me jouait un spectacle divertissant.

L'éclairage puissant de son radio-réveil revêtait la pièce d'une tonalité surnaturelle. Il est vrai que ce vert assimilait son visage à celui d'un batracien. Cette ressemblance n'étonnait pas vraiment et paraissait presque naturelle. Aussi, sa bouche était ouverte. Bref, heureusement que sa couette couvrait l'ensemble de son corps tant sa face figurait déjà le summum de l'aversion. Rapidement lassé par ce vil spectacle, je revins à mon point d'ancrage et commençai à fouiller les tiroirs, la lampe entre mes dents. Des couverts, des ustensiles divers, des médicaments ?

Que faisaient des médicaments dans cette cuisine ? Cette femme avait des habitudes étranges. Néanmoins, cette trouvaille m'était utile, car je découvris une boîte de somnifères. Je sortis la plaquette de l'emballage pour vérifier sa consommation. Celle-ci, bien entamée, me semblait subir un usage quotidien. Un verre vide confirma ma supposition. Donc je n'avais rien à craindre d'elle. Que pouvais-je faire dans cette cuisine ? Une idée infantile me vint. Je songeai à commuter le tiroir de couverts avec celui contenant les médicaments. Cela avait l'air plutôt facile. Je ne préférai pas prendre de risque inutile. J'allai au sein de la pièce voisine. Je déplaçai la décoration la plus légère. La luminescence des appareils en veille favorisait l'ensemble de ces actes. Un objet siégeant sur le meuble du téléviseur fut posé sur une commode située contre le mur Puis je trouvai dans un tiroir un album photo au poids excessif. Enfin, je débranchai le téléviseur, les divers supports audiovisuels et lampes. Je revins dans la cuisine et à l'aide de ma torche, je consultai les photos.

Qu'elle était hideuse sur chacune d'entre elles ! Elle souriait sur toutes, simulant la joie de vivre, le bien-être, contrairement à ce qu'indiquaient ses mails. Toujours les mêmes postures, le même jeu. Elle ne pouvait que m'inspirer le dégoût et la haine. Je décidai de poser l'album ouvert sur la table basse, devant la télévision montrant que je l'avais regardé. Par vice, j'en empruntai une qui pourrait m'être utile plus tard.

Ne souhaitant tout de même pas passer la nuit ici, je retournai à ma voiture, avec la même simplicité qu'à l'aller. Je dus me tapir sur la pelouse humide du jardin quand une voiture arpenta la rue lentement. Immédiatement après son passage, le quartier se replongea dans un abîme de quiétude. Aucun habitant n'imaginait, au plus profond de son sommeil, la probabilité qu'une personne s'immisce au sein de sa maison, compte tenu du budget important imparti pour leur protection.

ACICULARIS XXVII

Lorsque mon réveil sonna, je bondis de mon lit tant j'étais impatient de découvrir le visage de ma victime. Après avoir effectué les diverses tâches inhérentes à la conservation de ma musculature, je me dirigeai, guilleret, vers mon service. Quelle déception j'éprouvai en entrant ! Sophie… ma brave Sophie n'avait pas encore pris son poste. Tout de même, je saluai mes collègues avec enthousiasme et m'installai à mon bureau.

En milieu de matinée, elle pénétra dans la pièce, nous fit un signe de tête furtif et se rua dans son antre. Là-bas, elle se saisit du combiné du téléphone qu'elle ne reposa qu'au déjeuner. Ses lèvres se mouvaient incessamment. Un doigt enroulait le fil. Ses yeux étaient plus humectés, plus fous qu'à l'accoutumée. Un masque d'angoisse couvrait sa face. Intérieurement, je jubilais ! À peine étions-nous revenus de la pause déjeuner que la chef me convoqua. Je n'éprouvais aucune appréhension. L'identité de l'intrus était impossible à définir puisque j'avais mis des gants afin de ne laisser aucune empreinte.

— Vincent, je dois m'absenter cet après-midi. Peux-tu me remplacer comme tu l'as si bien fait hier ? Tu fais du bon travail, je suis fière de toi.

— Bien sûr, avec plaisir.

— Merci ! Bon, je ne pense pas avoir d'instructions particulières. Tu sembles maîtriser ton sujet. Je file ! Merci encore.

Et elle se rua à l'extérieur avec la même précipitation qu'à son arrivée.

Un large sourire plissa mon visage lorsque je sortis de ce qui serait bientôt mon lieu de travail.

— Quoi ? Elle se casse encore ? gémit Garelle. Putain, mais elle n'en branle pas une, celle-là… je veux bien être chef dans ce cas… pff ! Ça m'énerve ! Elle t'a dit au moins pourquoi elle se barrait ?

— Non, mais elle semblait soucieuse.

— Soucieuse, mon cul ! Elle doit avoir ses ragnoutes !

— Si tu continues, je vais commencer à croire que tu as un petit faible pour elle…

Garelle rit aux éclats et conclut :

— Plutôt fourrer une carpe que ce thon !

Le service se teinta de gémissements euphoriques. Comme quoi… des hommes moyens peuvent se divertir. Une fois mes compagnons partis, j'accomplis le même rapport que la veille. Ensuite, je consultai de nouveau les mails de celle que je persécutais. Ah ! Elle en avait envoyé un à une amie.

Sa lecture fut très instructive. Elle décrivait mes agissements. Elle s'étonnait de n'avoir rien entendu. Une liste de suspects potentiels était également établie. Je n'en connaissais qu'un, qui figurait sur un précédent courrier. Bref, je n'étais pas de la partie, comme je m'en étais douté. Elle avait conclu son message sur son état psychologique. Il était navrant. Elle avait précisé les différentes dispositions envisagées au cas où quelqu'un tenterait de s'introduire au sein de sa maison. Pour résumer, elle songeait à prendre un chien, une batte et poser une lumière pourvue d'un détecteur de mouvements…

C'était risible. Elle croyait vraiment que ces colifichets allaient m'empêcher de la pousser dans ses derniers retranchements ? Naïve… Ma victime m'inspira de nouveaux sévices. Je pris la photo subtilisée à son album que j'avais soigneusement placée dans mon sac. Je me dirigeai vers la photocopieuse au bout du couloir. À cette heure-là, l'entreprise était à peu près déserte. Toutefois, je m'empressai. Une personne comme moi pourrait s'éterniser. Aucun mouvement dans le couloir. Pas un bruit. Le champ était libre.

Je posai la photo sur la plaque en verre et lançai une vingtaine d'impressions. Plongé au plus profond de mes pensées et bercé par le ronronnement de la machine, je ne fis pas attention à mes arrières.

Soudain, une main se posa sur mon épaule. Je sursautai.

— Eh bien, Cazaux ! Ce n'est que moi ! déclama une silhouette familière.

Il s'agissait d'un employé du Service Conception. On échangea quelques banalités avant de se séparer.

Mon cœur battait à tout rompre dans ma poitrine quand je revins chercher mon sac. Il fallait que je travaille également à contrôler mes émotions.

Mon nouveau projet se tissait dans mon esprit. Je le finalisai durant mon footing.

ACICULARIS XXVIII

Je dois me nourrir. Je ne peux outrepasser cette corvée. Donc, je me rends communément au supermarché. Parmi les lépreux.

J'étais perdu dans mes pensées quand une vieille femme me tendit une poche. Surpris, je la saisis. Je progressai au sein du royaume de la consommation de masse en déchiffrant l'inscription sur le sac : banque alimentaire.

Merde, je m'étais fait avoir ! Toutefois, je n'avais aucune obligation de le remplir. Il me vint une idée.

Ne tenant nullement compte des rayons pernicieusement agencés, j'achetai uniquement des produits essentiels à mes besoins. Je me contentais de rechercher le prix le plus compétitif. Il s'agissait seulement de légumes, de fruits, de féculents, de volaille ainsi qu'un peu de viande rouge (pas de poisson : l'odeur m'a toujours dégoûté. Le poisson sent la petite fille négligée. Et ces arrêtes…). En total contraste avec mes achats en couple ! En effet, nous remplissions notre caddie de toutes sortes de sucreries ou repas préchauffés, outrageusement gras, tout ce qui justifiait ma bedaine naissante. Je ne pris aucun produit laitier dont j'étais très friand auparavant. À présent, la texture même du lait me dégoûtait. J'avais découvert combien ces produits étaient difficiles à digérer. Après tout, je ne comprends pas pourquoi on nous martèle de nous gaver de lait depuis l'enfance. Nous sommes les seules créatures à en consommer après être sevrés. Uniquement le lait maternel est essentiel. Alors, pourquoi nous nourrir d'un produit destiné à un veau ? Aberration !

Il faut dire aussi que mes repas sont à présent sobres, j'utilise très peu de sauces ou divers assaisonnements. Je déguste même les féculents nature. Je sais, beaucoup de personnes en sont incapables, pourtant ces apports graisseux aux plats ne sont rien d'autre que du poison. Il n'y a rien de plus industriel, de plus nauséeux. Cela existe uniquement pour masquer le restant de multiples traitements décelables à l'appréciation de produits crus. Nous bouffons n'importe quoi et nous nous étonnons de devenir des cancers à retardement, passé cinquante ans. Je ne suis pas dupe non plus à propos de mon alimentation équilibrée, quasi inutile, dont les aliments ont été cultivés avec des engrais et d'autres pesticides. Non, ce n'est pas mauvais pour la santé ! Bien sûr, un produit éliminant des organismes vivants n'a aucune conséquence sur l'organisme humain… j'en ris ! Et puis une alimentation bourrée d'additifs en tout genre demeure moins nocive par rapport aux kilos de graisses et de sucres obstruant progressivement les artères de millions de porcs.

Ah, le rayon bio, Mathilde adorait ça… un supermarché, la marque de l'enseigne estampillée bio, quelle bonne blague ! Tous ces produits cultivés à proximité des cultures viciées. Bien sûr, ça ne communique pas, ni par l'air ni par la terre ! Et ces succédanés de viandes, de fromages, de yaourts au soja ! « *On mange bio, mais on veut manger la même chose que les autres en plus sain.* » Trous du cul ! Et le sans gluten, quelle arnaque ! J'ai envie de tout renverser dans ce tas d'opportunisme marketing !

Je n'oubliai pas d'ajouter à mon acquisition des instruments favorisant mon ascension professionnelle : pinceaux et colle. Ainsi que le produit destiné à la banque alimentaire. Enfin, à la caisse, je contemplai la laideur des personnes qui m'entouraient. Des personnes cernées, vêtues avec négligence. Il n'y avait qu'à regarder leurs chaussures crottées. Il n'y avait qu'à examiner leurs visages pensifs, troublant leur inquiétude par des conversations oiseuses. À propos, le client me devançant se retourna. Un vieil homme, certainement retraité ou en passe de l'être. Il commença à commenter en s'adressant à moi. Je ne répondis pas. L'homme poursuivit sur le temps en souriant nerveusement à mon silence. Je le dardai en vue de lui exprimer mon désintérêt. Mais il lança un autre sujet que je ne pris pas la peine d'écouter.

— Monsieur, je ne vous connais pas et je n'ai aucune envie de vous parler, encore moins de sujets aussi vides. Si vous vous ennuyez, n'importunez pas pour autant les autres clients.

Il se tut, offusqué, et se retourna derechef sans même relever. J'étais fier de moi. Après une dizaine de minutes d'attente, je pus poser mes achats sur le tapis roulant. Une hôtesse de caisse me salua mécaniquement. Elle enregistra mes articles avant de réclamer sans plus de conviction le dû. Elle me congédia de la même manière. Cela me répugna… à quoi bon simuler l'intérêt, la réjouissance, si cela est dépourvu de sincérité ? C'est certain, cela entre seulement dans une stratégie commerciale. Qui y croit encore ? Dans ce cas, autant se taire !

La femme qui m'avait fourré la poche dans la main lors de mon entrée dans le magasin, se rua sur moi tout sourire. Sourire qui se figea et se mua en moue lorsqu'elle découvrit le contenu.

— Vous n'avez pas honte, monsieur ? Nous ne voulons qu'un peu de nourriture… pas des produits superflus !

— Pardon ? Des préservatifs sont superflus ? C'est le seul produit dont ils ont besoin, vos cas sociaux…

— Monsieur, un peu de respect pour ces malheureux…

— Malheureux ? Ce ne sont que des parasites qui se paupérisent en se reproduisant infiniment. Ils n'ont besoin que de ça si ce n'est d'être stérilisés !

— Vous êtes un horrible personnage… bien heureusement, tout le monde n'a pas des idées aussi extrémistes !

— Excusez-moi de ne pas me laisser berner comme ces cons. Je suis certain que vous nourrissez très peu de personnes réellement dans le besoin, mais majoritairement des pondeuses trop paresseuses pour travailler, qui se font enfler pour toucher le maximum d'allocations. Tout en négligeant leur marmaille qui à son tour fera de même et ainsi le parasitisme étendra toujours plus la pauvreté et altérera notre population déjà peu brillante de débiles consanguins.

— Nazi ! Vous n'êtes qu'un nazi !

— Non, lucide ! Piètre bigote !

Je repris la poche, avant de la lui jeter littéralement au visage, et je sortis de cet ignominieux endroit.

ACICULARIS XXIX

Je me précipitais. Oui, mon engouement pour cette victime était trop palpable. Il fallait ralentir les gestes afin de ne pas être remarqué. Alors, je me convainquis de laisser une semaine de latence avant les prochains sévices, ainsi elle pourrait baisser sa garde et donc être d'autant plus vulnérable la fois prochaine.

Une semaine de philosophie, musculation, footing et promenades nocturnes me permit de patienter sagement. Et, dès le lundi, je repris mes activités. Je décidai de reporter l'utilisation de la colle et des photocopies uniquement pour faire durer le plaisir. Néanmoins, je ne pouvais pas la laisser en paix, si bien que je me connectai sur des sites de rencontre. Je créai un compte au profil on ne peut plus orienté. Une horde d'hommes frustrés, à qui je donnais facilement le numéro de portable de ma bien-aimée chef de service, dialoguèrent avec empressement avec ce qu'ils pensaient être une nymphomane.

Au bureau, il ne m'était pas difficile de remarquer que ma chef était à fleur de peau. Elle s'emportait pour des velléités. Elle bâclait son travail et partait plus tôt, n'attendant pas la fermeture de nos dossiers. Mais elle ne me demanda pas de rédiger les rapports. Elle effectuait ces tâches le matin, quand elle arrivait après tout le monde.

La semaine suivante, je reportai de nouveau mon second plan et profitai de mes randonnées ténébreuses pour l'appeler sur son téléphone fixe depuis les nombreuses cabines téléphoniques placées dans des lieux géographiquement différents. Souvent, je l'appelais trois ou quatre fois entre vingt-trois heures et deux heures. Ma victime répondait d'une voix fiévreuse, presque hystérique. Elle s'enquérait de l'identité du locuteur, puis de la motivation de l'appel. Je n'émettais aucun son de voix.

En fin de semaine, je ne pus m'empêcher de parler. D'une voix fortement enrouée, je lui précisai que je me trouvais à proximité de chez elle, que j'allais pénétrer dans sa maison et la tuer sauvagement après l'avoir violée. Elle pleura, hurla dans le combiné, me demanda de la laisser tranquille. Elle menaça de contacter la police, de m'attendre avec une arme. En réponse à cela, je lui indiquai alors l'inutilité de ce genre de procédés contre ma détermination. Puis je raccrochai.

Je ressentais un plaisir intense à chaque appel. Cette détresse me divertissait, m'enjouait. Il fallait que je reste prudent, alors je lui laissai une semaine entière de répit avant d'enfin mettre à contribution la colle et les photocopies.

C'était un mercredi soir. Je stationnai mon véhicule à environ une dizaine de mètres du lieu d'exécution. Rien ne différait de la fois précédente. Le quartier était plongé dans un tel silence que je percevais le ronronnement des réverbères. Je commençai par le plus difficile. Je sortis de mon sac à dos un petit pot rempli de colle, plaquai la première photographie sur le lampadaire situé en face de chez elle et la badigeonnai avec un pinceau. Ensuite, je fis de même sur le suivant, quand le moteur d'une voiture m'alerta. Je dus me précipiter afin de terminer et de me jeter par-dessus le grillage de ma victime. Le contact avec le sol fit résonner l'intégralité de mon corps. Je demeurai ainsi plusieurs minutes, craignant que ma réception maladroite soit remarquée et surtout parce que mon épaule droite me lançait. L'absence de mouvement m'incita à me remettre sur mes jambes et je poursuivis. En fixant les photographies suivantes sur la pointe d'acier de la clôture, je m'irritai en constatant que mes gants étaient maculés de colle et donc foutus.

J'en plaçai douze sur le grillage. J'en collai deux autres sur le trottoir face à son portail. Enfin, les deux dernières, l'une derrière l'autre, à même le goudron afin qu'elles soient visibles lors de sa sortie en véhicule.

Pour terminer, je rangeai le pot de colle dans une poche pour ne pas tacher mon sac à dos. Je contemplai une dernière fois mon œuvre et repartis dans le sens opposé afin de ne pas être repéré.

J'avais encore cette photo ridicule en tête. Ma pauvre Sophie se tenait penchée, les cheveux plaqués d'un côté, des lunettes de soleil glissant sur son nez, découvrant son regard humide, sa bouche formant un duck face et sa paume simulant de la protéger de l'objectif. Dois-je parler de ses vêtements ? Ils étaient en harmonie avec le sujet…

ACICULARIS XXX

Le lendemain, le service fut diverti par les reniflements constants de notre chère supérieure, enfermée dans son bureau, lumière éteinte et en totale passivité. Quand je dis diverti, je veux dire déconcentré. Garelle perdait progressivement son sang-froid et ne cessait de maugréer.

— Putain ! Mais elle ne peut pas la fermer, cette conne… je n'arrive pas à contrôler mes pièces avec ces gémissements ! Cazaux, tu ne peux pas faire quelque chose ?

— Tu as l'air plus intime que moi…

— Arrête tes conneries ! Tu ne peux vraiment rien faire ? C'est bon, t'es limite son second, nous la fais pas !

— Oui, s'il te plaît, va la voir, poursuivit Montuzet. Sinon, on va devoir le faire nous-mêmes et ça risque de ne pas être beau à voir…

— Ça va… j'y vais !

Je me levai, me dirigeai lentement vers la porte sur laquelle je frappai trois coups légers.

— Laissez-moi tranquille ! lança Sophie, d'une voix noyée de glaires.

— Madame, je veux vous aider, rien de plus.

— Laissez-moi tranquille, je vous dis !

— Soyez raisonnable, vous n'allez pas rester toute la journée enfermée dans votre bureau, à pleurer…

Évidemment, elle répéta la même phrase sans variante. Je décidai de me rendre au bureau de son supérieur. Garelle me demanda au passage où j'allais.

— Voir Perrin !

— Elle va se faire allumer ! se réjouit-il en se replongeant sur son écran.

Je gravis deux étages à la blancheur aveuglante et toquai à la porte intitulée Perrin. Une voix sèche et agacée me répondit. Lorsqu'il me reconnut, son visage joua la surprise puis l'irritation.

— Qu'est-ce que vous voulez, Cazaux ?

— Désolé de vous déranger, seulement madame Cauvil est enfermée dans son bureau et ne cesse de pleurer…

— Comme si j'avais que ça à faire ! Elle ne pouvait pas choisir un meilleur moment ?

Il se leva d'un pas décidé. Il descendit les deux étages et s'engouffra au sein de notre service. Tant il se précipitait, je perdis de vue sa chemise couleur pomme.

Quand je foulai enfin le sol familier, l'ensemble de mes collègues se tenait bien droit sur leurs sièges, contrairement à leur avachissement habituel. Ils avaient dû être saisis par l'entrée incongrue de Perrin. Ce dernier se trouvait à présent auprès de Cauvil. Nous n'entendions plus ses larmoiements. Néanmoins, nous nous immobilisâmes et nous tûmes afin d'intercepter quelques paroles. L'aiguille de l'horloge située au-dessus de Garelle avait avancé de dix minutes lorsqu'ils se décloisonnèrent.

Sophie avait en main son sac, ce qui signifiait qu'elle partait. Elle ne nous salua ni ne nous regarda en sortant. Par contre, Perrin me fit signe de le suivre. Dans le couloir, il m'indiqua qu'il l'avait mise en congés anticipés et qu'il me confiait de nouveau la barre. J'en fus ravi.

Aussitôt assis, on me questionna.

— Alors qu'est-ce qu'elle a, cette conne ?

— Ah ça, il ne me l'a pas dit !

— Il t'a dit quoi, alors ?

— Qu'elle était en congés anticipés et que je reprenais du service...

— On va faire un résultat lamentable ce mois-ci avec ses conneries, s'inquiéta Garelle.

— Mais non, nous avons juste à diviser mon travail en trois et je m'occupe de la gestion. C'est possible, il faut juste que je n'aie pas peur des heures sup'.

— Nous aussi, on va devoir faire des heures sup' ? craignit Montuzet.

— Non, je prends tout en charge ! C'est qui, le chef ?

— Toi ! crièrent-ils à l'unisson.

Mon ascension se profilait merveilleusement. Rien ni personne ne venait la troubler. En peu de temps, le sommet fut atteint. En fin de journée, lorsque mes collègues désertèrent les lieux, je lus encore les messages de ma victime.

Cette fois-ci, elle demandait à son amie de venir dormir chez elle. Celle-ci avait refusé, prétextant des habitudes, mais elle avait proposé à l'autre de l'héberger jusqu'à leur départ en voyage. Sophie avait difficilement accepté par crainte pour sa maison. L'amie lui avait suggéré de contacter la police en vue qu'elle patrouille devant chez elle. Je m'esclaffai à la lecture d'une telle ineptie. Bref, mes projets ne seraient point mis en difficulté par ces incompétents.

ACICULARIS XXXI

Courir dans un parc me lassa rapidement. Trop d'affluence, trop de bruit, air trop pollué. Mes longues promenades nocturnes me firent découvrir des panneaux de signalisation indiquant des directions inconnues et notamment un bois à quelques kilomètres de chez moi. Si bien que le lendemain, en sortant du bureau, je m'y rendis. Sans avoir pris la peine de me renseigner sur la distance boisée, je m'élançai à petite foulée, après m'être changé et échauffé, au sein d'un sentier relativement bien entretenu.

Il s'agissait d'un parcours accidenté. L'entrée du chemin dégagé d'arbres donnait trois à quatre cents mètres de descente dès que je m'enfonçai dans le sous-bois. S'ensuivaient des virages, une montée, une surface plane, encore une montée et enfin un faux plat conduisant le joggeur harassé que j'étais à son véhicule. En somme, ce parcours me plut immédiatement tant il était difficile.

Depuis ce jour, je me délecte du chant des oiseaux, du ruissellement de l'eau et de la verdure. Pouvais-je rêver mieux en sortant d'une journée aliénante ? N'était-ce pas la meilleure façon d'entamer une longue soirée de loisirs passionnants ? Ma vie n'est plus que contemplation.

Un jour, je fis une intéressante découverte, essentielle même !

C'était un jour comme les autres, d'ailleurs aucun jour ne diffère du précédent ou du suivant, sauf lorsque vient la fin de semaine, répit annonçant une répétition. Ce rythme devrait rendre l'humanité folle. Je m'évade… Seulement, quand je me garai, une voiture était déjà présente. Cela m'irrita, me perturba. Je me préparai et m'échauffai sans considération pour la personne occupant le véhicule, je ne perçus que de légères notes de musique. De la musique calme, lente, paisible. Elle n'accabla pas mon système auditif.

Je courus à mon rythme habituel, l'esprit hors de mon enveloppe, parmi l'éther. Soudain, une déflagration résonna, créant un tumulte dans ce havre de silence. Non que j'aie été effrayé. J'étais plutôt surpris. Jamais, je n'avais entendu un tel vacarme. Peut-être un chasseur se trouvait-il à proximité ? En tout cas, je n'imaginai pas ce que je vis à la fin du parcours. En effet, comment l'aurais-je pu ?

J'entendais toujours la musique aérienne quand je repris mon souffle, les mains appuyées sur mes genoux. En allant récupérer rituellement une serviette et une bouteille d'eau dans ma voiture, je jetai un coup d'œil, plus par réflexe que par curiosité, au proche véhicule. Et que vis-je ? Je remarquai des points sombres sur la vitre conducteur, telle une giclure de confiture de fruits rouges. Ce détail m'attira irrémédiablement. Je m'approchai tout en me désaltérant. Lorsque mes yeux s'immiscèrent à l'intérieur de l'habitacle, ma main se décontracta, lâcha la bouteille et un incommensurable frisson commotionna l'intégralité de mon corps. Non un frisson de frayeur : un frisson de ravissement.

Devant moi se tenait, en spectacle merveilleux, une dépouille d'homme au visage inidentifiable tant sa face n'avait plus rien d'humain. La toile recouvrant le plafond était maculée d'un mélange sirupeux de sang et de fragments d'os et de cervelle. Cette substance avait également atteint, dans une plus faible mesure, le pare-brise, le tableau de bord et, tel que je l'ai indiqué, la vitre conducteur. Le fusil de chasse, que le défunt maintenait à présent mollement, avait lancé sa charge au niveau du menton, arrachant la totalité de la chair au passage des plombs. Étant donné les dommages causés au visage, les plombs devaient être destinés à abattre de gros gibiers.

La mâchoire inférieure, pourvue de débris de dents – voire de quelques rares d'entre elles, intactes mais tachées… – pendait négligemment sur le pull gris du cadavre et ce qui devait être auparavant une langue laissait ruisseler du sang maculant le col. Deux cavités cramoisies par la détonation témoignaient de la présence d'un nez. À proximité de celles-ci, à droite, reposait un œil rattaché par un long conduit au cerveau fracassé. Les sinus n'existaient plus et je pouvais voir au-dessus des éclats d'os le cuir chevelu retroussé en partie au niveau de l'impact. La nuque, penchée, provoquait l'épanchement d'une matière gélatineuse qui s'écoulait doucement sur les cuisses amorphes. Le coude du bras gauche était appuyé sur la jambe du même côté et s'élançait jusqu'à une main anormalement figée, les doigts n'étaient plus droits et mobiles, mais enchevêtrés et débiles.

J'essayai d'ouvrir la portière, toutefois elle était verrouillée. J'en fus fortement contrarié, bien qu'avec le recul, ce détail me semble logique. Alors, je fis le tour du véhicule afin de mieux le contempler, sous différents angles, tentant de percevoir l'odeur âcre que pouvait dégager le mort, certainement un mélange de chair et de brûlé. Mon imagination me mena à l'objet de cet acte désespéré. Au regard de la relative récence ainsi que du modèle du véhicule, cette personne ne paraissait pas dans le besoin. Était-ce à cause d'une déception amoureuse ? Sa compagne l'avait-elle quitté, allait-elle le faire, ou lui avait-elle seulement indiqué une infidélité ? Était-ce une pression professionnelle trop importante qui l'avait mené jusque-là ? Un surendettement, peut-être ? Était-il simplement un mélancolique chronique qui ne se supportait plus ? Était-il malade ?

Ces interrogations resteraient à jamais sans réponse. Je repris mes esprits et me demandai quelle devait être ma réaction. Contacter les secours, la police ? Le laisser ainsi jusqu'à ce qu'un autre badaud le découvre ? Non, cet homme avait mis fin à ses jours d'une manière on ne peut plus violente. Forcément, ses proches seraient mis au courant prochainement. Déjà devaient apparaître les premiers signes de putréfaction et je pensai que la simple vision de son visage ravagé lors de l'identification suffirait à les marquer à vie. Je n'avais pas à me soucier de la fragilité de mes congénères. Il y aurait probablement une enquête. Peut-être la police, lors d'élucubrations, n'y verrait pas un anodin suicide. Leur malignité était telle qu'elle pourrait remonter à moi.

Mais le choix fut rapidement arrêté quand je me souvins que je ne possédais plus de portable. Cet homme en avait suffisamment fait pour ma personne en m'offrant son ultime acte. Et puis, il avait décidé de s'isoler dans les bois pour en finir. Alors, je le laissai en paix. Tout en m'amusant du traumatisme qu'il provoquerait au prochain curieux. Et de cette œuvre, je gravai à jamais le souvenir dans ma mémoire.

ACICULARIS XXXII

Cette image hanta le restant de ma soirée. Sous l'effet de cette fascination, je m'intéressai à l'anatomie. Internet me renseigna à souhait sur ce sujet. Je visionnai même une vidéo d'une dissection qui durait une heure. J'assistai à l'application de cette discipline sur une jeune adolescente se faisant découper sans pitié, mais sans douleur. D'ailleurs, son visage impassible malgré les francs coups de scalpel me dérouta. Et plus elle en prenait, plus elle se déshumanisait. Bientôt, la peau fut troussée au profit de viscères. Bientôt, elle ne fut plus qu'un tas disparate de chair sur une froide table en inox.

C'est étonnant de constater que, finalement, nous sommes seulement de la viande. Un réseau d'organes desservant l'organisme, voué à l'immobilité, la froideur, la rigidité, la putrescence en leur absence. Nous oublions constamment l'incommensurable interaction de composants gazeux, liquides ou électriques que nécessite le plus anodin mouvement, ou la plus subreptice pensée.

Je ne fus pas du tout révulsé, rien ne favorisa l'intention de stopper ce spectacle tant il me semblait naturel, presque essentiel.

Quand le divertissement échut, j'essayai de lire. Pourtant, à la fin d'un paragraphe, je pris conscience que je n'avais rien compris tant j'étais déconcentré. Je n'insistai pas.

Je ressentais une excitation minime au plus profond de ma poitrine. Minime mais omniprésente. Je ne pus l'identifier. J'étais comme obnubilé par un objet inconnu. Une angoisse inversée en somme.

En vue d'y remédier, je mis en marche le téléviseur qui n'avait pas servi depuis des semaines, voire des mois. Combien de temps cela faisait-il que Mathilde était partie ? Ah oui ! Presque deux mois !

Le temps m'échappait, glissait entre mes doigts de manière fallacieuse.

Au début, je ne parvins pas non plus à me concentrer sur le défilement d'images. Je songeais à une multitude de choses qui dérivaient sans lien logique de l'une à l'autre.

Je me levai pour boire un verre d'eau. En me désaltérant, mes yeux furent absorbés par l'écran.

Je mis un certain temps avant de me rendre compte de l'objet de fascination et j'éprouvai alors une certaine honte. Effectivement, je me laissai aller à visionner une émission mettant en scène un couple moyen qui se disputait pour un motif surréaliste. De toute apparence, un couple réel et non fictionnel. Je passai aussitôt sur la chaîne suivante… un film léger… suivante… une série… suivante… un documentaire bruyant… dernière… des clips musicaux.

Je fulminais. Comment pouvais-je conserver cet instrument ? Comment quiconque pouvait-il larver quotidiennement devant cet objet ? Il diffusait uniquement des programmes vides, sans aucune pertinence. La première émission n'existait que pour flatter l'ego d'un être moyen face à une telle inanité, pour qu'il ait l'impression d'être intelligent, si ce n'est supérieur à ces pauvres personnes avant de se coucher. Les moins bien lotis s'identifient et se rassurent en voyant qu'ils ne sont pas les seuls à subir d'aberrants problèmes. De la complaisance ! Rien de plus que de la complaisance dans la médiocrité ! Le restant favorisait aussi ce constat de vide cathodique, excessivement entrecoupé de spots publicitaires infiltrant de faux besoins au sein de nos cervelles. Et je ne parle pas des pseudo-programmes d'information ! Ceux-ci produisent seulement du sensationnel, du spectacle. Ils avantagent le choc des images au détriment de l'analyse. Quand ce n'est pas de la science-fiction ou du fantastique ! Je honnis ces sous-genres télévisuels. Ils sont la conséquence de la profonde crise de valeur que subit notre ère. Mes congénères craignent la science, le progrès et ses dérives. Et pour mieux flatter ces préjugés, cet écran fabrique des incertitudes aux téléspectateurs concernant le présent.

Je ne pouvais participer à cette contemplation du vide, à cet asservissement des masses. Si bien que je me précipitai derrière l'écran pour le débrancher.

Ensuite, je rédigeai un court texte que je scotchai sur le cadre avant de la transporter. Sa légèreté reflétait son inconsistance. Enfin, je la déposai devant les boîtes aux lettres et m'engouffrai à l'extérieur où je retrouvai la paix parmi l'accompagnement de mes multiples ombres.

Sur ce téléviseur, on pouvait lire ceci :

Il ne s'agit pas d'un téléviseur volé, mais bien en état de marche qui vous est offert. Abrutissez-vous avec mon consentement et ma bénédiction.

Le matin en pénétrant dans le hall, je remarquai que l'objet n'y était plus.

ACICULARIS XXXIII

Cela faisait presque une semaine que ma chère Sophie était en paix. Aucune photo collée devant chez elle, aucun appel et aucune infraction. D'après mes calculs, elle devait être en vacances sur une île bien isolée de la pauvreté ambiante, essayant de pallier elle-même sa misère sexuelle parmi les autochtones cupides.

Ce lundi, après mes activités habituelles, ainsi que l'achat de nouveaux gants, je me glissai au volant de mon véhicule, effectuai les quelques kilomètres qui nous séparaient et me garai dans une rue parallèle à la sienne par prudence.

Je craignais qu'elle ait informé le voisinage, alors je décidai de traverser le jardin de la maison mitoyenne qui donnait directement sur la porte du cellier.

Une fois dans cette rue inconnue, je comptabilisai approximativement le nombre de maisons à partir de la première.

Je m'engouffrai par une murette au point le plus ténébreux. Légèrement, je m'engageai sur la pelouse, dépassai la maison en longeant au maximum les sapinettes. Mais, au moment de franchir le grillage caché par une haute haie, je compris mon erreur. Ce n'était pas la maison de Sophie !

Donc, j'allai au côté gauche du jardin afin de passer sur un autre terrain.

Après vérification, il ne s'agissait toujours pas de la bonne maison.

Je commençai à craindre de ne pas être au bon secteur, voire de progresser en sens inverse.

Je m'assis près d'un cabanon, en vue de réfléchir. Je visualisai dans mon esprit la disposition des pavillons, leur nombre. A priori, je devais y être. Mais je n'y étais pas. À moins que ce ne soit la suivante. Oui, certainement la suivante. Dans un élan d'optimisme, j'escaladai le grillage.

Lorsque mon pied se posa avec délicatesse sur le terrain, un chien se mit à aboyer à l'intérieur de la demeure. Je me tapis immédiatement sur le gazon. Néanmoins, l'animal jappait de façon insistante. Concomitamment une lumière s'alluma, puis une autre, traçant la progression du propriétaire des lieux.

Une puissante injection d'adrénaline se répandit dans mes veines. Je tournai la tête rapidement afin de vérifier s'il s'agissait bien de l'habitation tant recherchée et c'était bien elle ! Alors, je me ruai vers le parapet menant à destination et me propulsai par-dessus celui-ci. Ma chute s'assimila à un bruit sourd, point de contact entre le sol et mon enveloppe dolente.

— Il y a quelqu'un ? Il y a quelqu'un ? Attention… j'ai un fusil chargé ! menaça l'homme dans le vent.

Compressé contre le muret, je demeurai immobile, respirant à peine et résistant tant bien que mal à la douleur.

Pauvre con…

J'entendis de nouveaux aboiements féroces, accompagnés de pas précipités. À la limite de l'hystérie, quelque chose grattait la terre et s'approchait de moi. Du coin de l'œil, j'aperçus soudain un museau noir empli d'écume. Il dépassait des quelques briques formant le mur.

Le propriétaire, peu téméraire, se contenta de hurler qu'il appelait la police sur-le-champ. Si bien que je profitai de son absence pour fuir loin de ce vacarme.

Je courus sans me retourner, sans égard pour les risques que je prenais ni pour la douleur qui me tiraillait.

(Quel soulagement d'apercevoir ma voiture ! Je l'ouvris à distance. Quelle merveilleuse invention !)

J'eus des difficultés, au sein de cette fébrile excitation, à trouver le contact avec ma clé.

Je m'abstins d'allumer mes phares et quittai les lieux en toute discrétion.

Une fois chez moi, la douleur se réveilla. L'adrénaline devait s'être dissipée. Je remarquai des taches blanches sur mon pull noir. Je les reniflai et reconnus l'odeur de salive. L'écume du chien avait souillé mon pull. Je l'enlevai aussitôt par dégoût et en profitai pour vérifier mes blessures. Rien d'apparent et sûrement rien de méchant.

En quelques minutes, je chutai dans un profond sommeil exempt de rêve.

ACICULARIS XXXIV

Cet échec ne me troubla point. Bien au contraire, il me comblait d'allégresse ! Certes, j'aurais pu être identifié. Mais identifié pour quel motif ? Une effraction que je n'avais pas encore commise ? Ma présence sur une propriété privée ? Peu importe, je ne craignais rien ni personne.

Alors, deux jours plus tard, je stationnai à l'endroit habituel, parcourus le même chemin, enjambai le grillage et me dirigeai vers l'arrière de la maison. J'avais effectué cela sans encombre. Pourquoi compliquer mes projets quand ils pouvaient être exécutés simplement ?

Je poussai de ma main gantée la fenêtre par laquelle j'étais entré la première fois. Elle résista. Effectivement, elle était fermée. Donc, je me plantai devant la porte, attendant le moment opportun. Je dus attendre trente longues minutes qu'une voiture daigne parcourir le quartier. Je donnai alors un puissant coup de pied sur la porte, au niveau de la serrure.

Infortuné je fus. Elle ne céda pas. Je patientai nouvellement, me plongeant dans une divertissante rêverie, répétant les méfaits que j'allais produire. Une voiture ! Coup de pied ! Victoire !

Je refermai le battant avec onction puis marchai normalement au sein de la maison. Les volets étant clos, je songeai à m'éclairer grâce à l'électricité, mais je devais être prudent. Si bien que je me munis d'une lampe halogène siégeant parmi les meubles du salon et la branchai dans la cuisine. Je commençai par échanger les tiroirs, je mis les couverts à la place des médicaments. Ensuite, les différents ustensiles à la place des condiments. Des actes anodins en somme.

Avant de quitter la cuisine, je rouvris le tiroir contenant les comprimés et décidai d'échanger ceux qui se trouvaient en tube. Tout sourire, je m'engageai au salon, la lampe à la main. Je fis de même qu'au sein de la pièce précédente. Je changeai de place les meubles les plus légers après avoir vidé leur contenance ainsi que les diverses décorations. J'en mis certains de côté. Enfin, j'interchangeai les cadres, pour la plupart hideux et dépourvus d'un quelconque intérêt artistique. Après avoir débranché chaque appareil électrique, je m'engageai dans le couloir.

Une porte à droite apparut, j'y pénétrai. C'était la salle de bain. En fouillant dans la poche de mon pantalon, je pris la lampe torche. Des produits cosmétiques… des produits hygiéniques… J'ouvris un placard. Des produits d'entretien.

Je les plaçai où étaient présents auparavant les produits cosmétiques et consorts.

Je continuai dans le couloir et me rendis à la porte située en face de moi, les toilettes. Rien de particulier à signaler ni à faire dans cette pièce. Cependant, je vérifiai la propreté de la faïence, aucune trace. Alors je l'imaginai, assise sur ce piètre trône et expulsant ses déjections. Finalement, ce devait être l'unique endroit où elle pouvait s'égaler au monde, atténuer sa blessante médiocrité puisque nous sommes tous dans l'obligation de nous inféoder à ces vils besoins.

Trêve de réflexions, l'aiguille de ma montre progressait en ma défaveur. De fait, je pénétrai dans sa chambre virginale.

Pas besoin d'halogène, je me contentai de la lampe de chevet. D'ailleurs, il y était posé un roman. De la mauvaise littérature, best-seller néanmoins. Ce que les lecteurs n'osent assimiler à de la littérature de gare bien que l'« œuvre » se lise facilement et rapidement. Irrémédiablement, je cherchai aussitôt un semblant de bibliothèque. Et il y en avait une, constituée seulement de ce genre de paralittérature merdeuse, même pas classée par ordre alphabétique ! Devais-je attendre mieux de cette personne ?

Pour la peine, je rangeais ces ouvrages à leur place, c'est-à-dire aux ordures. Ensuite, je consultai ses vêtements. Leur choix avait été dicté par les modes changeantes, qu'elle suivait malgré l'inesthétique résultat sur son corps disgracieux.

Il me vint une idée, que j'exécutai. Si bien qu'elle disposait d'un nouveau vêtement : un sac-poubelle. Il ne détonnait nullement avec la garde-robe.

Enfin, je défis le lit, déréglai l'heure de son radio-réveil et dispersai les colifichets restants n'importe où dans chaque pièce. Cela suffisait et le jour ne tarderait pas à poindre. Donc, je me dirigeai vers la sortie. Avant d'être dans le jardin, j'eus envie d'allumer chaque lumière et d'ouvrir chaque robinet. Mais après une furtive réflexion, je conclus que certes ses factures exploseraient, mais au détriment des réserves d'eau.

Le retour s'effectua sans encombre.

ACICULARIS XXXV

Je n'ai jamais précisé que, depuis mon incident, à mon réveil, mon pénis n'est plus en érection. Aucun désir, aucune obsession ne vient parasiter mes occupations. Je ne considère pas cela comme une pathologie, plutôt comme une libération. Certes, j'avais depuis couché deux fois avec Mathilde, mais rien ne me poussait à réitérer l'expérience.

Cet appendice ballant au bas de mon tronc n'a plus que pour fonction de libérer le contenu de ma vessie. Il retrouve ses fonctions primaires de l'enfance où remplir des vagins m'était étranger.

Finalement, les enfants jouent en vue de s'occuper, les adultes baisent au lieu de jouer. L'homme supérieur n'a plus besoin de divertissement.

La sexualité, et plus généralement le désir, sont tragiques. Car l'homme croit assouvir ses propres désirs en copulant ; alors qu'en toute ignorance, il est au service de son espèce.

Je suppose qu'il est plus aisé pour l'homme de vivre sans sexe. Bien qu'il soit dans l'obligation de chasser ses lancinantes pulsions sexuelles. Le pénis n'est pas un organe uniquement reproducteur, alors que la femme, elle, ne peut ignorer la vacance de son vagin. De fait, la frustration semble intarissable.

Puisque je parle de la femme, il faut avouer qu'il s'agit d'un dangereux piège pour son opposé. Non parce qu'elle est maligne, seulement parce que l'homme est faible. Il possède de faibles capacités de résistance à ce sexe. Il devient malléable, pensant bêtement que c'est lui qui manipule sa proie.

L'homme est un pantin en présence de la femme. Il perd tout sens de virilité, d'initiative, de personnalité.

Je m'explique : il perd sa virilité en développant une sensibilité féminine, déteinte évidente de sa compagne ou relent de son rapport avec sa génitrice. Il perd toute initiative, étant donné que seule la femme décide, sous peine d'être exécrable durant une durée indéterminée. Il perd sa personnalité… enfin, il l'atténue. Il pratique même parfois une double vie en vue de ne pas troubler la fausse image qu'il a essayé d'imprimer dans l'esprit de la convoitée. Quand il ne se perd pas totalement au sein de passions aussi vaines que destructrices.

Bref, le couple n'est certainement pas une complémentarité, mais une phagocytose latente et la femme, l'absolu contraire du sexe faible.

Revenons à mon implémentation. Car, oui, mon ascension professionnelle arriva à sa concrétisation.

Une semaine après m'être rendu chez ma victime, Perrin me convoqua alors que je conciliais toujours le poste de chef de service et de simple employé. À vrai dire, je n'avais pas trop de mal, bien que je doive rester une heure supplémentaire chaque soir. Mais quel bonheur de travailler au sein d'une entreprise déserte !

Une fois dans son bureau, il m'invita à m'asseoir. Son visage, arborant un masque de gravité, m'expliqua la démission de madame Cauvil. Je simulai la tristesse comme il simula son embarras.

Dans l'unique intérêt d'être disculpé, j'en demandai les raisons tout en soulignant leurs possibles indiscrétions. Je savais que ce mode interrogatif et manipulatoire me renseignerait. J'appris donc que ma chère Sophie… ma bonne Sophie, était actuellement en maison de repos, qu'en rentrant de vacances elle avait trouvé son appartement sens dessus dessous. (Alors là, je n'étais pas d'accord, je n'avais que déplacé ses biens…) ; probablement que le surmenage de sa fonction l'avait fragilisée et qu'elle s'était laissée aller à une profonde dépression.

— On la regrettera… c'était un bon élément !

— Oui, notre service aussi la regrettera.

Passé les faux regrets, nous embrayâmes rapidement sur ma fonction. Perrin me proposa la place de l'infirme sans hésitation. Après tout, j'avais déjà fait mes preuves. Il l'accompagna d'une logique réévaluation de mon salaire. Il me promit même qu'il soit supérieur à ma petite Sophie.

— Cazaux, vous avez mis du temps à trouver vos marques… néanmoins, ce temps me paraît à présent bénéfique. Vous avez la stature d'un chef. Vous êtes dynamique et prenez rapidement des initiatives efficaces. Donc je ne doute pas de la bonne gérance de votre service. Je ne doute pas que vous saurez diriger votre équipe aux objectifs de notre entreprise. D'ailleurs, je vous fais une entière confiance et vous laisse mener vos hommes tels que vous le souhaitez.

Mon Dieu, Perrin me léchait le cul ! Que demander de plus ?

— D'ailleurs, vous ne pouvez continuer à fonctionner à trois hommes, il faut impérativement un nouvel employé pour vous remplacer. Je dispose d'une liste de candidats que je vous laisse consulter. Votre homme sera le mien !

Je pris congé après m'être compromis en pléthore de remerciements et en me chargeant de l'imposante chemise contenant les candidatures de mes potentiels employés.

Après l'avoir posée sur mon bureau – oui, MON bureau ! –, j'annonçai la nouvelle à mes anciens collègues. J'étais à présent leur supérieur !

Ni Montuzet ni Garelle ne semblaient gênés et ils me félicitèrent.

Montuzet, comme à son habitude, ne commenta pas autrement la chose que par un sourire, contrairement à Garelle, qui vida quelques années d'acrimonie inspirée par la désastreuse direction de Cauvil.

Heureusement que la pauvre femme n'entendait pas ses propos, car elle aurait immédiatement mis fin à ses jours. Ce qui n'aurait toutefois pas changé la face du monde.

ACICULARIS XXXVI

Le lendemain, en arrivant au bureau, j'indiquai à mes employés que je les conviais à déjeuner dans un restaurant proche de l'entreprise.

Le restant de la matinée, j'épluchai les diverses candidatures et peu d'entre elles me parurent pertinentes. Soit le candidat était trop vieux et, de ce fait, ne parviendrait pas à suivre le rythme (le salarié âgé est souvent hermétique aux nouvelles technologies, sans parler de son absentéisme) ; soit le candidat était trop jeune, tout juste diplômé, donc sans aucune expérience. L'école... c'est bien joli ! Mais rares sont ceux qui appliquent à la lettre la théorie laborieusement acquise et tout autant inutile, faisant des salariés désorientés et improductifs. Il fallait se méfier aussi des candidats ayant un C.V. trop fourni, preuve qu'ils avaient changé une multitude de fois d'entreprises, mettant ainsi à jour leur inconstance, si ce n'est leur incompétence. Ceux-là mis de côté, le choix se limitait. Du remue-ménage me sortit des curriculum vitae. Garelle et Montuzet tentaient par cet effet de me faire comprendre qu'il était l'heure de déjeuner. Pas idiots, les animaux, dès qu'il s'agissait de se remplir la panse et de s'imbiber.

Nous nous installâmes à une table, réservée la veille par mes propres soins. Au sein de ce restaurant correct, sans être exceptionnel, les plats et les vins s'avérèrent plutôt variés et les prix raisonnables. Bien entendu, l'intégralité du repas était à mes frais. Il fallait dire aussi que, depuis mon célibat, mes dépenses restaient moindres. Durant le déjeuner, nous échangeâmes des lieux communs. Au moment du café, je commençai à préciser mes intentions concernant la gestion du service. Les deux hommes, rendus rougeauds par la consommation excessive d'alcool, posaient sur mon visage un regard bovin.

Alors je les renseignai sur mes projets. En premier lieu, je leur donnais la possibilité d'arriver à l'heure qu'ils voulaient tant que le travail en fin de journée était effectué. J'offrais des heures supplémentaires chaque mois. J'assouplissais la pose de jours ou de vacances à condition que ce soit sous le même régime que ma première proposition. Je savais sans trop me méprendre que mes employés seraient plus motivés, au bénéfice des chiffres du service.

À l'entente de tels avantages, Montuzet et Garelle me serrèrent la main l'un après l'autre. Ils me remercièrent en précisant qu'ils ne pouvaient pas avoir de meilleur chef.

Paroles, paroles…

Les premiers résultats furent visibles dès l'après-midi. Les deux hommes achevèrent les divers travaux leur étant impartis avant la fin de l'heure de débauchage. Si bien qu'ils demandèrent à partir plus tôt. Après leur départ, je vérifiai minutieusement les dossiers. Aucune erreur. Je pouvais donc accorder mon entière confiance à ces larbins. Ensuite, je repris mes candidatures. Quatre C.V. sur mon bureau, je me torturais l'esprit. Un quart d'heure plus tard, mon choix statuait sur deux d'entre eux, que je contactai et convoquai pour le lendemain matin.

Le premier était un trentenaire bien avancé, fraîchement arrivé dans la région et ayant une polyvalence intéressante. En outre, sa présentation restait modeste.

Le second était un jeune homme de vingt-deux ans. Il exerçait par ailleurs au sein d'un sous-traitant concurrent, mais semblait plus intéressé par notre entreprise, qui, d'après ses dires, était « plus importante et influente ». Je pense que mon choix s'effectua par nostalgie. Il me rappelait moi à son âge, avec plus de mérite, car lui n'était pas coopté par un ami de son père.

Le lendemain, le plus jeune candidat se présenta dans un bureau loin de mon service, prévu en vue du recrutement. Il était relativement bien fait, motivé et sûr de lui sans pour autant être arrogant. Aucun détail n'allait en sa défaveur hormis sa fragile expérience. Pourtant, je ne pouvais faire mon choix avant l'entretien du suivant. Celui-ci arriva avec dix minutes de retard. Un homme insignifiant au premier abord, mais qui mit toutes les chances de son côté grâce à sa verve et son expérience satisfaisante. Je le congédiai de la même façon que le premier, en lui précisant que je le rappellerais.

Bien entendu, ma décision était déjà prise. Le jeune homme me convenait, plus pour sa fraîcheur que pour ses qualités. Toutefois, il me fallait un employé efficace qui participerait activement aux projets du Service Qualité. Le lundi suivant, Lamole, le trentenaire, investit mon ancien bureau.

ACICULARIS XXXVII

Le premier jour de la nouvelle recrue se passa a priori normalement. Garelle le forma tant bien que mal, car Lamole avait du mal à comprendre le fonctionnement du Contrôle. Néanmoins, je mis ses difficultés sur le compte de son apprentissage. Le lendemain, il arriva avec un quart d'heure de retard qu'il justifia en excuse peu crédible. Il ne parvint pas à surmonter ses attributions pourtant peu complexes. *A contrario* de son acrimonie accoutumée et attachante, son formateur faisait preuve de patience. En fin de journée, Garelle vint me rapporter, tel que je lui avais demandé, l'avancement du jeune premier. Et là, il semblait désespéré. Apparemment, il ne comprenait rien à rien, se butait sur des opérations habituellement aisées et paraissait y mettre de la mauvaise volonté.

Au fil des jours, les rapports ne s'arrangèrent guère. En outre, mon employé me narrait des événements en défaveur du nouveau. Au déjeuner, l'homme se vantait continuellement, raillait ses collègues. Forcément, il occupait le rang zéro de leur estime. Une semaine suffit pour qu'il ait l'audace d'être absent deux jours d'affilée. Évidemment, aucune amélioration ne se profilait.

— Putain, mais comment t'as pu engager un con pareil ? On le supporte pas ! S'il continue à agir comme un connard, je vais lui foutre sur la gueule… précisa son formateur.

Alors, je tentai de tempérer mon employé en l'invitant à la patience.

— Je veux bien… mais il faut le voir à l'œuvre ! Je te préviens, si à la fin de la semaine il n'y a pas d'amélioration, je lâche l'affaire ! Tu le formeras toi-même… et je te souhaite bien du courage !

Les méfaits de Lamole devenaient inquiétants pour le service, alors je le rappelai à l'ordre. Bien entendu, il se confondit en excuses et me promit de se ressaisir. Un matin, il arriva avec une heure de retard sans motif valable. Cette fois-ci, je le menaçai après l'avoir rudement sermonné. Les dossiers qu'il rendait étaient truffés d'erreurs et les autres services en rapport avec nous ne manquaient pas de me le signaler. Le soir même, Garelle entra dans mon bureau en furie et m'informa violemment qu'il abandonnait sa formation. Je le calmai difficilement.

La situation ne pouvait perdurer. Le jour suivant, je convoquai Lamole et lui indiquai sans ménagement mon projet de le congédier. Cet abruti fondit en larmes et me supplia, en inventant un contexte familial chaotique. Malheureusement pour l'homme, je ne faisais pas dans le social et le monde du travail est dépourvu de mansuétude. Lorsqu'il comprit que je ne changerais pas d'avis, il devint agressif. Il rejeta son incompétence sur l'inutilité de notre activité et conclut qu'il s'agissait « d'une entreprise de merde ! ». Quand il commença à remettre en question mon statut, je sentis une forte violence me tyranniser. J'eus du mal à me contrôler. Je l'invitai sur un ton sarcastique à rentrer chez lui et à ne plus jamais mettre les pieds dans nos locaux.

Je ne pense pas me tromper en étant certain que son poing aspirait à essuyer mon doux minois.

Après son départ, je demeurai une dizaine de minutes en parfaite solitude, où je fantasmai une exécution de mes propres mains, dûment justifiée pour un être aussi vain. Enfin, ce ne fut qu'un fantasme… cela confirma qu'il y avait sur terre des hommes supérieurs et des parasites qui méritaient seulement d'être éradiqués.

Calmé, je sortis dans le service et ris à gorge déployée. Garelle et Montuzet me regardaient, interdits.

— Je crois que nous avons eu le privilège de recruter une tare dont la mère n'osa pas se débarrasser à la naissance. Je pense qu'elle a dû fauter avec un singe pour pondre un abruti pareil !

— Je te le fais pas dire ! Les tests psychologiques devraient être systématiques à chaque recrutement, continua le formateur.

— Oui, mais tu n'aurais jamais été parmi nous si ça avait été le cas, ironisa Montuzet, et nous rîmes de concert.

— Chef, promets-nous que son remplaçant sera digne de travailler avec nous, car il est hors de question que je perde mon temps à former un deuxième débile congénital.

— Ne t'inquiète pas, j'ai celui qu'il te faut sous la main… en espérant qu'il soit toujours motivé pour travailler avec nous !

Ainsi, je contactai le jeune candidat qui accepta derechef l'opportunité.

ACICULARIS XXXVIII

Paul s'installa à son tour à mon ancien bureau, du moins ce que je considérais comme tel à l'époque. À la manière dont il s'assit, je sus que c'était notre homme. Comment peut-on juger un homme à sa façon de s'asseoir ? Je ne sais pas ! Cela ne s'explique pas.

Je ne me trompai point. Garelle me rapporta sa satisfaction à la fin de la journée.

À vrai dire, ce jeune homme avait l'esprit vif. Pourtant, il s'appliquait dans son travail, ses dossiers n'avaient que peu d'erreurs pour un débutant et celles-ci disparurent vite. Le précepteur et l'élève s'entendaient à merveille, qui l'eût cru connaissant Garelle ? Ils riaient ensemble, se faisaient des blagues sans troubler la formation. Donc je n'intervins pas, étant donné que l'ambiance générale s'apaisait en ma faveur de chef.

Paul… ce jeune homme était l'archétype de ce que ma première personne, ma jeunesse, avait espéré être, c'est-à-dire un jeune homme athlétique. Il avait des cheveux courts coiffés dans l'air du temps, des vêtements onéreux estampillés d'illustres marques et… une voiture de sport ! Attention, pas un véhicule *tuné* ! Paul n'était pas assez ignorant pour gaspiller son argent, son temps et son énergie à la transformation de son quatre-roues en objet de risée. Non, une automobile premium, payée à crédit, lui suffisait.

Je l'imaginais le week-end craquer un maximum en sortie où il devait baiser virilement tout ce qui passait. Ses congénères femelles devaient tourner autour de cet adonis en bavant, mouillant. Les consommées s'arrangeaient à lui fonder une réputation de salaud, celles sur le marché s'en moquaient et languissaient leur tour. Ah Paul… Paul… Paul… vingt-deux ans… encore en plein simulacre d'utopie et de liberté. Certainement qu'à quarante ans, lorsque tu seras ventripotent, chauve, plus vraiment pimpant, un jeune adulte viendra sonner à ta porte afin de te signaler votre lien de parenté.

Chaque lundi, je percevais les mêmes questions et je subissais les affres des mêmes ricanements. Garelle s'enquérait des prouesses du jeune premier. Nostalgique, le vieux Garelle ? Cela m'amusait.

Mon équipe enfin constituée, je pris conscience de combien mon poste demandait peu de travail. Cela expliquait les nombreuses absences de Cauvil. Je décidai d'arriver plus tard le matin et de sous-entendre que je terminais plus tard le soir. Il n'en était rien. J'aidais mes confrères à finaliser leurs dossiers. J'attendais, sagement, leur départ pour en faire de même.

Les chiffres du service étaient très bons. Personne ne cherchait à savoir si les heures étaient effectuées et d'autant plus les heures supplémentaires.

J'étais Roi.

Parfois je retournais, après mon footing et une douche, au cimetière, sous une lumière faiblissante ou dans les ténèbres en hiver, toujours dans un reposant silence.

Régulièrement, j'inhibais ma marche devant une minuscule tombe, celle d'un « ange » tel qu'on les nomme. Je songeais à ce minuscule squelette qui avait connu uniquement l'aube de sa vie… les premières minutes de cette aube… sa croissance ne terminerait jamais… ni la dégénérescence ne viendrait… bien que son enveloppe subisse la consomption. Sûrement n'avait-il jamais fait autre chose que balbutier, se tortiller comme un ver, appéter un bout de chair lui offrant du lait, voir des figures abstraites à la mesure de son entendement inachevé.

Ce ridicule squelette eût pu être l'enfant que je n'eus jamais. Une descendance que j'eus tuée avant sa conception. Une sorte de stérilité programmée et nécessaire. Ma non-participation à la pérennité du genre humain. Ma faible contribution à son extinction.

ACICULARIS XXXIX

Ma structure morphologique est à présent à sa perfection, puissante et artistique. Je ressemble à une statue antique, un Apollon. Rien d'exagéré, juste l'essentiel. Une masse musculaire idoine à mon esprit développé, dépourvue de pilosité. Et ce visage ! Ah ! Mon visage s'assimile à un travail de sculpteur dans du marbre. Ce regard ! Mon regard, subtil, ambigu où brille une intelligence évidente. Je remarque avec étonnement que mes paupières sont moins ouvertes qu'antan. Certainement est-ce inhérent à une analyse plus fine, plus pertinente, plus consciente de ce qui m'entoure.

Forcément, cela provient de ma culture, me permettant d'appréhender la réalité du présent et non plus de la subir naïvement. J'ai assimilé l'héritage du passé en dépassant la sphère étroite de mon intériorité médiocre, afin d'atteindre un point de vue universel et non plus nombriliste. Je me rapproche enfin de la surhumanité.

La surhumanité n'est pas un état terminal suite à une longue gestation, plutôt une constante évolution. Certes, j'ai dû mûrir en vue de me transgresser, d'effectuer une fracture au sein des préceptes historiques inculqués, libérant une puissance insoupçonnée. Je me lance à corps perdu vers l'avenir tel un défi fait à ma personne, dans une volonté de puissance.

Depuis peu, je ressens un besoin irrépressible de me mélanger, lors de l'accomplissement d'actes sociaux anodins, à cette piètre humanité trépidante. Je me mélange à eux simplement pour mieux connaître l'ennemi, l'état végétatif.

J'observe ces êtres qui déambulent maladroitement sur le parvis de leur vie. Je les étudie de cet œil fin, aiguisé.

Je les darde de mon œil de prédateur.

Je contemple ces gibiers avec avidité.

Je salive à l'idée de les dévorer.

Je suis le sommet de la chaîne alimentaire.

Les hommes se nourrissent pour moi, du bas de cette incommensurable assimilation de maillons, dans l'unique but de survivre, et moi, je me nourris d'eux seulement en vue de leur asservissement.

Il suffit de les examiner pour comprendre que ce ne sont que des bêtes prétentieuses. Elles se gonflent du sentiment de liberté, d'individualité, de libre arbitre. Seulement, elles nient que cette liberté n'est rien d'autre qu'une contrainte. L'être humain juge être libre sans savoir qu'il est soumis. C'est celui qui le gouverne qui le déclare libre et non lui-même. Sa liberté est simplement imposée. L'espèce humaine ignorante se soumet en donnant son consentement.

Mes semblables par la forme évoluent sous un système dit « démocratique ». Mais qu'est-ce que la démocratie ? Une idéologie individualiste. Une parfaite utopie en somme, puisque croyant vivre en totale égalité, ils prétendent à deux objectifs : la sécurité et le bien-être. Ces convictions conditionnent des ambitions personnelles, donc la jouissance insatiable perpétrée en état de vanité annihilatrice du lien social et de toute autorité. En encourageant l'individualité, ils glissent aveuglément vers un conformisme aux normes incontestées. Ainsi, chacun subit la tyrannie de la majorité, l'efforçant à s'effacer et à être dirigé par un groupe puissant, tutélaire, jouant la bienveillance et la douceur et se cachant derrière la dénomination tue de despotisme.

Je ne l'invente pas, il suffit de lire. Le moteur essentiel de la vie ? L'angoisse et le désespoir ! L'angoisse se manifeste dans l'indécision de la masse, condamnée à choisir en ne sachant quoi choisir. Le désespoir lui n'est autre que l'impossibilité d'être soi et de ne pas être soi, donc la conscience absolue de la finitude de l'être. Et comment y pallier ? Par le divertissement et le travail.

Le divertissement met à jour le détournement de l'homme, de sa personne, dans une activité quelconque qui meuble fictivement la vanité de toute chose et instaure alors l'éloignement de l'inanité de l'existence. Quant au travail, il n'est qu'un réflexe animal, d'ailleurs l'acte le plus proche de l'animalité… puisque le travail n'a de raison d'être que d'assouvir des besoins par une production… Néanmoins, toute production est éphémère et tout besoin inextinguible. L'éternel retour dans le phalanstère. Misérables animaux, si vous saviez un dixième de ces conclusions, chacun d'entre vous s'exploserait la cervelle à la seconde.

Moi, je me contente d'exister en assumant les paradoxes, la déchirure que procurent le fini, concept humain, et l'infini, inconcevable, mais également le temps, et votre ecclésiastique éternité, mon être et votre vouloir, tout comme votre héritage religieux qu'est l'éthique et mon enivrant absolu.

C'est ainsi que tout commença. C'est ainsi que tout s'acheva.

ACICULARIS XL

Oui, c'est mon homme ! Aucun doute. Je reste immobile, je l'observe. Il porte la même casquette, des vêtements de sport et des baskets. Il est seul. Seul, proche de ce parc où j'effectuais mes premières foulées de joggeur. Ce parc assombri par sa foisonnante verdure. Ce parc non éclairé qui, de réputation, rassemble la nuit les marginaux de la vaste cité.

Que faire ? La vengeance ne mène à rien… il s'agit d'une pulsion ! Je l'aborde, seulement pour lui rappeler qui je suis ?

Non, il ne se souviendra pas de moi ! Je vais me contenter de poursuivre mon chemin à proximité. Et je m'élance, le pas léger, sans appréhension. Que peut-il faire à présent contre moi ? Je suis un être supérieur et je possède un couteau au cas où il m'agresserait !

Je traverse la route, en le dardant. L'homme semble nerveux, non qu'il s'attende à quoi que ce soit, plutôt l'est-il par réflexe de malfrat. Il ne m'a pas remarqué. Je ne suis qu'à quelques mètres, maintenant… quelques centimètres… Je le dépasse. Je pourrais le toucher tant il est près.

— T'aurais pas une petite pièce, m'sieur, s't'plaît ?

Il m'aborde, le parasite ! Il en veut à mon argent. Je pivote sur mes talons et me voilà face à lui. L'agresseur me fixe de ses yeux bovins, brillants, sûrement à cause de l'absorption de substances prohibées. C'est bien lui ! Ce sous-homme, à deux pas de mes pieds ! Je devrais l'écraser comme un cafard !

— Une petite pièce ? Pour quoi faire ?

— Pour quoi faire ? Ben pour manger, m'sieur… t'sais, j'ai pas mangé de la journée, je reste dans la ville pour chercher du boulot. C'est pas tous les jours facile pour moi, t'sais…

— Argument recevable. Seulement, je n'ai pas envie de rameuter tous les zonards du coin, alors allons à l'entrée du parc et je te donnerai bien plus qu'une pièce.

— Tu peux me donner la thune ici, t'sais… ça risque rien, il suffit d'être discret, t'as vu.

— Si tu les veux, suis-moi !

Je ne lui laisse pas le choix et je m'engage au sein de l'allée du parc à la tonalité ténébreuse.

Une fois à l'abri des yeux traînards, je fais volte-face, en faisant mine de chercher mon portefeuille dans les profondes poches de mon trois quarts.

— C'est sympa, m'sieur ! Si tout le monde pouvait être comme toi…

Aspirant à me saisir de mon arme, ma main gantée se referme sur mon portefeuille. Bon, ce n'était pas prévu, mais autant l'occuper. Je l'ouvre devant lui, en espérant qu'il me saute dessus en vue de le subtiliser. Je remarque son visage se focaliser dessus. Une palpable hésitation se lit dans ses yeux. À ma plus grande déception, il reste interdit et immobile tel un chien patientant à la remise de sa récompense.

Ma main droite présente un billet que la sienne saisit avec circonspection.

— Merci ! Mille fois merci, m'sieur. Bon… ben… bonne soirée !

— De rien, mon ami… de rien…

Je continue en sens inverse, progressant parmi les profondeurs artificiellement boisées.

— Tu ne devrais pas continuer par là, ça craint à mort la nuit.

— Ne t'inquiète pas pour moi, je ne crains rien…

— Comme tu veux… salut !

Je m'arrête et perçois les craquements du gravier qui s'amenuisent progressivement, violant la quiétude du lieu de toute apparence désert. Il ne faut pas que je le laisse filer. Cette innommable merde ne mérite pas de vivre, il a pour unique dessein de s'installer sur la peau d'un hôte et de sucer impunément son sang.

Soudain, j'agrippe mon poignard et fonds sur l'homme. Par-derrière, je ceins son cou de mon bras gauche tout en le courbant. La violence est telle que sa casquette en tombe.

— Qu'est-ce tu fais, bordel ! Qu'est-ce tu fais ? Au secours… à…

Je place mon arme devant sa bouche afin d'assourdir sa crainte. Plus il se débat et plus je serre. S'il continue, je vais tout bonnement l'étrangler.

— Calme-toi ou je te tue.

La menace est effective. Son corps se détend, s'amollit.

— Écoute-moi et je te laisserai partir. Tu ne te souviens pas de moi ?

Son visage se commotionne en vue de me signifier la négative.

— Non, bien sûr… certainement que je ne suis qu'une victime de plus sur ton ridicule tableau de chasse… je suis une de tes victimes… enfin, t'offrir l'exclusivité de cet acte serait trop d'honneur… tu avais un complice… bref, passons… c'était l'hiver dernier… je me baladais tranquillement, sans rien demander à personne, quand deux sous-merdes de ton espèce m'ont agressé et volé ! Vous m'avez aussi menacé avec un couteau… je chialais comme un enfant… j'ai manqué de me faire dessus… mais je suis parvenu à fuir jusqu'à ce que vous me tacliez et que mon crâne s'éclate sur un trottoir… tu te souviens maintenant ?

— Non ! dit la voix étouffée. C'est pas moi… c'est pas moi !

— C'est pas toi ? C'EST PAS TOI ! Tu te fous de moi ?

Ces paroles s'échappent de ma bouche pendant que j'essaie de contrôler une puissante force qui m'envahit de toutes parts. Mes doigts saisissent intensément le poignard.

Mon bras armé se lève afin de prendre de l'élan et s'abat dans la trachée de ma proie.

Il choit aussitôt, trépidant, ses mains sur la plaie béante et sanglante.

L'homme me lance un regard de bête horrifiée. Il ne peut plus crier, seuls des râles s'échappent de ce cloaque de chair.

Mon bras assène trois autres coups furtifs, efficaces, son corps dolent se rétracte à chacun d'entre eux.

Une odeur âpre et chaude accable mon olfaction. L'odeur de son sang.

Mon âme s'enflamme, mon corps de même et je l'attrape par le col pour le traîner. Ma charge gesticule, provoquant de légers soubresauts à mon bras.

Un large arbuste !

Dans un puissant effort, je soulève mon fardeau en vue de le projeter à proximité des racines.

— Quelle vue ! lui dis-je.

En effet, l'arbrisseau, à travers les branches, dégage un relatif panorama du boulevard, teinté d'un filtre pisseux en provenance de l'éclairage. Mais il ne réagit pas, je comprends que j'y suis allé un peu fort. Alors, j'assène un coup de pied à la masse. Il frissonne et me regarde. Ses yeux brillent encore… néanmoins, ils paraissent fiévreux. De son succédané de trachéotomie s'évaporent, outre des glougloutements de matières organiques sirupeuses, de faibles râles d'agonie.

— Oh ! Tu vas pas crever déjà. J'en ai pas encore fini avec toi ! Tu veux que je te sauve ? Enfin… tu ne pensais pas que j'allais te tuer ! Hein ? Tu ne pensais pas ça, quand même ?

Une lueur d'intelligence apparaît dans ses tréfonds oculaires.

Pour rendre crédible mon jeu, je me penche sur sa dépouille et furète un portable au sein de ses poches. Et rapidement, je m'en saisis d'un… volé certainement…

— Regarde… je vais appeler les secours et partir avant leur arrivée… Tu es d'accord ? Oh ! Je te demande si tu es d'accord !

La victime, qui avait fermé les yeux, les rouvre sans différer lorsqu'elle perçoit de nouveau mon pied. Mais je sais qu'il ne sent plus grand-chose.

Sa face, laborieusement, me donne son approbation. Puis, tout d'un coup, il semble se revigorer.

Il pleure, balbutie des sons inintelligibles et rapproche ses mains pour former une prière. Il est pathétique, terriblement pathétique. Sursaut inutile de vie…

Je compose le numéro des secours. Une voix féminine m'interroge concernant l'origine de l'appel.

— Bonsoir, madame, je viens de faire la découverte d'un homme inconscient et blessé. Il y a beaucoup de sang autour de lui… venez vite !

Elle me pose de multiples questions sur ma proie.

— La vingtaine. Oui, il respire. Oui, je sens son pouls. Faible. Non, je ne le touche pas.

La voix m'interroge sur le lieu.

— Sur le boulevard, près du parc. Vous ne pourrez pas nous manquer, il y a du monde autour de la victime !

Ensuite, la secouriste me demande si le portable duquel je l'appelle a suffisamment de batterie.

— Oui, soixante-dix pour cent.

Elle m'indique qu'elle me rappelle, avant de raccrocher.

Je regarde de nouveau cet animal prostré devant moi. Ses yeux sont emplis d'espoir, de reconnaissance. Étonnant tout de même.

Le téléphone sonne.

— C'est quoi, cette odeur ? Mais c'est quoi ? Tu t'es fait dessus, espèce de porc… Tu t'es fait dessus !

Et je le larde d'un nouveau coup avant de décrocher.

— Monsieur ? Vous êtes toujours sur les lieux ?

— Bien sûr, je n'ai pas bougé !

— Gardez votre portable à proximité, les secouristes arrivent et vont vous contacter.

Je raccroche et contemple nouvellement mon jouet.

Il trépide, souffle, toussote.

— C'est bon, calme-toi, les secours arrivent.

La dépouille se décontracte, pressent l'achèvement de son calvaire… pauvre hère.

Ses yeux fermés, ses lèvres haletantes, sa plaie suintante, ses mains molles, ses auréoles à la conjonction entre la lame et ses viscères, son entrejambe assombri par de l'urine, ses jambes immobiles…

Je n'ai rien à lui dire, je savoure le spectacle de son agonie agrémentée par un sublime silence, alternativement parasité par de ridicules gémissements.

Les minutes défilent, similaires et uniques.

Une légère brise caresse ma face couverte de sueur et me provoque un profond frisson.

Subitement, une sirène résonne dans la nuit, inquiétante, fascinante et toujours plus proche.

Elle est tout près, je l'entends. Je ferme les yeux à mon tour. Elle se gare sur le trottoir. Des gyrophares insaisissables galopent sur mes vêtements, mon visage, l'arbuste et sur ma victime qui ne réagit pas.

— Réveille-toi, ils sont là. Oh ! Ils sont là !

Il cille tel au réveil d'un long sommeil, pivote sa face avec difficulté et commence à articuler des cris aphones.

Le portable sonne. J'en arrache la batterie et la jette sur son propriétaire. Il panique, accentue ses gestes, en vain et à son détriment.

Les portières claquent. Deux hommes sont sortis de l'ambulance. L'un possède une torche et balaie les lieux. Un halo éclaire ma jambe un instant avant de continuer.

Leur éloignement me permet de m'exprimer d'une intonation habituelle, sans attirer pour autant leur attention.

— Regarde-les ! Il te cherche ! Oui, ils te cherchent… mais ne te trouveront pas. Quelle idée de te cacher dans un buisson, toi aussi… ça y est ! Tu redeviens un primate ? Tu veux monter à l'arbre ?

Les hommes réinvestissent le véhicule et disparaissent.

— Regarde ! Ils sont partis… Oh ! Ne panique pas, je vais abréger tes souffrances. Ah ! C'est certain, je n'utiliserai pas de la morphine… néanmoins, tu verras, ce ne sera pas très long.

À ces mots, ma proie se contracte, use inutilement ses cordes vocales n'émettant qu'un ridicule cri. Je lis l'effroi dans son regard larmoyant ! Quelle jouissance ! Quelle jouissance ! J'ai le pouvoir de lui insuffler la mort, de lui retirer la vie, d'anticiper l'arrêt de ses fonctions vitales, d'être l'ultime souffrance, l'ultime voix, l'ultime vision. Je suis son bourreau, son maître, son dieu !

— Tu ne mérites pas de vivre. Tu ne mérites pas de respirer mon air. Depuis que tu es né, tu as vécu aux dépens d'un autre, d'abord de ta mère puis de victimes en tout genre. Je n'ai nul doute concernant la vacuité dans laquelle tu as mené ton existence de bête. Tu n'apporteras jamais rien à tes semblables si ce n'est de la nuisance… tu n'es qu'un poids pour la société qui te nourrit et entretient ta paresse, ton incompétence, ta vie de raté, ta vie qui aurait dû t'être avortée. Afin de réparer cette avarie, reçois les manifestations de ma clémence… en faisant cela, je rends service à l'humanité… Savoure !

Je libère l'intégralité des forces retenues depuis le début de notre entretien et le pourfends de ma lame. Il se tord sous l'affront auquel il ne peut échapper, geint faiblement et finit par hoqueter. Son tronc est criblé de plaies. Sa fin est proche, il se vide de son sang et de ses excréments. Je patiente sagement, jusqu'à sa dernière pulsation. Pour cela, je prends son poignet, non maculé de sang, et effectue une pression sur ses veines. Le pouls ralentit progressivement et peu à peu s'inhibe éternellement.

Je contemple maintenant cette masse à laquelle j'ai ôté la vie. À vrai dire, un cadavre n'a de raison d'être contemplé que pour l'immobilisme de son expression, chose que je ne pus percevoir en admirant le suicidé. Ses yeux semblent anormalement ouverts comme s'il se trouvait infiniment surpris, son visage défigurée par ses dernières convulsions. Il repose sur un tapis sombre, s'agrandissant à mesure de l'écoulement de son sang. D'ailleurs, cette odeur m'insupporte à ce moment précis. Je songe donc à quitter mon œuvre. Oui, à quoi bon passer la nuit à ses côtés, si ce n'est augmenter les risques d'une arrestation ?

J'essuie mon poignard à l'aide d'un morceau du jogging clair, puis je le plonge avec dégoût au sein de ma poche. Je sens encore l'odeur. Je crains qu'elle imprègne à jamais mon vêtement. Il faut que je parte maintenant. En abandonnant le corps ainsi et ici ? Oui, le déplacer laisserait des traces… traces menant à moi. J'enjambe avec moins d'agilité les branches dans lesquelles je me suis enfermé, puis progresse lentement sur le sentier familier.

Je marche dans une sorte d'irréalité, seule la mécanique de réflexes régit mon corps durant la projection exclusive de mon acte sur la toile de mon cerveau. Soudain, une image foudroie mon esprit… la casquette ! J'ai laissé la casquette au milieu du chemin… quel con ! Et je me juge infaillible ! Foutaise ! Il faut que je sois plus prudent dorénavant ! Dorénavant ? Parce que tu comptes te lancer dans la carrière du meurtre ? Non ! Non ! Mon esprit doit demeurer constamment aux aguets et ne jamais subir de relâchement. Le relâchement mène au pire !

Ainsi, je rebrousse chemin d'un pas décidé. Mes pas en contact avec le gravier résonnent douloureusement au sein de ma boîte crânienne. Et si le corps avait déjà été retrouvé ? Et si quelqu'un se trouvait dans le parc ? Oh ! Tu veux être un surhumain ou rester une victime ? C'est en doutant que tu apportes le doute à toi ! Oui, il faut que je me reprenne… que je me reprenne…

La casquette ! La voilà, à sa place, aplatie. Je m'en saisis et me rapproche du cadavre. Il n'a pas bougé ! Comment aurait-il pu bouger ? Je la jette à proximité de son corps. Mon billet ! Non, je vais le lui laisser, cela donnera de la valeur à ce vaut-rien… un maigre billet de monnaie… au mieux, cela fera le bonheur de son découvreur ! Oui, ils penseront à un règlement de compte ! De toute manière, c'est un règlement de compte…

Je me suis retrouvé chez moi, je ne sais trop comment. Je ne sais combien de temps j'ai marché, mais… j'ai effectué un détour. C'est certain. J'ai effectué un détour afin d'éviter le boulevard…

La fatigue m'assaille, je me couche, le sommeil me ravit.

ENSIFORMIS

Je ne sais pas combien de temps je me suis assoupi. Lorsque je me suis réveillé, la nuit enveloppait encore la cité. Je suis en sueur. Pourtant, je ne suis pas trop couvert. Depuis que mes paupières sont ouvertes, je crains d'avoir du sang sur mes vêtements. Certes, ils sont noirs, mais je ne veux pas me souiller de l'ADN de ce pourceau. Comment procéder ? Je n'ai plus de lave-linge et amener mes vêtements au pressing serait une mission suicide.

La douche ! Bien sûr, la douche ! Je me charge de mes habits et les dépose sur le carrelage à proximité de celle-ci. Ainsi, sous le flux de l'eau, je verrai d'où le sang s'échappe. En premier lieu, je tiens mon trois quarts. Le vaste tissu se gonfle d'eau, noircit un peu plus, pèse, mais aucun filet suspicieux. De la sorte, chaque vêtement passe sous les affres aquatiques. Seul le dernier, les derniers, se révèlent positifs : mes gants ! Un léger liquide à peine jauni, foncé, glisse vers l'évacuation.

Je ne vais pas changer de gants continuellement tout de même. Non, il suffirait que j'en acquière plusieurs paires ainsi que de la lessive pour le nettoyage à la main. Finalement, je ne me suis pas trop mal débrouillé. Pour une première fois, seuls mes gants peuvent me confondre. Pourquoi ? Tu comptes recommencer ? Non… bien sûr que non… simple supposition, si je me fais agresser, il faudra que je me défende. C'est de la prévention… uniquement de la prévention ! Et puis, ce meurtre n'est pas si important, j'ai juste débarrassé la société d'un nuisible. On pourrait m'assimiler à un dératiseur.

Malheureusement, ce n'est pas si aisé. Une constitution régit notre nation, condamnant le crime. En effet, le pays est surpeuplé. Ce facteur entraîne un nombre exponentiel de désagréments, tels que la flambée des prix de l'immobilier, la surpopulation routière, la pollution, la déforestation, l'urbanisme sauvage et galopant… et je pourrais continuer ainsi longtemps. De fait, il est primordial de réguler la population, comme un chasseur lors de battues. Heureusement concourent déjà des alliés de taille ! Tels que les épidémies, les accidents, les catastrophes naturelles, mais ce n'est pas suffisant. Pour le bien-être de notre société, nous devrions être divisés de moitié en vue de pérenniser notre ressource vitale et primale qu'est la planète. Alors, nous devrions nous réjouir de chaque décès plutôt que de s'en attrister, en songeant qu'il s'agit d'une minuscule contribution à la survie de l'humanité.

Ces pensées atténuent l'angoisse inhérente à mon acte. J'ai rendu le juste compte de mon agression et qui se souciera de la disparition de cet être insignifiant, outre sa famille et ses amis ?

Personne ! L'homme s'indiffère de la disparition d'un de ses membres tant qu'il ne s'agit pas d'une personne intime ou innocente… innocente quoique… Ce n'est même pas la moitié de la Terre qu'il faut dépeupler, plutôt les trois quarts !

Je ne me recouche pas. L'énergie éveillée ne souhaite pas se conserver et puis dormir est totalement improductif. J'effectue alors l'ensemble de mes activités habituelles, avec deux heures d'avance.

Une fois celles-ci accomplies, je lis. À ce propos, j'achève mon ouvrage philosophique. J'avoue avoir eu du mal à terminer celui-ci, non que l'œuvre soit ennuyeuse, seulement mon esprit s'assèche de l'aridité philosophique. J'ai soif d'histoire, de destin, de style ! Que lire ? Il est hors de question que je perde mon temps avec la littérature de bas étage, le quasi-ensemble des auteurs contemporains. Non, des classiques… les œuvres des Maîtres… pas n'importe lesquels, ceux adhérant aux doctrines affectionnées. Des auteurs pessimistes, misanthropes, sulfureux, décriés, géniaux !

Après une longue recherche, je relève quelques noms. Il me reste une demi-heure avant d'aller au travail. Alors, j'ouvre la fenêtre, m'appuie sur le rebord. Je me vivifie de l'air matinal qui ne se réchauffera certainement pas de la journée. Mes yeux s'ébahissent devant le tableau. Un tableau en cours d'élaboration et ne provenant pas de la main de l'homme.

Un auguste soleil rosé point posément dans un ciel teinté d'un bleu turquoise, parsemé de vastes surfaces cotonneuses et incarnadines. Au même rythme, l'air matinal empourpre mon visage et l'insensibilise progressivement. Comment douter de quoi que ce soit devant cela ? Il s'agit de l'axiome de la vie ! Le justificatif de toutes choses. Toutes contraintes fondent en inanité. Tout prend sens et tout perd raison. Et comme chaque événement réjouissant, le rose vire au pâle puis au fade.

ENSIFORMIS II

J'ai des difficultés à me qualifier de meurtrier. J'ai arraché la vie à un homme, je suis donc un meurtrier. Mes propres mains ont provoqué l'extinction d'une âme. Cela me donne de la puissance, il faut détenir du pouvoir pour tuer une personne. Oui, je suis puissant, je suis puissance ! Je suis d'ores et déjà un surhumain ! La supériorité confère pareil pouvoir, l'être lambda est incapable de commettre une transgression de la sorte, d'outrepasser la morale, les codes et les lois. Seul le surhumain comprend le caractère fictif de ces règlements.

Assis à mon bureau, au sein de mon service déserté, telles sont mes pensées.

Trois jours ont suivi l'événement. J'y songe souvent depuis. Aucun regret. Je ne peux pas dire aucune peur, car à certains moments des relents de pollutions éducatives acquises lors de ma première vie me lancinent. Comme quoi le formatage ne fut pas total, bien que mes perceptions aient beaucoup changé depuis mon traumatisme crânien. Je n'ai rien entendu concernant la disparition de cette dégénérescence sociétale. Aucun article sur le quotidien national que je consulte en ligne. Aucune allusion parmi les conversations de mes employés. Il s'agit bien d'un non-événement.

Je suis interpellé par une forme inhabituelle reposant sur le bureau de Montuzet. En m'approchant, je comprends que la forme n'est autre qu'un journal, le journal régional, que Montuzet lit après la pause déjeuner. Il l'a tout simplement oublié. Je jette un œil à la première page. Et que vois-je ?

« Un jeune homme retrouvé sans vie dans un parc de la ville. »

Il ne s'agit pas d'un gros titre, mais d'un simple fait divers. Je tourne les feuillets à la recherche de l'article. Ainsi, j'apprends que ma victime était un jeune maghrébin âgé de vingt et un ans, résident d'une cité de réputation peu recommandable. Ce dernier était sans emploi et connu des services de police. Nous en venons aux suppositions.

« Règlement de compte ? Assassinat à caractère raciste ? La police enquête. Néanmoins, elle semble privilégier la première piste. »

Je ne m'étais pas trompé concernant la probabilité que le meurtre soit classé en règlement de compte. Par contre, assassinat à caractère raciste ? Je n'avais porté absolument aucune attention à son ethnie. D'ailleurs, quel intérêt ? Il aurait bien pu être maghrébin, africain, asiatique ou autre… quelle importance ? À vrai dire, je ne m'étais jamais posé de question sur les races. La race est une aberration puisqu'elle rassemble des individus aux particularités héréditaires communes. Elle concerne l'ensemble de l'espèce humaine.

La supériorité d'une race est fatuité et rien d'autre. Et nous, occidentaux, nous avons osé asservir des peuples, car nous les jugions inférieurs ? Quelle prétention ! Nous, petits Blancs frêles, ne détenons aucune chance face à ces robustes Africains. Qui domine dans tous les sports ? Des hommes d'origine africaine. Preuve en est donc qu'ils sont au moins physiquement supérieurs à nous. Et d'un point de vue intellectuel, ils n'ont rien à nous envier.

Les racistes sont des sous-hommes, encore plus méprisables que les hommes, car pour pérorer sur des fondements irréels, il faut être limité. Ils cherchent uniquement un bouc émissaire à leur médiocrité, détournent leur faiblesse vers une minorité. Il est aussi facile de pratiquer la politique de l'autruche que de regarder en face les véritables causes de nos difficultés. L'Histoire relate une quantité incommensurable de répétitions de ce processus et ce facteur met en exergue l'ignorance humaine, qui n'a aucun égard pour son passé pourtant si instructif. Cycliquement, l'humanité s'enflamme et fonce sans se retourner vers un indestructible mur. Pauvre humanité !

Le mal est là et nulle part ailleurs. Les races n'ont rien à voir avec tout cela, le mal est à l'origine, en tout homme, il est intrinsèque. Une sorte de pourriture enfouie dans les tréfonds de l'espèce et transmise, depuis sa naissance, à la descendance. Une pourriture héréditaire ! C'est l'humain qui est inférieur à ce qu'il revendique être, il n'est que bassesse, que passion, que fantasme ! Pour la peine, je chiffonne ce torchon infâme qu'on ose nommer journal et sors du service vraiment remonté. Bien heureusement, un footing m'attend. Au sein de la nature, loin des hommes stupides et mauvais.

ENSIFORMIS III

Le footing n'est pas parvenu à effacer la victime de mon esprit. Alors, à peine rentré, je me jette sur mon ordinateur afin de pêcher de nouvelles informations, trop rares dans la colonne du quotidien.

Étant donné que la majorité des journaux n'abordent pas ce fait somme toute relatif, je trouve une page Facebook, après quelques minutes de recherche. Cette page appartient, d'après les articles, photos et commentaires, à une amie de ma victime. Celle-ci indique qu'une marche silencieuse aura lieu le lendemain, partant de la cité en direction de la mairie. Le motif ? Protester contre la violence entre les jeunes des cités. La propriétaire de ce torchon en ligne maintient la thèse du règlement de compte et fabule en se convainquant qu'il opposerait les jeunes de différentes cités. Elle indique également que notre héros se querellait sempiternellement avec les habitants des ghettos environnants. Bien évidemment, l'article est d'une syntaxe ignominieuse, sans parler de l'orthographe approximative.

De vrais animaux. Il est vrai que ces jeunes n'ont rien de mieux à faire que de pisser sur le territoire des autres pour le marquer. Je ne leur en veux même pas. Leur éducation est mince, personne ne s'est réellement préoccupé de ces agitateurs de classes, préférant les congédier au plus vite des établissements, en vue de retrouver un semblant de tranquillité.

Omettant la venue de son égal à la rentrée scolaire suivante.

Cela les conditionne au rejet constant qu'ils subiront le restant de leur jeunesse, attisant une rage envers tous et toutes, difficilement extinguible. La seule chose qui s'éteint en eux est leur volonté de se fondre dans ce mur qui les expulse. Ainsi, ils favorisent la facilité : vol, trafic en tout genre, parfois et trop rarement l'Art.

Bref, je devrais faire preuve d'indulgence envers ce pauvre type. Il n'aurait pas fallu qu'il se mette sur mon chemin. Il en a payé de sa vie… Je suis décidé à participer à cette manifestation. Sans me rendre au départ. Je me mettrai à une table à l'extérieur d'un café, en me contentant de les contempler. D'ailleurs, j'en profiterai pour acheter de nouvelles lectures. Il faudra que je prenne mon après-midi. En bon despote, je n'ai à me justifier devant personne.

Ainsi, après avoir dévié par une librairie où je trouvai l'objet de ma requête sans complexité, je m'assois à la terrasse d'un café et attends studieusement l'arrivée du cortège. L'œuvre s'intitule *La Philosophie dans le boudoir*. Aussitôt, je le retourne pour consulter la quatrième de couverture : « *Pour qui veut aller au fond de ce que signifie l'homme, la lecture de Sade est non seulement recommandable, mais nécessaire.* »

Un certain Bataille écrit cela. Intéressant, il faudra que je me renseigne sur cet auteur.

Au moment où mes yeux se posent sur l'ensemble des caractères noircissant la page, toute perception du monde extérieur s'évanouit… conversations, moteurs, klaxons, tout disparaît.

Pourtant, on ne peut pas affirmer que le lieu soit calme, des bavardages à ma gauche, à ma droite, le passage du garçon, ses politesses devant moi, le ballet des passants, celui des voitures, disparus. Je dévore la préface ! Ce libertin est à la hauteur de mes attentes ! Par réflexe, je relève la tête. Le cortège est au moins à sa moitié, la tête se trouve à quelques mètres de là.

Merde ! Je pose le livre sur la table, faisant ballotter mon verre d'eau gazeuse et je m'enfonce dans mon inconfortable chaise. De jeunes personnes comme des plus âgées constituent cette assemblée. Autant de Blancs que de peaux hâlées. Une perfection cosmopolite. Les visages sont fermés, certains élargis par des sanglots réprimés, aucune parole, des regards figés. Quelques mains maintiennent des portraits du jeune homme, souriant… forcément. Il avait une bonne tête finalement, il devait plaire aux femmes. D'autres exhibent des pancartes, sur lesquelles je peux lire « *Assez de violence !* » ou « *Solidarité entre les cités* ».

Que c'est pompeux !

Ce wagon doit contenir deux à trois cents personnes. Trois cents défilant en conséquence de mon acte, trois cents défilant pour moi. Quel hommage ! Je devrais me lever, les suivre et les remercier ! Une idée soudaine me motive à me rendre aux obsèques de ma proie. Ce serait pousser trop loin le vice, tout de même. Si l'on me demandait qui je suis, je leur dirais que j'ai été ému par la manifestation, voilà tout.

Non, je ne peux pas poser un jour de plus, n'exagérons rien !

Une fois la masse compacte tarie, je paie ma consommation et rentre chez moi, à pied, tel que j'étais venu, lentement, divinement rassasié. J'ouvre ma boîte aux lettres afin de consulter les diverses factures ou autres publicités qui la saturent. Parmi les enveloppes, mes paupières se fixent intensément à la vision d'un document, un effroyable frisson me parcourt, je ne parviens plus à continuer, ma gorge se noue comme mon estomac.

ENSIFORMIS IV

Je suis convoqué au commissariat !

Mon sang ne fait qu'un tour. Qui a pu me voir ? Qu'ai-je laissé comme indice pour que l'on me confonde ? Quel piètre homme je suis… ah ! Je pouvais me sentir supérieur ! Je ne suis qu'une merde, rien qu'une merde ! Tomber aussi facilement et dès mon premier crime… je suis pathétique ! Tomber pour un sous-homme… je suis un sous-homme ! Ainsi se profile ma chute, sans éclat, sans drame, par une banale convocation où je serai reconnu et écroué durant une vingtaine d'années. Je n'ai rien retenu de mon enseignement, je me suis précipité comme un con, négligeant la réflexion, l'application, la prudence ! Fi ! Fi ! Fi !

Je me suis préparé mon dîner. Je n'ai touché qu'à peu de choses. J'ai essayé de lire. Comme même Sade ne parvient pas à me galvaniser, je décide de sortir. Depuis le meurtre, j'évite de fréquenter le boulevard ainsi que le parc. Par précaution justement. À quoi bon, maintenant ? Si je suis découvert, autant revenir une dernière fois sur le lieu de mon forfait.

Je rentre dans le parc. Tout est nuit, tout est silence, tout est plaisance. Aucune âme qui vit ne se trouve ici. Je traîne les pieds. Je progresse au point où tout commença et où tout s'achevait. Au sein de l'allée déserte, mon esprit rejoue la scène dont je suis à présent le spectateur. Je me vois le ceindre de mon bras, je vois sa casquette choir, son visage se crisper. J'aperçois ma main gauche pourfendre l'air puis son corps. Il tombe. De la poussière se soulève. Les graviers crépitent avec frénésie. Des fleurs, une gerbe de fleurs posée là, au point exact où son corps gisait. Une feuille est accrochée à celle-ci. Je m'en saisis.

« Jamais nous ne t'oublierons, tu resteras pour toujours dans nos cœurs. Guide-nous de là-haut pour que justice soit faite. »

Je ris de manière irrépressible. Balivernes ! Mon cher, tes amis sont des jean-foutre ! Sache que, dans six mois, tu ne seras plus qu'un modeste souvenir. Dans un an, ils se songeront à ta mort tout en poursuivant leur activité. Le lendemain, tu auras déserté leur esprit. Parfois, lors de la consultation de photos te ressuscitant, ils te plaindront. Ils se rappelleront que tu étais bon. Ainsi continuera leur vie tandis que la tienne sera depuis longtemps finie et tu sombreras dans l'océan de l'oubli.

Cette lecture me secoue. Je suis lavé de cette faiblesse, de cette angoisse stérile. Qu'importe que je sois condamné, j'assumerai. Je survivrai à l'enfermement. Et puis, en y réfléchissant, dans d'autres pays, je serais exécuté sans différer ! La prison, ce n'est pas la mort ! Je veux dire, j'aurai tout mon temps pour lire, faire ma musculation ! Certes, je ne pourrai plus me délecter de ces succulentes balades nocturnes. Je perdrai également mon nouveau statut social. Il faudra que je me réinsère dans cette fange qui n'aura qu'empiré d'ici là. Je serai un homme âgé, un sage. Non, à ma sortie, je me couperai définitivement de la société, je vivrai au sein d'une thébaïde.

Je rentre, des élucubrations plein la tête. Néanmoins, je trouve le sommeil. Le dernier matin de mon existence d'homme libre. Je me lève comme à mon habitude, je pratique les activités idoines. Je lis un peu avant de m'y rendre à pied.

Je veux au moins savourer le vacarme des quidams, respirer le vent, renifler la pollution, voir le grouillement des hommes faussement libres. Ma liberté est ma lucidité. Je peux être écroué sans qu'elle soit altérée.

Voilà, je suis devant l'enseigne de la police. De l'extérieur, l'enceinte paraît calme. Quelques agents entrent ou sortent en s'échangeant des politesses. Je n'éprouve aucune animosité envers ceux qui vont m'enfermer. Non, j'éprouve plutôt de l'indulgence. Ils ne savent pas. Ils ne savent rien !

J'aspire une grande bouffée d'air et gravis les sept marches menant à l'entrée. À l'intérieur, une jeune recrue m'accueille, le visage plissé d'un sourire. Je suis ménagé, personne ne me brutalisera. D'ailleurs, je ne me débattrai pas. Non, tout se fera en douceur.

— Bonjour, monsieur ! Puis-je vous renseigner ?

— Bonjour ! Oui, s'il vous plaît, je suis convoqué, dis-je d'une voix assurée.

— Veuillez patienter, monsieur. Je vous appelle dès qu'un agent peut vous recevoir.

Je m'assois sur une chaise bancale. Il s'agit d'un siège destiné à un futur condamné, n'en demandons pas trop !

Dix minutes passent et je ressasse mes différents projets de prisonnier, jusqu'à ce qu'un policier corpulent vienne à moi et m'invite à le suivre. Son embonpoint lui donne un aspect bonhomme, inoffensif. Décidément, la police n'a rien d'effrayant. Je me crois dans un monde cotonneux, une utopie…

— Asseyez-vous.

J'obtempère.

— Monsieur… connaissez-vous l'objet de votre convocation ?

— Absolument pas ! affirmais-je.

Pourquoi mentir ? Je ferais mieux de lui narrer méticuleusement le meurtre, je n'en serais que bénéficiaire.

— Éclairez-moi, s'il vous plaît. Je ne vois pas du tout.

— Une plainte a été déposée contre X. Néanmoins, la personne qui l'a émise a cité votre nom comme suspect potentiel…

Une plainte ? Une ridicule plainte ! Et je me suis emballé pour ça !

Je manque d'éclater de rire. Alors, je me racle la gorge pour conserver tout mon sérieux.

Une plainte… Sophie ? Oui, ça ne peut être qu'elle !

— Les faits se sont déroulés avant-hier soir. Que faisiez-vous ce jour-là aux environs de vingt-trois heures ?

Ah non ! Ce ne peut pas être elle ! Qui donc ?

— Euh… J'étais chez moi. Je n'ai rien fait de particulier… en toute bonne foi, je ne vois pas ce que l'on me reproche.

— Est-ce qu'une certaine Milano Mathilde vous dit quelque chose ?

— Bien sûr ! Il s'agit de mon ex-compagne… quel est le rapport ?

— Les pneus de son véhicule ont été crevés et sa carrosserie a été rayée aux abords de son domicile.

— Et elle m'accuse d'avoir fait ça ? N'importe quoi ! Je ne sais même pas où elle vit actuellement. Certes, nous ne nous sommes pas quittés dans les meilleures conditions, mais… jamais, au grand jamais… je ferais pareille stupidité ! m'offusqué-je.

La pute ! M'accuser ! Elle mérite…

— Elle a précisé que vous étiez devenu étrange depuis quelque temps, que vous aviez un comportement parfois irrationnel…

— Irrationnel ? Mais monsieur, j'ai été victime d'une agression. J'ai eu un important traumatisme crânien. Donc, il est possible que j'aie pu être bizarre ou étrange, mais au point de faire ça… tout de même…

— Pourriez-vous me fournir une preuve que vous étiez bien à votre domicile ?

— Pas vraiment…

— Très bien !

— Afin de prouver ma bonne foi, vous pouvez me confronter à elle. Je lui expliquerai ! Vous n'auriez pas ses coordonnées ?

— Je suis désolé, je suis dans l'impossibilité de vous donner pareilles informations.

— Bon, dans ce cas, que dois-je faire ?

— Attendre la fin de l'enquête. Je vous contacterai si je dois le faire. En entendant, je vous remercie de vous être déplacé !

— C'est tout ?

— Oui, c'est tout. Au revoir, monsieur, et bonne journée.

Je lui serre la main et sors du commissariat. Libre…

ENSIFORMIS V

Libre ! Je suis libre ! Cela allait de soi. Bien entendu, on ne convoque pas un criminel ! On l'arrête directement en le piégeant. Quand celui-ci se laisse prendre par son imprudence. Et moi ! De quelle faiblesse ai-je fait preuve ? Aucune ! Foutrement aucune ! Je ne suis pas un criminel. Un criminel commet des actes inutiles pour son propre intérêt, ou celui d'un tiers auquel il est rattaché. Pour ma part, j'ai seulement écrasé une vermine et je n'en ai pas tiré le moindre bénéfice, j'ai uniquement régulé l'espèce à ma mesure. En somme, c'est socialement valorisable. Je suis passé au travers des grossières mailles du filet. Qu'ils sont médiocres, tous médiocres !

Moi, je suis un spectateur lucide de leur théâtre universel, lucidité acquise grâce à mon recul. D'ailleurs, ce recul s'applique à toutes choses, la masse se regarde de trop près, se focalisant de fait sur des imperfections visibles grâce à leurs yeux microscopiques, alors qu'il suffirait d'une longue-vue.

Et cette pute ! Mathilde… m'accuser de pareilles inanités… me pense-t-elle si mesquin ? C'est vrai, j'ai joué avec ma petite Sophie, mais je n'ai pas dégradé quoi que ce soit. Elle mériterait que j'accomplisse cet acte, je devrais vraiment le faire. Maintenant, il faut que je retrouve mes activités normales. Hier, avec cette futile remise en question, j'ai perdu mon temps ! Plus jamais je ne dois me laisser envahir par la culpabilité, par une quelconque passion ! Je ne dois pas participer à ces fadaises, alimenter ce fleuve boueux, c'est l'affaire des standards.

Retrouvons ce bon Sade !

Après avoir lu, je m'attable à mon ordinateur afin de rechercher l'adresse de cette traîtresse. Ce doit être la lecture qui m'a échauffé l'esprit, des relents de vengeance m'assaillent. En deux minutes, je dispose de ses nouvelles coordonnées. Quelle douce et fallacieuse technologie ! Aussitôt, je me vêts et m'engouffre à l'extérieur. Ce n'est pas à proximité, je dirais même à l'opposé de mon lieu de résidence, tant pis, elle doit payer.

Qu'a-t-elle à me reprocher, cette conne ? Mis à part notre rupture, elle ne peut pas dire que j'ai été dur avec elle. Je lui ai laissé la quasi-totalité de nos biens. Enfin de mes biens ! Ce n'est pas grand-chose, mais suffisant. Elle est imprégnée de la doctrine matérialiste traînant dans nos mœurs occidentales où la prolixité serait synonyme de bonheur. J'ai bien dit « serait ». Cela aurait dû la satisfaire, mais bien évidemment Mathilde a saupoudré l'ensemble de sentimentalité. Son amour est devenu aisément haine, c'est tellement facile de haïr la personne que l'on aimait la minute précédente ! D'ailleurs, ne la hait-on pas déjà ? Le couple n'est viable et véritable que s'il se compose d'un équilibre de haine et d'amour.

Que de concepts ! Et dire qu'ils régissent leurs vies !

Je traverse les rues, les boulevards, les parcs municipaux sous un éclairage désagréable. Le vent caresse mes joues, mon crâne, à moins que ce ne soit la nuit qui m'enroule dans sa douce consistance cotonneuse ? Je peux affirmer qu'à présent, la ville n'a plus de secret, je connais l'intégralité de ses embouchures. Donc, je me dirige vers le sommeil de Mathilde sans peine, à pas légers, inaudibles, invisibles.

Lorsque j'aurai traversé cette rue, j'y serai.

Et j'y suis ! C'est donc là qu'elle vit maintenant ? Une maison ! Elle ne peut y vivre seule. Je m'approche de la boîte aux lettres.

« M. Bernède et Mlle Milano ».

Je vois qu'elle n'a pas perdu son temps ! C'était bien la peine de m'emmerder ! Tout cela pour se jeter immédiatement dans les bras d'un autre. Enfin, telle est sa destinée. Elle ne peut se passer de mâles, qu'elle dirige et asservit. Déjà, à l'aube de notre histoire, elle en sortait d'une autre. Cette femme ne conçoit pas la vie en solitaire. La sienne doit se conjuguer à deux. Tel que pour un grand nombre de femmes, c'est imprimé dans leur esprit par leur éducation et dans leurs gênes par l'espèce. Et elles pensent être émancipées. Foutaises !

Cette idée m'inspire de la compassion pour ma victime potentielle. Pourquoi la punir ? Elle est victime depuis sa naissance et, sans qu'elle en ait conscience, ce fardeau est bien suffisant. Alors, je fais volte-face en espérant que son nouveau compagnon la punisse à ma place, qu'il soit tout ce que je n'ai pas osé être durant ma première existence.

Ainsi s'achèvent mes retrouvailles avortées.

ENSIFORMIS VI

Cette ville m'étouffe ! Ce sont certainement ces derniers événements qui me procurent cette sensation d'étranglement. J'ai besoin de découvrir des espaces vierges pour mon esprit pur. Ces immeubles, ces ruelles, ces véhicules, cet entassement d'êtres sur une si petite surface m'indisposent. Je ne souhaite pas quitter cela définitivement. J'aspire seulement à respirer un air déchargé de particules étrangères à la nature, un air qui nettoierait mon corps afin de reprendre des forces pour affronter ce mode de vie aliénant. Alors, je recherche sur la carte de ce vaste pays des coins désertiques, sinon peu peuplés. Et ce n'est pas ce qui manque décidément !

Le choix n'en est que plus difficile. Non, pas la plage, pas cette fois… la montagne ? Oui, mais les sentiers doivent être détrempés et glissants à cette époque. Où ? Ah ! Le centre ! À proximité d'un ancien massif ! Parfait ! Ces idées m'ont pris en rentrant du bureau ce vendredi soir. Je pense que cette décision fut orientée par les conversations de mes employés concernant leur projet du week-end. Peu importe, je ne vais pas, moi, bricoler, assister à un match de foot, bourlinguer ou larver avec bobonne.

Je remplis un sac de sport, étant donné que mes valises sont à la disposition de ma chère ex-compagne. Une demi-heure après de multiples vérifications quasi pathologiques, je charge tout cela dans le coffre de la voiture. Il fait presque nuit, j'espère qu'une auberge sera encore ouverte à mon arrivée. Sinon, je dormirai sur la banquette arrière.

Trois heures trente de voyage ! Cela tombe bien, j'aime conduire. Je prends l'autoroute pour ne pas être gêné par la traversée de nombreuses agglomérations. Là, je pourrai rouler relativement vite sur un asphalte plat, droit, sans risque qu'un chauffard double dangereusement et me percute. Non, je n'ai pas peur de mourir en voiture. Enfin, plus maintenant ! À vrai dire, depuis que j'ai obtenu mon permis de conduire, ma famille m'a conditionné à craindre cette éventualité… tout ça à cause d'un oncle, mort en cyclomoteur. Je me souviens que les premiers longs trajets que j'ai effectués se sont déroulés les yeux rivés sur la route, l'estomac noué. Je n'osais transporter mes paquets de cigarettes, au cas où je me tuerais et que mes parents les découvrent parmi mes vêtements éparpillés sur la route. J'avais peur de leur dire que je fumais. Pourtant, ils m'avaient proposé à l'adolescence de m'acheter mes paquets à la suite d'une perverse délation de mon aîné. J'avais refusé cette liberté que n'importe quel adolescent aurait saisie et avais décidé de fumer anxieusement, discrètement et loin des yeux et oreilles de ce frère qui traînaient partout. Je digresse ! D'ailleurs, jusqu'à ma vingt-cinquième année, je rêvais régulièrement d'accidents de la route. Ces rêves n'étaient jamais semblables. Soit j'étais le conducteur perdant le contrôle du véhicule, soit le passager malchanceux d'un chauffard.

J'étais une victime !

Lorsque je sors de l'autoroute, la nuit noire m'englobe, point d'éclairage aveuglant, seul un quartier de lune gouvernant une armée d'étoiles scintillantes de bravoure. Une cinquantaine de kilomètres m'entraînent vers l'un des plus beaux villages de notre patrimoine national. Si beau qu'il ne figure sur aucun panneau de signalisation. De fait, je progresse à tâtons jusqu'à l'inespérée apparition de sa désignation. Jusque-là, je n'ai aperçu que quelques bas-côtés rocailleux, aucune falaise, aucun massif. Seulement des champs, des forêts. Me serais-je fait avoir par la photographie présente sur le site de la région ?

Je m'enfonce sur une route plus étroite et sinueuse, mes phares découvrent au rythme de mon avancement d'immenses murs de roches. Je suis au bon endroit ! L'obscurité amenuise ma vue, mais j'imagine de grands pans de calcaire et de précipices abyssaux, suggérés par des barrières balisant la voie. De légers éclairages orangés poignent, chassant la paisible nuit. Je me gare sur un parking, sors de la voiture sans la décharger et contemple cette terre d'accueil.

À mon plus grand bonheur, j'ai l'impression que ce village est déserté. Nul son, nulle âme ne parasite le silence nocturne. Je m'élance à la recherche d'une hypothétique auberge. À vrai dire, en cent pas le bourg est traversé. Je suis bon pour dormir à l'arrière. Dommage, je meurs de faim. Merde, je n'ai rien amené ! Tant pis, je mangerai demain. En vue de me dégourdir les jambes, je m'approche d'une fontaine dont le pépiement m'attire. J'admire l'ange séraphique tenant une amphore. Et j'aperçois, derrière cette représentation, une rue qui avait échappé à ma vue.

Je m'élance. Seulement trois pas m'annoncent l'auberge recherchée. Il y a encore de la lumière ! Je m'y engouffre. Le tintement d'une clochette me signale à la gérante qui semblait sommeiller, mais qui s'ébroue à ma vue.

— Bonsoir, monsieur ! Vous désirez ?

— Bonsoir, madame, je désirerai une chambre pour la nuit… et si c'est possible un repas ? dis-je poliment.

— Pour la nuit, c'est tout à fait possible, mais pour le repas, le cuisinier va bientôt partir. Patientez, je vais voir s'il accepte de vous cuisiner un petit quelque chose…

— Oui, un petit quelque chose suffira…

Et elle disparaît avant même que j'aie terminé mon allocution.

— Il reste un plat du jour, il vous le réchauffe ?

— Très bien !

— C'EST BON, RAYMOND ! RÉCHAUFFE ! hurle-t-elle par-dessus son épaule.

J'en profite pour me charger de mon bagage et réinvestir les lieux. Une assiette fumante, une corbeille de pain et un pichet d'eau m'attendent sur une table à proximité de la réception. Je pose mon sac à côté de moi et m'installe. Je renifle les mets non identifiables et commence à manger. Le goût n'est pas très agréable, mais je m'en contente afin de tarir cette lancinante faim. Il s'agit d'une garbure. Je sors de table, repu, et remercie mon hôtesse. Avant de m'indiquer ma chambre, elle me demande l'objet de ma venue, la réponse semble l'étonner.

Je m'installe et une odeur de renfermé sature mes narines. À part ce détail, le lieu paraît douillet. Je ne prends pas la peine de défaire mon sac et me contente d'attraper un livre. Cette longue lecture n'apprivoise pas le sommeil, alors je décide de sortir. L'escalier craque sous mes pieds, achevant toute tentative de discrétion. La brune à la chevelure courte et dépassée, entre deux âges, m'apostrophe.

— Où allez-vous ?

— Je ne trouve pas le sommeil… je vais marcher un petit peu pour digérer.

— D'accord, mais je ferme d'ici une heure !

— Très bien ! Je serai là avant.

Un air frais m'invite à le suivre au sein de ce minuscule village. J'inhibe ma marche aux barrières de la route donnant sur un sombre pan rocheux, laissant le libre éther voguer à sa guise, au-delà d'un lac fuligineux et forestier. Je me délecte du souffle léger et harmonique qui siffle dans la vallée.

ENSIFORMIS VII

Je me suis réveillé tôt, à l'heure où je me lève chaque jour, sans pour autant avoir mon habituel réveil. Si mon horloge interne était parfaite, je pourrais me dispenser de cet artifice, mais on ne peut jamais faire confiance à son corps, trop tenté à paresser. Ne m'étant pas encombré de mes haltères, j'effectue quelques exercices, avant une douche et une prompte sortie. Après avoir chargé mon véhicule, je reviens à l'accueil afin de régler la note.

Le jour se lève, le ciel est pâle, dommage que la falaise masque l'embrasement du soleil. Je pourrais encore y assister en me dépêchant. Au préalable, je pénètre au sein d'une boulangerie, en profitant pour m'informer de l'itinéraire menant au sommet de l'édifice naturel. J'achète également quelques victuailles. Bon, c'est relativement simple. Je n'ai qu'à gravir deux kilomètres à l'aide de ma voiture.

La route est escarpée, étroite et sinueuse. Néanmoins, je parviens au point culminant. Je stationne près d'une ancienne bergerie.

L'endroit est désert. J'entends au loin des tintements de clochettes. Il s'agit sûrement des animaux se goinfrant dans les pâturages environnants. Une fraîche brise caresse de nouveau mon visage avec onction et refroidit ce qui sera une douce journée printanière. Une prairie s'offre à ma vue. La crête de la falaise se trouve-t-elle derrière ce lacis de brindilles ? J'attrape mes lunettes de soleil avant de m'élancer parmi l'herbe humide de rosée. Quand j'escalade une murette effondrée, vestige d'une activité humaine saine et surannée, je constate que mon pantalon est trempé. Qu'importe, il séchera ! Je dois encore éviter des branches… et là apparaît le spectacle ! Non, je ne me suis vraiment pas trompé ! Un immense, un auguste, un flamboyant soleil me pénètre, m'incendie progressivement de ses énormes rais. Le demi-cercle se mue peu à peu en disque aveuglant et incandescent, éclairant concomitamment la vallée qui m'invite à l'admirer. Haut perché, je devine des villages inconnus, des forêts, de rachitiques filets d'eau, ruisseaux aux sonorités exaltantes. Un château fort, là-bas, domine du sommet de sa colline. Au-delà, la vue s'estompe du fait de mes misérables perceptions humaines.

L'astre solaire me réchauffe, m'enveloppe et je m'assois, ivre de lumière. Le temps s'écoule lentement et incommensurablement. Mon esprit est vide de quelconque pensée. Une sorte d'ataraxie en somme. Le battement des ailes d'un faucon me ravit à ma rêverie. Je m'engoue du brassage de l'air sur ses plumes qui se soulèvent. Le céleste rapace immobile, faisant fi de la pesanteur, paraît maître de son espace. Il monte, descend et remonte… pauvre hère, il n'a même pas conscience de sa liberté, de son privilège. Il vaque stupidement à l'assouvissement de ses pulsions animales, mais il est mon divertissement, mon admiration.

Soudain, il disparaît. Je me lève pour suivre sa progression. J'aperçois une tache marron fusant vers le sol, le faucon s'y arrête l'instant d'une seconde et reprend de l'altitude, toujours avec agilité. Ses puissantes serres enferment un rongeur dont la queue balle à travers sa geôle. Un rongeur parmi la multitude d'espèces qui se dévorent et prolifèrent tout autour de nous.

Je recule de manière irrépressible quand je comprends que je surplombe le vide. Toutefois, ma curiosité se voit galvanisée et je m'approche de nouveau. Outre la pointe de mon soulier, l'abîme. Ma tête pèse vers le bas, à l'image de mes bras. J'aperçois un tas de pierres broyées.

J'imagine ma chute, vertigineuse, lente, le vent brassant mon visage et mes habits sans distinction, mes bras essayant de se rattraper au néant, mes tympans sifflant sous le poids de ma masse. Puis l'impact. Un fracas de viscères et d'os éclatant au contact du sol solidifié à l'extrême par l'élan. Je songe, pour la première fois de ma vie, à ma fin. Je ne ressens pas de l'effroi, plutôt de l'apaisement. Je prends conscience que je peux le faire, que je peux mettre fin à mon existence de mon propre chef. Je comprends, je déciderai moi-même de mon dernier jour.

Quand ?

Tout de suite ?

Non, je dois encore me parfaire !

Je pense aux personnes âgées, à ces vieux agonisant et souffrant continûment, à chaque mouvement et déplacement. Le corps se cimente de jour en jour afin d'atteindre une éternelle fixité. Non, je ne veux pas cela. Si je dois mourir, ce sera avant de subir les décadences de l'âge. Dès que je serai tributaire, dès que je ne pourrai plus me suffire à moi-même, alors je mettrai fin à ma vie. À quoi bon vivre quand on est dépendant ? C'est de la faiblesse, de la lâcheté même !

Je reviens à cette fascination que j'éprouvais, durant l'adolescence, pour le suicide. Je me souviens encore de ces jeunes filles qui avaient suivi le chemin d'une célébrité, lors du premier anniversaire de sa mort. Cet événement m'avait marqué. Je m'étais demandé ce qui avait bien pu pousser ces jeunes connes à commettre cela. C'est vrai, le suicide ou tentative de suicide chez les adolescents se trouve être la première cause de mortalité. Certes, c'est une période très difficile à passer, c'est le moment des fantasmes, des frustrations, de l'abnégation, des transformations. Mais comment vouloir mettre fin à ses jours quand on n'a encore rien vécu ? Parfois pour des futilités, parfois par défi ? Pourquoi adulé-je cet être désespéré ? Est-ce l'unique voie menant à cette utopique sensation de liberté tant aspirée ? Une preuve d'appartenance exclusive de sa destinée ? Finalement, le suicide est un acte capitaliste en adéquation avec notre société de grands jouisseurs, la frustration peut nous guider au suicide dans un moment de désarroi à la fois extrême et furtif.

Je suis loin de tout cela ! Je souhaite seulement ne pas m'acharner, en finir en temps voulu et non effectuer une ultime action égocentrique. Il faudrait qu'il y ait plus de suicides. Ainsi, la Terre se dépeuplerait. Il suffirait juste de leur montrer la vacuité de leur existence ! Enfin, un nombre important de personnes met déjà fin à ses jours pour des absurdités : une déception amoureuse, une carrière professionnelle, un mal-être existentiel de petit privilégié qui a la chance de pouvoir se poser d'inutiles questions au lieu de se crever à gagner à peine de quoi bouffer ! Ceux-là ont finalement raison de disparaître tant ils sont vains !

ENSIFORMIS VIII

Je demeure en ce lieu durant toute la matinée, je médite à toutes sortes d'idées. Ce paysage est l'allégorie de ma vie. Je domine mes semblables, je les observe de haut ! Je répertorie l'ensemble de leurs actes microscopiques et similaires les uns aux autres.

Comme l'humain se lasse de tout, je décide de me promener au sein de ce plateau exhaussé. Je n'aurais jamais imaginé qu'il soit si étendu. Je traverse des champs, découvrant des moutons en pâture, une surface boisée, pour enfin atteindre l'autre côté de la falaise. Je m'y pose et déguste les victuailles achetées. Le paysage est une quasi-réplique du précédent. Un seul détail diverge, j'entrevois une cascade d'où une masse écumeuse bouillonne violemment sur un sol calcaire.

Puis j'attends. À un moment, le soleil entame sa lente agonie, d'une couleur plus chatoyante, plus orangée pour finalement virer au rouge sang avant de s'éteindre définitivement. L'Événement est tout aussi magnifique.

Puis j'attends. Les premières étoiles paraissent et voilà la lune qui commence son ascension.

Je me lève, rejoins mon véhicule et quitte cet endroit idyllique. Diligemment, mes roues adhèrent à l'asphalte de l'autoroute et je roule vers le sud, vers ma ville d'attache. Néanmoins, je m'engage sur une bretelle de sortie. Je reconnais, en lisant un panneau de signalisation, une ville visitée il y a longtemps avec Mathilde.

Je connais bien cette ville, tant elle m'endolorit les pieds. Et cette conne qui voulait marcher, toujours marcher, en vue de d'ajouter les maigres monuments de cette triste cité. Et moi, que fais-je à présent dans ces ruelles ? Je marche, en effet ! J'ai un peu froid, j'enfile mes gants. Rien de très ragoûtant finalement, une ancienne ville fortifiée, des pierres, des pierres et des pierres… J'aurais pu m'abstenir et rentrer gentiment à ma demeure. Des boutiques fermées, une rue piétonne, des bars fermés, un cinéma fermé, personne. Ce n'est pas si mal.

Je m'arrête devant une vitrine étrange. Il s'agit d'un immense distributeur de… beaucoup de choses, nourritures, boissons, tampons, préservatifs… Non, je n'ai envie de rien. Je prends la rue adjacente. Un endroit non éclairé, pourtant quelques bandes orangées dessinent les ombres des édifices alentour. Je vois une masse informe dans un coin, je continue mon chemin.

— Eh, m'sieur, vous n'auriez pas une petite pièce… pour vivre, s'il te plaît ?

Je tressaille.

C'est quoi, ça ?

Je reviens sur mes pas et discerne un vieil homme barbu, me regardant d'un œil brillant tout en affichant un sourire édenté.

— Une petite pièce, m'sieur, s'il vous plaît !

C'est un SDF, un vieux SDF. Des effluves d'alcool et de crasse accablent mes narines.

— Tu veux une pièce ? Mais pour quoi faire ? demandé-je par provocation.

— Ben, pour manger !

— Ah, tu veux manger ? Je vais arranger ça.

Et sans attendre sa réponse, je remonte la rue et reviens devant la vitrine.

J'insère des euros. Que pourrais-je lui prendre ? Un sandwich, évidemment ! Et avec ceci ? De l'eau, bien sûr. Ravi de ma bonté, je me rapproche de l'homme, qui fume à présent une cigarette roulée dont s'échappe une volute blanche, et lui tends mon offrande. Il demeure interdit, les denrées maintenues entre ses mains poisseuses. Ensuite, il me fixe d'un regard idiot. Avant de tout jeter en ma direction !

— Je veux juste une pièce ! Pas ces merdes ! éclate-t-il.

— Pardon ?

— J'en ai rien à foutre, de ta bouffe ! Je veux une pièce ! Donne-moi une pièce !

— Pardon ?

— Une pièce, dépêche-toi avant que je me fâche.

— Regardez-moi ça ! Et ça se prend pour un prince ! T'as pas honte, sale poivrot, de quémander une pièce, alors que je te porte de la bouffe pour que tu décuves !

— Comment tu me parles, petit con ? Tu sais qui je suis, moi ? J'ai fait l'armée, moi ! J'ai travaillé toute ma vie !

— Ouais et tu finis dans la rue, bravo !

— Viens ici, petite merde ! Je connais la rue, moi ! Je n'ai peur de personne.

Le voilà qui se lève et titube vers moi.

— Tu veux une pièce pour t'acheter ta vinasse demain, c'est ça ? Tu ne fais qu'importuner les passants et quand t'es trop bourré, tu deviens agressif et tu te fais coffrer. Des gars comme toi, j'en vois au moins cinq dans chaque rue et chaque jour. Vous êtes tous les mêmes, de pauvres vermines alcooliques, qui, non contents d'être dans la rue, emmerdent tout le monde. Si tu ne voulais pas finir ainsi, tu n'avais qu'à te bouger le cul et trouver du travail ! Si tu avais moins picolé, ta grosse ne t'aurait pas foutu à la porte !

— Je vais te crever, petit vaurien ! Je ne te permets pas de me parler comme ça ! Tu ne sais pas qui je suis…

Je l'esquive aisément en lui faisant un léger croche-patte. Le clochard s'affale lourdement sur le pavé.

— Qui tu es ? Mais je sais parfaitement qui tu es ! Je viens de te le dire ! Bouge-toi, bordel ! Va toucher des allocs et sors-toi de cette merde. Renifle-toi et tu comprendras de quoi je parle.

Le vieux essaie de se redresser à l'aide de ses coudes, en ahanant.

— Je vais te crever ! Te crever !

— Laisse-moi cet honneur !

Aussitôt, je le fulgure de mon poignard. La lame perce son cuir répugnant et crasseux. Et plus il hurle et plus je le larde, je m'enflamme, grogne presque. J'attrape ses cheveux avec mes gants et lui transperce la trachée. Voilà, c'en est fini des hurlements, seule une respiration laborieuse subsiste.

— Tu n'es qu'une merde ! Tu es totalement inutile ! Tu n'es que la déjection de notre société, sa honte, sa cicatrice qu'elle tente de cacher. Tu aurais dû quitter cette place et t'enfoncer dans la forêt, apprendre à vivre selon tes moyens. Non, tu préfères te vautrer dans ta pisse et ta merde après ton énième cuite de la journée. Foutu parasite ! Ordure !

Je le retourne, il ne bouge presque plus. Ces yeux sont hagards et me fixent à présent sans éclat. Sa mâchoire s'ouvre et se ferme, il halète tel un poisson. Qu'il est ridicule ! Misérable ! Je n'ose m'asseoir sur son corps tant il est pouilleux. Je m'agenouille donc à ses côtés. Il s'est pissé dessus, ce gros dégueulasse, l'odeur me donne la nausée. Je le regarde mourir. Je ne sais pour quelle raison, je caresse sa joue d'un geste maternel.

— Autant te libérer dès à présent. Qu'allais-tu faire le restant de tes jours ? Tu allais les gaspiller à t'empoisonner, à te désensibiliser. J'estime que tu dois être déçu par la vie, mais pourquoi se résigner à se laisser aller ? Pourquoi ne t'es-tu pas battu pour faire quelque chose de meilleur que ça, lâche que tu es ? Avoue, ta vie actuelle n'est que la répétition de la gueule de bois de la veille et de celle du lendemain. Oui, je te libère. Sois-en conscient. Tu ne vas plus souffrir, tu ne vas plus avoir froid l'hiver et trop chaud l'été. Tu ne vas plus effectuer des va-et-vient incessants entre le coin calme que tu viens de trouver et le tumulte de la rue qui pourrait t'apporter de quoi te soûler. De plus, je rends service à ta communauté, je nettoie la rue à ma façon. Qu'en pensestu ? Rien, évidemment…

Sans différer, son visage s'adoucit, ses lèvres se closent, ses soupirs se raréfient et il expire en peu de temps. Je constate qu'il a moins résisté que ma première victime. Oui, vraiment moins. Bon, il faut que je reprenne mes esprits. Je scrute autour de moi, afin de chercher si je n'ai laissé aucun indice… ah si ! La nourriture. D'ailleurs, ça me donne faim. Je m'en empare avant de quitter, le pas léger, ma deuxième victime…

ENSIFORMIS IX

Le pavé défile sous mes pieds, bien que je n'y porte pas grande attention. Une sensation extraordinaire m'envahit, un bien-être intense, une toute-puissance ! De nouveau, sur l'autoroute, je suis peu concentré sur les bandes et roule à une vitesse excessive. Je ne peux me modérer, cette vélocité accentue ma jouissance.

Je ne risque pas grand-chose avec ce nouveau meurtre. Personne ne sera indigné d'une pareille disparition, au contraire ! Personne n'a dû faire attention à ses gémissements, différant peu de ses habituels soliloques nocturnes et éthyliques. Je dévore avec frénésie le maigre sandwich, j'ai déjà bu la bouteille d'eau. Quelle idée ingénieuse ai-je eu de ne pas régler l'autoroute avec ma carte bancaire ! Je suis excellent ! Oui, excellent !

Mais…

Ai-je été guidé par une pulsion meurtrière ?

T'es-tu arrêté en chemin pour assouvir cette pulsion ?

Non, je n'en ressentais aucune envie.

Oui, mais était-elle sourde, enfouie ?

Trêve de psychanalyse merdeuse ! Non ! Cela est arrivé par hasard, je marchais et ce vieillard m'a offensé. Oui, il m'a offensé et a manqué de m'agresser. Cela est presque de la légitime défense ! Oui, de la légitime défense.

Quel plaisir tu as pris en le poignardant ! Ma lame affûtée s'enfonçant dans cette peau, puis cette graisse, avant de percer un muscle ou un organe et de s'inhiber sur un os. Ah ! Quelle sensation ! J'en ai encore des frissons ! Et ce bruit de chair déchirée, quelle sonorité ! Qui pourra faire le rapprochement avec le premier incident ? Personne ! Qui pourrait deviner que moi, Vincent Cazaux, ai fait un détour par cette ville ? Personne ! Non, personne.

Mais la plaie dans la trachée est, me semble-t-il, ta signature… Pff ! Jamais les commissariats de ces deux villes éloignées ne se mettront en rapport, ils sont bien trop incompétents. Des rigolos, ces policiers ! Des rigolos, ils ne peuvent se mesurer à ma finesse d'esprit, ce ne sont que de gros veaux dépourvus de toute forme de perspicacité ! Il faut que tu te tempères, que tu retrouves la pleine capacité de ton entendement.

Oui, je ne dois pas réitérer un acte de la sorte avant longtemps, sinon je me ferai prendre. C'est dans la frénésie du crime que chute chaque meurtrier. Il faut prendre son temps, ne jamais se précipiter, laisser les enquêteurs s'emballer, ensuite attendre qu'ils se détournent de l'affaire pour une autre, attendre l'évaporation de l'ensemble des informations de la tête de ces industrieux. Ne jamais tuer au sein d'un même secteur. Toujours s'éloigner ! Ne jamais être là où on nous attend. Être discret, se terrer dans l'attente de l'accalmie. Bouger, bouger toujours bouger, ne jamais rester statique. Toujours nettoyer… jeter ses vêtements après chaque crime et non dans la poubelle domestique, plutôt dans un container le plus loin possible de sa demeure. Ne jamais changer ses habitudes sociales. Ne jamais se laisser submerger par cette vie parallèle.

Tout est dans ces propos. Si je respecte méticuleusement ces codes, je continuerai à me glisser entre cette vile espèce humaine, en restant invisible et invincible.

Je me calme, mon pied relâche l'accélérateur et je rentre chez moi sans encombre. Une heure, affiche mon réveil. Une heure, tout de même. C'est tôt pour me coucher, seulement je n'éprouve pas l'envie de divaguer à l'extérieur. Il est préférable que je reste sagement ici. Je dois terminer *La Philosophie dans le boudoir.*

En effet, cette lecture me permet d'être en adéquation avec mes convictions. Quelle lecture jubilatoire ! Apologie du mal qui n'en est finalement pas. Le démantèlement de toutes ces barrières civiques et morales qui m'empoisonnent, bien qu'il n'en demeure pas tant. Ce divin marquis rentre dans mon panthéon.

Le dimanche suivant se déroule banalement.

Ce lundi, en entrant dans le bureau, Garelle me salue. Je comprends qu'il veut parler.

— T'as passé un bon week-end ?

— Fort bien, merci. Je suis allé à la pêche, j'ai attrapé un brochet d'un mètre dix et de treize kilos !

— Bravo ! Belle prise !

— Et toi, qu'as-tu fait ?

Bonne question ! Je ne vais pas lui parler de mes activités tout de même, cela pourrait éveiller les soupçons. De plus, je ne souhaite pas que mes employés me considèrent comme un homme étrange.

— Rien de transcendant… Je suis allé au cinéma, j'ai fait du sport, voilà tout. Plutôt calme en somme. Contrairement à toi, c'est bien ! Tu as une photo d'ailleurs ?

Ah ! Là voilà, la question parfaite ! Aussitôt, Garelle plonge la main dans sa poche et sort son portable. Après avoir recherché l'objet de sa fierté, il me le tend.

Je vois un Garelle allègre, l'œil orgueilleux, le sourire imposant, couvert d'un ridicule bob verdâtre, comme le reste de son habillement. C'est vrai qu'il tient un impressionnant carnassier dont le milieu du corps et la nageoire pendent dérisoirement. Sa mâchoire est ouverte et ses yeux en phase de nécrose paraissent fixer le ciel. Comique comme image. Tiens, je devrais poser avec mes prises également. Arborer le même sourire niais, me vêtir aussi stupidement et admirer ma victime ballante tel un pantin désarticulé. Ce pourrait être amusant !

— Impressionnant ! Vraiment impressionnant ! conclus-je avant de rejoindre mon bureau.

Plus tard, une fois seul, je découvre une ridicule dépêche d'un quotidien régional, indiquant le meurtre d'un sans domicile fixe. « Un règlement de compte » suppose hâtivement et négligemment le journaliste !

***

Tu marches. Tu es au milieu d'un grand réfectoire occupé par une multitude d'êtres bruyants. Ce bruit agresse tes tympans. Ils deviennent de plus en plus douloureux.

Une douleur assaille ton crâne, toujours plus intensément.

Tu presses ta paume sur la tempe.

Ta vision se trouble.

Le réfectoire n'est plus que forme, bruit, bourdonnement…

Tu chois. Ta vision est ténèbres.

Il est cinq heures trente-deux.

ENSIFORMIS X

Je marche. Il fait nuit. Le vent souffle. L'air est doux.

Des flagrances éclectiques violent mon système olfactif. Des odeurs végétales, l'humidité sur le goudron, des fumées et les ordures.

Le silence règne, je n'ai encore croisé personne.

Un grésillement s'amplifie à mesure que je progresse. Il s'agit d'un lampadaire.

Il a plu plus tôt dans la soirée, à présent le ciel est en train de se dégager. Je peux apercevoir quelques étoiles dans l'ocelle crépusculaire cerné par une tapisserie nuageuse.

Un adolescent apparaît à l'entrée d'un jardin. Je fais claquer le manche du parapluie que j'ai en main. Il accélère et se retourne. Je lis l'inquiétude au fond de ses yeux fuyants. Cela me fait sourire.

Je songe à ma dernière lecture. Je médite cette œuvre achevée.

Tel que je l'ai lu, ériger un meurtre en crime est d'un orgueil sans nom. Dans ce cas, pourquoi ne pas condamner chaque maillon de la chaîne alimentaire ? Il est certain que chaque chasseur ne tue pas sa proie uniquement pour se nourrir. Parfois, c'est par jeu. Le comportement du chat avec une souris n'en est que preuve ? Alors, pourquoi le reproche-t-on à un homme ? Quelle prétention de penser que la Terre ne peut continuer à tourner, désertée de l'espèce humaine !

Le meurtrier ne fait que rendre à la nature ce qui lui appartient. En effet, il rend l'énergie gaspillée par sa victime à celle-ci, afin qu'elle puisse se renouveler. Les hommes entraînent la destruction de leur hôtesse silencieuse en se propageant !

Également, pourquoi tolérons-nous, ou plutôt pourquoi ne réagissons-nous pas face à l'élimination massive et en toute impunité des adversaires d'un monarque ambitieux, tandis qu'un particulier est condamné pour un misérable meurtre ?

Un individu dépourvu de qualités n'est qu'un parasite pour la société et de fait entraîne son involution.

Afin d'y remédier, les humains devraient être épurés dès le berceau, l'unique moyen efficace d'amoindrir la population déjà trop étendue !

Et que signifie cette aberration qu'est la pérennisation de nos tares ? Je parle de nos handicapés en tout genre. Ils ne sont qu'inutilité, ils n'apportent rien ! Autant les supprimer, au lieu de traîner ces boulets cacochymes et dispendieux toute notre vie. Ah, mais non ! C'est inhumain ! Inhumain ? Inhumain ! N'est-ce pas inhumain de laisser survivre… (car, on ne peut pas appeler cela vivre…) des personnes aux vies limitées, réduites, dépendantes d'une autre ?

Non, nous les considérons plutôt avec une sensibilité d'enfant. Oh, qu'il est touchant ! Oh, il bave !

Voilà que nous réfutons Darwin. Nous ne tolérons plus la sélection naturelle et ainsi nous détériorons la qualité de notre genre. Peu à peu, nous nous débiliterons et nous mettrons au monde une population d'autant plus dégénérée qu'elle nous mènera à notre fin.

D'un côté, cela me paraît être une finalité appréciable. Oui, l'éradication totale de notre espèce.

D'ailleurs, si je suis indifférent à l'homosexualité, ce n'est pas par altruisme ou ouverture d'esprit, mais uniquement parce que j'ai espoir que les homosexuels apportent une stérilité définitive.

Si je pouvais être à la tête d'un État, j'imposerais en premier lieu une demande d'autorisation de procréer, en vue de ne pas laisser de misérables analphabètes, cas sociaux, poux se reproduire en trop grand nombre. Un minimum subsistera pour que je puisse, grâce à leur ignorance, les assigner aux travaux les plus ingrats. Un test psychologique et une vérification des ressources seraient exigés afin que l'enfant ne naisse pas au sein d'un milieu qui ne pourrait que le mener à l'errance et à la reproduction de la bassesse parentale.

Ensuite, je supprimerais les hôpitaux et autres secouristes, ainsi seuls les plus robustes demeureraient et les plus faibles disparaîtraient. Enfin, l'extermination des personnes âgées à partir du moment où elles ne sont plus profitables, économiquement parlant. Nous nous réjouissons des progrès de la médecine, mais qu'allons-nous faire de tous ces vieux qui semblent de plus en plus immortels ? C'est vrai, nous les mettons d'ores et déjà dans des mouroirs et cela ne heurte personne. Non, ce ne sont pas des mouroirs, bien sûr, hypocrites !

Les catastrophes naturelles ? Une véritable allégresse ! La nature, sans crier gare, se réapproprie son espace en le dévastant de toutes sortes de manières et le plus pertinent est qu'elle le fasse en décimant abondamment. D'ailleurs, souvent, elles s'ensuivent de pandémies, en vue de supprimer les survivants potentiels !

Le terrorisme ? Quand il est efficace, une réelle aubaine ! En plus, il provient de la main de l'homme ! Mais je juge décevant, voire détestable, que cela soit effectué au nom d'une doctrine, le plus souvent religieuse ou politique. Oui, il est regrettable que ce soit des bêtes fanatisées qui produisent cela, vraiment regrettable, de la gratuité, bordel !

Je ne risque pas grand-chose d'ici, seules les grandes agglomérations sont touchées. D'où je me trouve, il n'y a aucun intérêt à en tirer. Finalement, c'est amusant que la masse s'entasse dans un même endroit, elle en devient une cible de premier choix. Ces citadins arguent qu'ils sont au centre de tout, emploi, culture, télécommunication. Évidemment, ces personnes omettent le caractère absolu de ce démonstratif tout.

ENSIFORMIS XI

Aujourd'hui, j'ai trente ans. J'entame un nouveau cycle, l'âge où l'on n'est plus un enfant et pas encore un vieil homme. L'acmé de l'évolution d'un être. L'âge de maturité de notre organisme, après s'ensuivra la dégénérescence, la maladie et la mort.

Je n'éprouve aucune sensation nouvelle d'avoir trente ans. Non, cela ne change rien à ma vie. Un trentenaire lambda fêterait l'avènement de cette décennie en rassemblant ses amis, ses proches et se soûlerait dûment afin que ce jour reste inaltérable dans sa mémoire.

Moi, je m'en moque. Ma journée sera à l'image des autres, aucune fantaisie ne viendra modifier sa monotonie.

Je me rappelle le sentiment exceptionnel éprouvé en ce jour anniversaire au cours de mon enfance.

Dès mon réveil, je me sentais invincible, rien ne pouvait m'arriver. Je parcourais cette journée, que j'espérais infinie et qui était pourtant si furtive, d'un pas léger, d'un visage hautain. J'amenais des friandises, alors mes camarades m'appréciaient extraordinairement. Mes parents m'offraient des cadeaux, desquels je languissais depuis mon lever. J'avoue, j'étais rarement déçu.

Une année, probablement lors de ma neuvième, peut-être dixième, ma mère me gifla. Le motif de ce châtiment m'est à présent inconnu. Mais, dès lors, je compris qu'il s'agissait d'un jour comme les autres. Et les anniversaires devinrent finalement de plus en plus insipides au fil du temps.

Je souffris même à l'adolescence. J'accumulais tant de frustration que j'en arrivai à les détester. Quelle idée de faire naître un enfant en fin d'année ? Ce devrait être un crime ! À croire que l'hiver fut long et rigoureux. En effet, quand j'eus quatorze ans, je troquai enfin mon vélo pour un cyclomoteur, mais trois, quatre mois après mes amis ! Ces derniers devaient m'attendre constamment, ou je les rejoignais, totalement essoufflé et de nombreuses minutes après eux au point de rendez-vous fixé. Oui, mes parents refusaient qu'ils me portent, toujours à cause de ce maladroit d'oncle.

L'année de mes dix-huit ans, ce fut le pire ! Au cours de l'été, je me retrouvai seul, perdu dans des champs de maïs où j'écimais les fleurs femelles. Les années précédentes, nous faisions cela ensemble et c'était bien plus convivial. Et non, j'étais seul à suer sous une chaleur accablante, ne parlant à personne tandis que ces amis vaquaient à des fonctions très peu éreintantes, dans des bureaux ou des usines alentour. En plus, ils progressaient en voiture et moi, encore en cyclomoteur. Heureusement, ils me portaient souvent, avec l'autorisation de mes parents qui jugeaient une voiture bien plus fiable qu'un véhicule à deux roues. D'ailleurs, le premier jour de ma dix-neuvième année, je finis agonisant dans le froid, après avoir vomi tripes et boyaux à cause d'une consommation déraisonnable d'alcool et autres substances.

Ensuite, le temps a défilé d'une façon vertigineuse. À peine étais-je majeur que j'avais déjà vingt ans. De vingt ans, je m'élançai à mon vingt-cinquième hiver, sans pause perceptible.

Je me souviens de cet anniversaire. Mathilde avait fourni de grands efforts. Le matin, elle m'apporta mon petit déjeuner au lit. Au demeurant, je n'appréciai pas vraiment, c'est très inconfortable de bouffer dans un lit. Ensuite, nous fîmes l'amour. Quelle expression lamentable ! « Faire l'amour » ! C'est mièvre, pathétique… nous avons baisé et elle me permit de faire ce que je voulais de son corps ! J'en ai bien profité. Cela détonnait singulièrement de sa frigidité chronique !

Le soir, en rentrant du bureau, je fus accueilli par l'ensemble de mes amis (oui, amis de l'époque), même ceux que Mathilde n'appréciait pas, soit la quasi-totalité !

Le lendemain, je maudis mes excès tant mon crâne me lançait. Ce fut la pire, la plus interminable journée de mon existence.

Le reste, sans saveur.

Et aujourd'hui, j'ai trente ans.

Vers dix-neuf heures, mon téléphone fixe sonne. Je sursaute tant je ne suis pas habitué à ce vacarme au sein de mon appartement. Je décroche avec appréhension.

Ma mère.

— Merci ! Oui, je sais, mais je n'ai pas trop le temps de donner des nouvelles, j'ai beaucoup de travail depuis que je suis chef de mon service… justement, lors de ces moments, je me détends… et puis s'il m'arrivait quoi que ce soit, on te contacterait sans tarder… oui, je suis sinistre, maman, je suis sinistre… tu le remercieras… oui, lui aussi… et elle aussi… je ne sais pas quand je viendrai, comme je te l'ai déjà dit, je n'ai pas vraiment le temps… le week-end, je me repose… un baptême ? Ils vont baptiser leur gosse… oui, leur petit garçon… mais ça ne sert strictement à rien ! Il pourrait au moins lui laisser le choix… tradition ? Pff ! Si tu le dis, c'est la tradition… c'est quand ? J'essaierai de me libérer… bon, je me libérerai… oui ! Je viendrai, te dis-je ! D'accord, je resterai le week-end… si ça te fait plaisir… non, rien de particulier… une femme ? Non, je ne m'encombre pas de cela… un homme ? Tu délires, là, non ? Non, maman ! Je ne suis pas homosexuel… bien sûr, je te le dirais… bon, je vais devoir sortir ! Au cinéma ! Je ne sais pas encore…

non, pas avec une fille… oui, seul… non, ce n'est pas triste, maman ! Bon, je vais rater la séance… oui, moi aussi… je viendrai… promis !... Merci, bonne soirée à toi aussi.

Mon Dieu ! J'ai cru ne jamais en sortir. Finalement, c'est une journée de merde, les anniversaires ! Et encore, heureusement que je n'ai plus mon portable, sinon j'aurais été submergé de messages ou d'appels niais. J'emmerde Facebook !

Ah, solitude !

ENSIFORMIS XII

Le temps passe et je demeure.

Aujourd'hui, en rentrant du bureau, je découvre avec irritation que ma connexion internet ne fonctionne plus. Alors, je vérifie les branchements, mais n'ayant rien touché à ces derniers depuis fort longtemps, le dysfonctionnement ne peut provenir de là. J'appelle la hotline. Je patiente pendant d'outrageuses minutes, avec en guise d'attente un exécrable fond sonore, et répétitif en plus ! J'obtiens enfin un technicien. Il a un fort accent. Il ne parvient pas à me comprendre. Ne supportant plus sa voix, je raccroche.

En vue de me calmer, je me plonge dans ma nouvelle lecture, *Crime et châtiment*. C'est plutôt agréable. J'apprécie le style de l'auteur, mais quel faible, ce Raskolnikov, tout de même ! Il devient fébrile après son crime, pourtant d'utilité publique. Enfin, cela n'altère en rien l'intrigue. Il faut dire que la psychologie des personnages est d'une justesse impressionnante. Je n'ai pas le même rapport au crime que lui. Moi, je reste impassible, ils n'ont aucun effet sur mes nerfs.

Un peu plus tard dans la soirée, j'essaie de nouveau de trouver une solution à mon problème. J'attends encore un temps incommensurable et parviens à joindre un technicien. Celui-ci n'a aucun accent et paraît comprendre la panne. Malgré quelques manipulations, je ne retrouve pas ma connexion. Alors, l'interlocuteur me propose de rappeler le lendemain, pour qu'il y réfléchisse.

Ma vie continue, inodore, incolore, silencieuse, froide, véritable. Le lendemain, je rappelle. J'attends… j'attends… j'attends… Ah ! Cela n'a rien à voir avec ma ligne ! Je n'aurais pas payé plusieurs factures. Pourtant, elles se prélèvent automatiquement sur mon compte. La technicienne ne voit pas, me conseille de consulter ma banque et de les rappeler.

J'accepte, faute d'une autre solution, et m'y rends le jour suivant. Non, rien à signaler. Ma situation financière se porte au mieux. Je rappelle… j'ai encore un technicien incompréhensible. Je fulmine et raccroche. Plus tard, j'obtiens une personne compétente qui ne m'avance pas plus. De manière similaire, je dénigre son service et menace de changer d'opérateur. Il me conseille alors de me rendre à l'agence de ma ville. Je m'y rends. Une queue interminable m'annonce combien je vais gâcher ma soirée. Le footing se fera ensuite. Pff ! Je hais ces imprévus qui égratignent mes habitudes.

Une heure et demie d'attente m'amène enfin un conseiller. Lui non plus ne comprend pas le problème.

Ah oui ? C'est ainsi ? Alors, je ne quitterai pas l'agence tant que je n'aurai pas ma connexion rétablie.

— Ne vous abonnez pas ici, le service après-vente est lamentable ! Ils ne comprennent rien et vous demeurez infiniment sans Internet ! Échappez-vous, ne perdez pas votre temps ! conseillé-je.

Les autres clients me regardent curieusement, mais certains se dirigent déjà vers la sortie.

Le conseiller me demande de me calmer, semble impuissant. Toutefois, je suis déjà assis sur son bureau.

Il me montre la direction de la porte, je refuse, revendiquant le même motif. Donc il contacte son supérieur. Ce dernier menace de m'expulser par la force. J'accepte, pour autant que je puisse avoir Internet chez moi dès ce soir. Le supérieur s'exaspère à son tour. Il se munit du combiné de téléphone de son employé et appelle le service client de l'opérateur. Il explique la situation.

En moins d'un quart d'heure, mon problème est résolu. J'insiste pour avoir une mensualité offerte en compensation du préjudice subi. Je l'obtiens.

Le directeur se confond en excuses afin de plus rapidement me faire déserter les lieux.

Il n'y a qu'ainsi que l'on parvient à ses fins. Si nous nous écrasons devant ces multiples tentations de renoncement, nous n'obtenons rien des hommes. Pour qu'ils marchent droitement, il faut leur mettre constamment la pression, les menacer. Sinon, en un rien de temps, ils se laissent aller, paressent et se moquent à la mesure de la faible rémunération de leur fonction. Cela s'applique dans l'ensemble des domaines où l'être humain évolue. Il faut toujours menacer si nous voulons en tirer quoi que ce soit. Et nous avons la prétention de nous différencier des animaux ? Mais nous ne sommes rien de plus que de vulgaires bêtes domestiquées ne pouvant se passer d'un maître qui nous dicte notre comportement. Sans ces maîtres, nous sommes désorientés. Ceci explique l'engouement pour les animaux domestiques. L'espèce humaine adore se contempler, tout en s'amusant à reproduire les ordres qui les régissent sur leurs bêtes.

Et après, nous voulons être libres ? Mais nous ne pourrions même pas jouir de ce privilège tant nous sommes enchaînés par notre système.

Cela légitime le statut de monarque, d'empereur, de dictateur, pour diriger une nation. Seul un dirigeant de cette stature parvient à maintenir un peuple efficace et solidaire. La démocratie n'est qu'un hymne à la paresse et à l'individualisme primaire.

Raskolnikov tente de racheter son crime en effectuant des actions socialement valorisées. J'imagine ce comportement tragiquement humain.

Toujours le même bourreau : cette foutue conscience morale !

D'accord, cela apaise les mœurs, mais elle transforme les hommes en bêtes tourmentées et enchaînées à du fantasmatique.

ENSIFORMIS XIII

Noël.

J'abhorre Noël !

Oui, nous pouvons considérer comme un cliché de l'homme aigri le fait de ne pas apprécier cette fête familiale. Et pourtant.

En premier lieu, les personnes deviennent stupides. Ils errent de magasin en magasin pendant un mois en vue de trouver le présent parfait. Et puisque ce sont des personnes « bonnes », ils fréquentent beaucoup d'autres personnes « bonnes », alors cela allonge considérablement la liste de « bons » cadeaux. Mais pourquoi se gâter ce jour-là particulièrement ?

Ensuite, ils atteignent le paroxysme du mauvais goût en installant au milieu de leur salon un sapin, soit arraché à une forêt, soit synthétique. Et ils jubilent à l'orner... que dis-je ? à le surcharger de décorations multicolores et aveuglantes. Et encore, je ne parle pas de ces sous-êtres qui décorent l'intégralité de leur surface habitable !

Il s'agit également de la période où l'espèce humaine se complait dans le summum de l'hypocrisie. Rien à voir avec l'acte de s'offrir des cadeaux, il est plutôt question de l'ignoble mensonge dont nous bourrons le crâne de nos enfants. Comment pouvons-nous nous moquer de leur crédulité en leur signifiant qu'un bonhomme obèse, barbu, se balade en traîneau volant, depuis une région froide et éloignée, et parvient en une nuit à effectuer le tour de la planète afin de déposer des cadeaux au sein des chaumières ? Nous apprenons à notre descendance à ne pas mentir et que faisons-nous à la première occasion ? Nous leur mentons pour nous réjouir de leur innocence. Et puis, comment ce gros porc pourrait-il vraisemblablement pénétrer dans une maison à l'intérieur de laquelle aucun monstre ou criminel n'est censé pouvoir entrer ? C'est vraiment prendre ces petits sauvages pour des cons !

Évidemment, comme tout gosse, j'attendais l'arrivée de Noël avec impatience, demandant dès le mois de novembre combien de jours il restait avant la date fatidique. Et mon père me répondait avec une lassitude palpable. Bien sûr, j'adhérais au conte du gros monsieur barbu. Je devais me lever vers six heures du matin tant je ne pouvais résister à la tentation de découvrir mes nouveaux jouets. Je m'émerveillais de la tasse de café vide, posée sur la table du salon et attestant le passage de ce furtif intrus.

Un jour, je devais avoir cinq ans, un camarade de classe m'indiqua le mensonge suprême des parents. Afin de le vérifier de mes propres yeux, je me couchai tout en restant éveillé. Puis je me levai quelque temps après et me cachai derrière le mur du salon pour étudier les suspicieux va-et-vient de ma mère. Et que vis-je ? Ma génitrice déposant des paquets brillants, cerclés de rubans, au pied de l'arbre. Après, elle s'assit sur le fauteuil et dégusta une tasse de café que je reconnus. Je fus réellement blessé par ce constat.

Du coup, le lendemain, je me levai à une heure plus raisonnable et ouvris mes cadeaux sans entrain. Mes parents crurent que ces derniers ne me plaisaient pas.

Les deux Noëls suivants, je simulai ma foi au vieillard habillé de rouge. Pourquoi ? Je ne sais pas, j'avais l'appréhension, il me semble, d'être puni pour cette hérésie. Depuis cette trahison, j'avais du mal à faire confiance à un adulte.

Puisque nous vivons au sein d'un état laïc, pourquoi poursuivons-nous la célébration de la naissance d'un fantasme mystique ? Bien entendu, si nous supprimons cette fête religieuse, nous sommes en toute logique dans l'obligation de supprimer les autres, telles que Pâques, le Quinze Août, la majorité de nos jours fériés en somme. Mais non ! Demeurons dans nos contradictions légitimant notre paresse !

J'avoue cependant y trouver un avantage. Les rues sont désertes. Vraiment désertes. Pas de circulation, pas de promeneurs nocturnes, pas de marginaux. À croire qu'ils sont tous au chaud parmi leur famille ou des associations de faibles les ayant recueillis pour la soirée. En tout cas, ils ont pour point commun de se gaver de bouffe qui est, soit dit en passant, infecte et onéreuse, et ce durant les quinze jours que s'éternisent ces ignominieuses fêtes de fin d'année.

Pour ma part, outre admirer la lumière diffuse s'évaporant des chaumières, Noël sera un jeu. Ce jeu exige comme matériel des gants d'électricien, des aiguilles et des bouteilles d'eau, ainsi qu'un sac à dos. Leur usage s'oriente vers les fils électriques des décorations. Ma soirée se déroule dans les frimas, à enfoncer des aiguilles ou à verser du liquide sur les ampoules dévêtues de leur filtre de couleur et les guirlandes électriques, et jubiler du black-out au sein du foyer.

Du reste, Noël n'a jamais été pour moi le vingt-cinq décembre, mais le vingt-quatre, car c'est la veille que tout se passe et d'autant plus la nuit.

Par contre, je ne peux pas affirmer que la Saint-Sylvestre soit aussi calme ! Les rues suintent de badauds, de véhicules qui évoluent à cadence excessive ou trop modérée. Ma promenade est gâchée !

Si je n'avais terminé *Crime et châtiment*, je rentrerais aussitôt. La fin m'a déçu. Ce Raskolnikov est bien un lâche qui se jette dans l'amour afin de donner un faux sens à sa vie future. Triste sentimentalité humaine…

Il fallait se douter que ce soir la masse affluerait… quel idiot ! Après s'être tendu l'estomac de mets futilement ragoûtants et allégé l'esprit de vins et champagnes, estampillés de cépages de renom, des personnes exclusivement bien habillées se ruent sur la chaussée. Ils ont dans l'espoir d'effectuer un décompte en communauté ou alors au sein de clubs arrêtant leur assourdissante musique lors de la dernière minute de l'année !

Et à minuit… ils s'embrassent en espérant se donner chance par d'hypocrites vœux. Ce sont des superstitieux ! Des vains !

Je déambule dans mes rues gâchées. Ah, bourrés et en groupe, ils sont plus téméraires qu'à l'accoutumée ! Putain ! J'aurais dû aller en forêt !

Enfin, maintenant que je marche, je ne vais pas faire demi-tour. Autant suivre ce groupe de veaux me devançant. Je garde tout de même mes distances. Je n'ai aucunement envie qu'ils m'abordent. Eh oui ! Bourrés, nous sommes l'ami de tout le monde, alors que nous n'aurions pas le moindre intérêt pour la même personne nous croisant un jour « J », dans une rue « R », à un moment « M », trous du cul ! Ce groupe ne fait que gueuler, sauter, faire n'importe quoi. Attention ! Ils s'arrêtent. Ah oui ! Un homme aborde un banc de filles. Oh ! Elles sourient ! Elles rient. Mais non ! La horde continue sa progression. Un autre décide de monter sur des véhicules stationnés. La meute le fustige.

Des gosses ! Je traverse un boulevard, lentement. Je les observe, ils sont sociologiquement intéressants.

Voilà qu'ils s'inhibent encore. Revoici le premier soûlard qui s'immobilise. Enfin, qui tente de s'immobiliser devant un mur afin de pisser. Une femme annonce qu'elle veut faire de même et se rue derrière une voiture. Des pourceaux ! Rien que des pourceaux !

Ils repartent. Nous nous approchons d'un lieu fréquenté. La rumeur de chants, de cris et de klaxons en atteste. Et en effet, quelle masse ! Environ mille personnes s'agitent bruyamment sur la place de la mairie.

Je décroche la cohorte et gagne le rassemblement. Bientôt, d'autres personnes s'amassent derrière moi, si bien qu'en peu de temps, je suis bousculé et comprimé.

Des haleines chargées d'alcool, des cigarettes, des parfums. Ces fragrances me montent à la tête.

Qu'est-ce que je fous là ? Un décompte est scandé au sein de l'assistance de manière hystérique ! C'est assourdissant, je ne vais pas tenir. Une haine profonde et incandescente s'empare de moi. Je voudrais les tuer ! Devenir un tueur de masses ! Une lâchée de napalm me réjouirait, si ce n'est une vive explosion !

— BONNE ANNÉE !

La foule s'embrase, s'embrasse. Je n'en peux plus. De mon front et de mes tempes, des gouttes de sueur perlent. Je tourne, me retourne… des gens… des gens de toutes parts… je suffoque.

Une femme se jette sur moi, m'embrasse !

— Bonne année !

Je la repousse vivement.

— Houlà ! Pas content, le monsieur !

J'essaie de fuir le grouillement de ces vers, mais la masse est si compacte que je parviens avec difficulté à avancer.

Tant pis ! Je bouscule, marche sur des pieds, donne des coups de coude, j'avance, j'avance. On m'insulte, j'exulte ! De l'air ! Oui, de l'air !

Me voilà à présent libéré. Je me courbe, en me maintenant par les genoux. Je suis essoufflé, des gouttes de sudation choient sur le goudron. Plus jamais ! Non, plus jamais je ne me vautrerai parmi ces lépreux. Qu'est-ce qu'il m'a pris ?

Mon répit est furtif puisque la masse se dirige maintenant sur moi. Où vont-ils ? Je me laisse envahir, porter par la foule, je ne peux esquisser le moindre mouvement. Je me reprends au bout de quelques mètres. Nous marchons, proches les uns des autres. Je passe ma main dans mon blouson, je serre le manche de mon poignard. Il serait amusant de poignarder une personne… voire plusieurs ! Qui pourrait m'identifier ? Je disparaîtrais immédiatement. Je serre de plus belle !

Ma lame s'enfonçant dans la chair, butant sur un os, libérant des gerbes de sang !

Cela provoquerait une belle panique. Le troupeau affolé se piétinerait, se bousculerait. Un beau désordre aurait lieu ! Et de ma main !

Non, ce serait gratuit. Et me mettre en danger pour pas grand-chose. Les codes ! Se conforter aux codes ! Je ralentis. Je laisse l'ensemble de l'incommensurable rassemblement me dépasser. Je demeure ainsi dans la rue quasi désertée.

Je m'engage vers l'itinéraire me ramenant à mon appartement. Je contourne les vieux murs du cimetière, que finalement j'enjambe à l'abri des regards. Puis, je pérégrine entre les caveaux. Je m'abreuve de calme et de silence.

J'ai manqué tout de même de commettre une grave erreur. Il faut que je me cantonne aux codes et ne jamais, au grand jamais, les transgresser ! Ils méritaient de se faire percer leur amas graisseux !

Ils ne se laisseraient pas autant aller si planait sur eux la menace d'un prédateur. Imaginez que peu importe le lieu, peu importe l'heure, peu importe l'affluence, un être expérimenté pourrait attenter à votre vie ! Coucou ! Mais vous jouissez en toute ignorance et cela vaut mieux pour vous, misérables êtres inconscients et sans défense.

ENSIFORMIS XIV

Un week-end s'annonce à nouveau. J'ai soif d'espace. Certainement est-ce en rapport avec la vague humaine qui me submergea. Cela m'inspire une virée à l'océan. Cette fois-ci, j'attends l'aube, afin d'éviter de devoir dormir dans un bouge. Je remplis un sac, prends quelques provisions et m'élance sur l'autoroute. Pour sûr, je règle mon trajet avec de la petite monnaie.

Ne laisser aucune trace. Deux heures d'asphalte m'indiquent une sortie m'intéressant plus que la multitude de stations balnéaires de cette vaste côte. J'opte pour une plage, tout ce qu'il y a de plus conventionnel. Le genre de plage surpeuplée de juilletistes ou aoûtiens. Le genre de plage rassemblant des personnes qui, non contentes de s'entasser dans leurs tours, viennent s'agglutiner sur le sable.

Je respire par grandes bouffées l'iode. Je remplis mes poumons de cette odeur âcre et salée. Elles enclenchent l'enchaînement d'images, de souvenirs de vacances. Non, pas de la nostalgie : du dégoût. Je me revois en train d'éructer d'impatience lorsque l'on m'annonçait que nous allions nous baigner. Oui, j'habitais à proximité de l'Atlantique.

Une fois, nous étions avec ma mère et mon frère (mon père travaillait), cet abruti d'aîné ne pouvait plus se retenir de pisser. Normal, il avait passé son temps à tarir nos réserves de sodas pendant le voyage. Alors ma mère, en vue de ne plus entendre ses suppliques, se gara sur un bas-côté, à la lisière d'une forêt de pins. Mon frère se rua hors du véhicule et réapparut cinq minutes plus tard. Mais, une fois prête à partir, la voiture n'effectua plus que des secousses. Elle n'avançait plus. Ma mère sortit et constata que nous étions embourbés dans le sable. Je paniquai. Je pensais que nous étions perdus au milieu de nulle part et que personne ne pourrait nous secourir. J'avais six ans !

Je pleurai. Les mains maternelles tentèrent de me calmer. Elles essayèrent de me rassurer tandis qu'une voix nasillarde et moqueuse me tourmentait. Je me souviens que mon frère et ma mère mirent des bouts de branches sous les roues, pour qu'elles adhèrent et que nous puissions nous dégager. Toutefois, la voiture hurlait sous l'acharnement de la conductrice. Je sanglotai de plus belle, pensant que la voiture allait exploser. Bien heureusement, un étranger en quatre-quatre nous délivra à l'aide d'une corde. Je le remerciai plus que les autres, l'érigeant en dieu, en sauveur, en messie. Le restant de la journée, je ne me baignai pas et me blottis contre le sein nourricier. Mon frère profita de l'eau, construisit des châteaux de sable, s'enterra comme si rien ne s'était passé. Outre cet événement, relativement risible, je détestais la sensation du sable chaud qui me brûlait les pieds. Je haïssais les cailloux qui blessaient ma voûte plantaire. Et que dire lorsqu'une vive me piqua… le pire, ce qui me rendit littéralement fou : ce furent les coups de soleil !

Il faut dire aussi que j'ai une peau très blanche et donc très fragile. Je me faisais brûler malgré l'application régulière de crème solaire. Le restant de ma famille bronzait sans effort. Le soir, ma peau me démangeait. Je hurlais de ne pouvoir dormir. Dès lors, comme unique réconfort, on me plongeait dans une baignoire emplie d'eau froide.

Il s'avéra que j'étais allergique à l'astre solaire. Avec Mathilde, je ne suis pas tant venu sur le littoral. Elle savait que je n'appréciais pas ce lieu. Donc, nous ne nous y rendions qu'une à deux fois par an. Je me cachais sous un parasol, vêtu d'un t-shirt et d'une casquette afin de limiter les risques. Elle, hâlait sa peau tout en sommeillant.

Aujourd'hui, aucun risque. Nous sommes en hiver, le vent souffle abondamment, la plage est déserte. De temps à autre, je croise un quidam promenant son chien.

Je marche sur ce sable froid, blanc et compact. Mes pas se dessinent à chaque foulée. Ils impriment la semelle de mes bottes. On peut même lire la marque ainsi que la pointure. Je n'en ai cure, je suis là pour me délecter des éléments, pas pour assassiner impunément. Je m'immobilise face à la mer. Cette immensité aquatique est déchaînée. Je vois l'écume voletante au-dessus de la masse d'eau s'élevant avant de se fracasser dans le sable en formes bouillonnantes.

C'est magnifique ! Je me trouve devant un élément indomptable, ayant dévoré une quantité réjouissante d'hommes téméraires, pour ne pas dire suicidaires. Indomptable et insondable, regorgeant de faunes et flores diverses et variées, dont certains demeureront inconnus de nos biologistes. Ce vaste océan salé ballotte avec constance comme pour signifier sa perpétuelle colère. Un peu plus loin dans mon champ visuel, j'aperçois des surfeurs chevronnés, bravant le pincement de l'eau glacée grâce à leur combinaison.

La plage me lasse. Je reprends ma voiture et pars à la recherche d'une falaise surplombant l'infinie étendue.

ENSIFORMIS XV

L'infinie étendue s'offre maintenant à moi. Je la domine de ma hauteur. L'eau molle en contrebas se jette avec acharnement sur l'invisible roche, de laquelle elle vient tout de même à bout grâce à la puissance du temps. J'embrasse d'un large regard l'immensité tout entière et je vois au loin des traits blancs s'étouffant dans l'opacité aquatique. Au-delà de l'horizon, ce n'est qu'absence, vide, comme si l'océan n'était qu'un bassin enclavé. Ah ! Les sens nous trompent ! Faibles humains, faibles sens ! Je m'assois au bord de la masse rocheuse. Autour de moi, de parcimonieuses brindilles d'herbe, du sable terreux. Le vent souffle par rafale. Je ne pense à rien.

Les nuages sont poussés par l'air, si bien qu'ils découvrent progressivement le ciel. Un fade ciel bleu. Un ciel d'hiver. Cela me contente, je verrai certainement le soleil se coucher ! Je scrute ce qui se trouve en deçà de mes pieds. La pente ne paraît pas être si escarpée. Alors, je me lance et descends prudemment le pan. Parfois je glisse, manque de chuter, mais je me retiens à la pierre. Si bien que me voici en bas, au bord de l'eau. Plus sauvage, plus furieuse, bouillonnante.

Je reste debout, admirant la cohue de l'élément. Impossible de commenter pareille magnificence. Je décide de regagner le sommet. Finalement, la montée est abrupte. Je peine, je glisse, je dérape, je m'écorche, mais je parviens à mon but. Que vois-je ? Un homme se tient à proximité de ma place. Il me salue. Je lui réponds par un hochement de tête antipathique.

Je ne peux pas être tranquille ici ! Il faut qu'on vienne me faire chier ! Je me rassois de mauvaise humeur, songe à partir. Pourtant, je reste et l'ignore. Mais son regard pèse sur moi. Je tourne donc la tête. Il me fixe, en souriant en plus ! Je ne relève pas. Des minutes, peut-être une heure fondent dans le tourment de l'océan.

Une main se pose sur mon épaule, je sursaute.

— Excusez-moi… je ne voulais pas vous effrayer, me dit l'homme d'une voix calme.

Je le scanne avant de répondre. Un quadragénaire, brun, les traits tirés par la fatigue ou les ennuis, un épais manteau bleu, un jean, des chaussures crottées.

— Que me voulez-vous ? demandé-je durement.

— Simplement parler… mais si ça vous dérange, je vous laisse tranquille.

Je ne sais pas. Cet homme a quelque chose de navrant. Il m'inspire de la pitié. De la pitié au sens premier. C'est rare chez moi. Mais ça m'arrive parfois…

— Non, non ! Je vous écoute.

Il m'interroge sur mon emploi, mon âge, mes activités.

— Et vous n'êtes pas marié ? Vous n'avez pas d'enfants ?

— Non et je ne veux aucun des deux.

— Vous dites ça parce que vous êtes encore jeune et révolté.

— Certainement pas, je me suis résigné à cela, je ne souhaite pas reproduire aveuglément des réflexes zoologiques, m'enfermer dans le conformisme, l'anesthésie, l'inaction de l'être !

— Ah ! Vous philosophez ! Mais c'est l'essence de la vie ! Nous sommes programmés uniquement pour ça.

— Oui, nous sommes des animaux, rien de plus, je le sais. Cependant, je veux être plus !

— Plus ?

— Oui, plus ! Et vous, que faites-vous dans la vie ?

Je ne vais pas lui déballer toute ma théorie, il la réfuterait en humain formaté. Ma question le rembrunit. Il souffle.

— Si vous ne voulez pas répondre, ne vous forcez pas, je ne suis qu'un étranger.

— Si, si ! Vous m'avez répondu avec sincérité. Je suis… j'étais commerçant. Mais j'ai fait faillite. J'ai fait faillite, il y a de cela un an, dans le textile. Je vendais des vêtements. J'ai fait le con après. Je n'ai trouvé de réconfort que dans l'alcool au lieu de m'appuyer sur le soutien de ma femme. Ma femme, elle m'a quitté il y a quelques mois… trois mois exactement. Je pourrais énumérer les jours, mais je vais m'en dispenser. Mes gosses me voient comme un incapable. Ils me reprochent leur nouveau train de vie qui, je dois l'avouer, n'est plus aussi glorieux qu'auparavant. Mon épouse est une smicarde dans un vulgaire magasin de fringues. Mon fils travaille les week-ends et durant les vacances. Ma fille, elle, est en pleine crise d'adolescence. J'ai l'impression qu'elle fait n'importe quoi. C'est sûr qu'avant, nous vivions confortablement : maison, vacances, technologies… à présent plus rien, et je ne suis plus rien…

— Ils sont ingrats tout de même ! Vous n'êtes qu'un portefeuille pour eux !

— Ne soyez pas si sévère. Ils n'ont connu qu'une vie d'aisance et de facilité, maintenant c'est plutôt difficultés et frustration. C'est ma faute, je n'avais qu'à ne pas les élever comme ça.

— Et que comptez-vous faire ? Une cure de désintox, une recherche d'emploi, et vous essayez de les reconquérir ?

— Si c'était si facile… je suis criblé de dettes. J'en ai pour vingt ans avec de la régularité. Probablement que je ne parviendrai jamais à les recouvrir. Mon héritage sera empoisonné… et je refuse que mes enfants l'acceptent.

— Et donc, vous pensez rester immobile ? Continuer à passer pour un poivrot devant vos gosses et votre femme ? Vous enfoncer plus profondément dans la merde ?

— J'allais me foutre en l'air… mais vous êtes là…

— Ne vous privez pas pour moi ! Je ne vous retiendrai pas ! Mais ne trouvez-vous pas l'intention trop facile ? Désolé de faire le moraliste, vous êtes plus âgé que moi. Mais je pense que vous devriez prendre un peu plus de recul vis-à-vis de votre situation. Certes, elle est délicate. Mais arrêtez de regarder votre nombril ! Par exemple, songez aux peuples des pays en voie de développement. Là-bas, il y a peu de suicides ! Pourquoi ? Parce qu'ils n'ont pas atteint un degré de civilisation les blasant de tout, leur offrant la possibilité de se morfondre. Non, eux, ils ont une volonté de fer. Ils vivent seulement dans l'espoir de se nourrir le lendemain. Je vous l'accorde, c'est aliénant ! Bien sûr, dès qu'ils se seront développés, ils deviendront comme nous, des êtres ingrats ! Mais ils détiennent encore la pureté, l'innocence que nous avons perdues à jamais.

— J'en conviens… mais je trouve votre raisonnement facile et immature.

— C'est votre avis, je le respecte.

Le soleil entame sa lente descente incandescente, enflamme l'étendue d'eau de rais irisés.

— Et ça ! Regardez ce coucher de soleil !

— Oui, il est superbe !

— En effet ! Et si vous mettez fin à vos jours, vous ne verrez plus ce spectacle, raison de toute chose ! L'absurdité de la vie se réfute devant ce phénomène naturel.

L'homme ne répond rien et paraît hypnotisé par l'astre. L'idée de le pousser me vient à l'esprit. Il ne veut plus vivre, autant l'y aider. Peut-être n'aura-t-il pas lui-même le courage de le faire. Cela aurait l'apparence d'un suicide, d'ailleurs ce serait un suicide… bon, un demi-suicide… Je lui pose la main sur l'épaule, m'y appuie et me place derrière lui sans qu'il bouge d'un iota.

— Arrêtez de traîner votre passé, même s'il est proche ! Nous vivons sur une ligne droite dont le bout est la mort. En attendant, regardez droit devant, épongez vos dettes et commencez une nouvelle vie. Ce n'est pas donné à tout le monde de naître à nouveau. Et je suis certain que vos enfants reviendront à vous d'eux-mêmes. Vous êtes leur père, leur unique père. Quant à votre femme, son ressentiment deviendra indulgence avec le temps et une autre, plus conciliante et admirative de votre courage, vous comblera dans une nouvelle union.

Je pose mes deux mains sur son épaule. Il ne bouge pas, je ne perçois que sa nuque, mais je sais qu'il sourit. Et je le laisse face au soleil, tout en me dirigeant vers mon véhicule. Cette conversation m'a rendu turbide.

ENSIFORMIS XVI

Je conduis lentement sur le chemin du retour bien que je sois sur l'autoroute. Je n'arrive pas à prendre de la hauteur sur mon acte. Je suis partagé entre réjouissance et haine. La réjouissance d'avoir probablement aidé cet homme et la haine de m'être intéressé à ce misérable être. Il ne faut pas que je tombe dans la sentimentalité, cela me perdrait. Oui, mais cet homme m'a permis de partager un léger contenu de mes pensées. Je n'aurais pas dû chercher à établir le contact. S'il s'agit d'une merde, autant l'aider à ne plus gaspiller ses jours.

Un voyant de mon tableau de bord s'allume. C'est quoi, ce bordel ? La température, il me semble. De la fumée s'échappe de l'avant à présent ! Je dois m'arrêter. Je ne veux pas bousiller mon moteur !

Ma voiture s'immobilise. Je la guide vers la bande d'arrêt d'urgence. Maintenant, la fumée est épaisse, blanche et s'élance droit dans l'éther. Je lève le capot afin qu'elle s'évapore plus vite. Je ne sais pas si j'ai passé une borne d'urgence depuis peu ou non. Je verrouille mon véhicule et marche de l'autre côté de la barrière. Le terrain est terreux, boueux, je salis mes chaussures, l'ourlet de mon pantalon. Je suis désolé, pas irrité, juste désolé…

Un long moment s'écoule avant que j'aperçoive une station-service. Une file impressionnante s'étire jusqu'à la caisse. Quand vient mon tour, une hôtesse adipeuse me parle avec précipitation. Je ne comprends rien et elle doit répéter avec mauvaise humeur :

— Quel est votre véhicule ? Couleur ? Panne ? Votre numéro de portable ?

— Je n'ai pas de portable…

— Là, des jetables.

Elle transmet mes veules informations au dépanneur via le combiné du téléphone.

— Vous pouvez revenir à votre voiture, le dépanneur arrive, me précise-t-elle, en arborant un sourire narquois.

Grosse pute ! Tu mériterais que je te crève ! Je retourne à ma voiture, d'un pas lent. Je ne pense à rien. Une fois à l'intérieur, je contacte mon assurance.

Je dois lui donner toutes sortes d'informations emmerdantes. J'ai envie de les envoyer se faire foutre, de rester là et de ne plus jamais bouger. Je dois les rappeler lorsque le dépanneur est là. En parlant du dépanneur, il m'appelle. Il ne me trouve pas. Je lui indique les panneaux en vue. Il raccroche.

Je songe aux deux fois où cela m'est arrivé avec Mathilde. J'ai toujours eu la poisse avec les voitures. Enfin, moins, depuis que j'achète du neuf… quoique… La première fois, nous étions partis en montagne. Au sommet d'un col, une durite lâcha. Je décidai de rentrer ainsi, mais doucement. Cette connasse me culpabilisa durant tout le trajet :

— Tu n'as pas un véhicule assez bien. On ne peut jamais rien prévoir avec toi.

La deuxième, cela se passa en centre-ville. Nous calâmes après avoir fait le plein d'essence. Il s'agissait de ma batterie. Pendant que je la changeais, elle s'acharna sur moi :

— On va rater la séance ! T'as une voiture de merde ! Il faut la changer ! J'en ai marre ! Je vais prendre le bus ! Je veux plus monter dans ce tacot !

La pute ! Le dépanneur me rappelle. Il ne me trouve toujours pas… je lui lis de nouveau les panneaux. Ah ! Il voit, la caissière lui avait dit n'importe quoi. Dix minutes s'écoulent et je l'aperçois dans mon rétroviseur. Le camion charge ma voiture. Je monte dans la cabine. Il me parle. Je réponds à peine. Il comprend que je n'ai pas très envie de parler et se tait. Je rappelle mon assurance. Elle m'envoie un taxi. Le dépanneur revient. Quoi ? Si je veux rapatrier mon véhicule près de chez moi, c'est à ma charge ? Pff !

J'attends l'arrivée du taxi, longtemps, trop longtemps… La conductrice essaie d'entamer la conversation. Mais, comme précédemment, je me tais et regarde le paysage, éteint et sombre, défiler sous mes yeux fatigués. J'arrive chez moi. Il est tard, je ne regarde même pas l'heure et m'affale sur mon lit tout habillé.

Je ne supporte pas ces contretemps. Ça me dépasse, ça me déprime. Cela m'insupporte de devoir régler des choses aussi complexes. Tout est compliqué dans notre société, des paperasses à n'en plus finir, des dédales de services, des appels, des discussions : cela me débecte ! Notre société a soif de lacis incompréhensibles. Les législateurs doivent jouir à les rendre inintelligibles, leur masturbation « intellectuelle » les conforte dans un sentiment d'« esprit éclairé ». Leur pseudo-intelligence flatte leur ego ridicule. L'exagération avec laquelle Kafka décrit la pression sociale est nulle. L'auteur l'a tout simplement calquée sur une inquiétante réalité.

Qu'ils crèvent ! Qu'ils crèvent tous !

***

Tu t'éveilles et découvres avec effroi que tes draps sont imbibés de sang.

Pas uniquement tes draps… ton torse l'est également !

Tu comprends. Tu étouffes de panique, tu passes ta main sur la gorge.

Tu sens une béance sous ton menton. Tu vois des geysers éclabousser ta main. Elle n'est plus que sang…

Il est deux heures onze.

ENSIFORMIS XVII

Ce lundi, je suis d'humeur exécrable. Je dois me rendre au garage avant d'aller au bureau. Je ne me lève même pas plus tôt. Je m'en fous. Je fais ma musculation habituelle en prenant mon temps.

J'appelle un taxi, le paie, descends, rencontre le garagiste. Il ne peut pas me prêter de véhicule aujourd'hui. Je ne lui réponds pas. J'apprends que ma voiture sera prête en fin de semaine. Je rappelle un taxi. J'arrive au bureau. Il est près de onze heures.

— Eh bien, chef, on s'est endormi ? me lance Garelle, taquin.

— Si c'était ça… je lui réponds, las.

— Quoi donc ?

— Ma voiture…

— Qu'est-ce qu'elle a ?

— J'en sais foutrement rien ! Et je m'en moque, je veux seulement la récupérer et qu'on n'en parle plus !

— Ouh ! T'as l'air fatigué, chef… Tu devrais demander ton transfert au Service Production !

À ces paroles, les deux autres pouffent. Je ne relève pas et me dirige vers mon bureau où je pose mes affaires.

— C'est bon ? Vous vous en sortez ?

— Admirablement ! Tu sais, si t'n'étais pas là, on tournerait quasiment pareil !

— Tu veux ma place, Garelle ? Tiens, je te l'offre et je reprends la tienne.

— C'est bien payé ?

— Si tu n'as pas peur de faire des heures, oui.

— Ouais, alors… sans façon…

— Oui, je me doute bien, vieux paresseux !

— Je ne te permets pas de me traiter de vieux, petit con !

— Bon ! Trêve de plaisanterie ! Qu'est-ce qu'il y a de si sensationnel au Service Production ?

— Demande au petit ! Il va t'en apprendre de belles.

— Paul ? Raconte-moi. Ne rougis pas comme ça…

Cette ambiance efface ma sinistrose matinale. Les employés les plus âgés rient encore avant même que le jeune homme entame son récit.

— Ce n'est pas grand-chose, tu sais. J'ai des copains qui travaillent à la production.

— Et alors ?

— Alors, ils partent régulièrement en Asie assembler des avions. Ils ont des horaires remarquables. Enfin, pour le contexte. Ils font quatorze heures, vingt-deux heures. Évidemment, ils sont bien payés et ils sortent tous les soirs…

— Et ils baisent des putes chaque soir ! coupe Garelle.

— Enfin, putes… ils ne paient pas et apparemment, ils font ce qu'ils veulent.

— Ah oui, quand même !

— C'est injuste ! Tu ne pourrais pas nous organiser des contrôles là-bas ? plaisante Garelle.

— Si je pouvais, tu ne pourrais pas tenir, mon ami. Tu ferais un infarctus au bout de deux jours. Il n'y a que les jeunes qui peuvent maintenir ce rythme. Toi, tu es trop vieux, cède ta place.

Le voilà qui fulmine. Qu'il est susceptible et amusant, ce bon vieux Garelle !

— Oui, et en plus, tu pourrais choper la chaude-pisse. L'un d'entre eux l'a ramenée…

— Quoi ? Ils ne se protègent pas ?

— Tu sais, quand t'as trois grammes dans le sang et une créature à poil devant toi, tu penses à autre chose.

— Finalement, la boîte finance leur mort, c'est plutôt efficace. Plus besoin de licencier lorsqu'ils seront trop vieux, ils seront déjà morts et remplacés par des plus jeunes. Ils ne sont pas idiots, nos dirigeants, pas idiots du tout !

En sortant de l'entreprise, l'acrimonie retrouve son hôte, alors je reviens en taxi au garage. Le garagiste, surpris, m'annonce qu'il n'a vraiment pas de véhicule à me prêter. Et mon footing alors ? Je m'assois de nouveau sur son bureau, tout en précisant relativement fort que je ne bougerai pas tant que je n'aurai pas de véhicule de prêt. Il campe sur sa première parole. J'augmente le volume sonore. Et, étrangement, l'homme ordonne à un de ses ouvriers d'aller me chercher LA voiture. Je repars au sein d'un tacot me permettant de me rendre dans les bois.

Le vendredi, j'obtiens ma berline. Je pense qu'il avait compris qu'il ne fallait pas trop me mener en bateau.

Le garagiste, d'une politesse excessive, me remet les clés, après que je me sois acquitté d'une facture scandaleusement élevée. Ensuite, il m'indique l'objet de la panne. Je ne l'écoute même pas, tant cela me désintéresse.

Je ne veux pas perdre mon temps en savoir inutile. Quel intérêt de connaître la mécanique, puisqu'il existe des mécaniciens ? Je n'ai pas de temps ni d'énergie à gaspiller dans cette sous-culture, destinée aux bras de notre société. Seules la littérature et la philosophie ont de l'intérêt pour moi, le reste est pour les ignorants. La science ? De même ! Qu'est-ce que la science, hormis une humanisation, une interprétation de faits ? Des suppositions, des hypothèses, des postulats ? Mais nous n'y comprenons rien ! Nous ne deviendrons jamais maîtres et possesseurs de la nature, de la planète. Nous sommes trop limités et trop orgueilleux ! Tout cela dépasse notre entendement de mollusque.

ENSIFORMIS XVIII

Un chien déambule sur le bas-côté. Même à travers le pare-brise et à trente mètres, je vois clairement ce grotesque animal. Je n'ai jamais aimé les chiens ! Je les ai toujours trouvés idiots, sales et excessivement serviles. Idiots, quand ils te regardent de leurs yeux suppliants tout en remuant la queue, la langue ballante. Sales, ils pissent et chient partout, comme s'il s'agissait de leur fonction principale. Serviles, ils accomplissent tout ce que leur ordonne leur maître. Ce qui me dérange le plus, c'est le fait qu'ils reviennent, juste après une branlée, vers les mains punitives, le dos courbé, la queue entre les jambes, sans ressentiment. Ils nous rendent serviles ! On doit les sortir, les nourrir, les emmener quand on part en vacances ou se démener pour trouver quelqu'un d'assez abruti pour s'en occuper… Et leurs aboiements ! Insupportables, constants et inutiles !

La pire honte du règne animal.

Mon père, en bon chasseur, a toujours eu des chiens. Je dis « des », car ce fut toujours par paire. D'ailleurs, il les nommait uniquement de prénoms féminins, cela illustre clairement son point de vue sur la caste féminine : une horde de chiennes.

Ma première confrontation avec cet animal fut avec Aude, un pointer. Elle m'arrachait les couches lorsque j'en portais. Elle agrippait ses crocs sur la protection et me faisait valser jusqu'à ce qu'elles cèdent. J'avoue que je n'éprouvais aucune ivresse, je me contentais de geindre. Ces successeurs ? Des consanguins de la même race. Quand elles ne passaient pas leur vie à japper, elles s'enfuyaient par temps d'orage, se battaient pour de la bouffe, réduisaient en miettes tout ce que je laissais traîner à l'extérieur, se foutaient dans mes pattes, me collaient, cherchaient de la piètre affection en frôlant ma paume avec leurs museaux humides et dégueulasses pour que je caresse leurs poils puants.

Celui-là ne vaut pas mieux ! Son poil noir paraît empli de parasites. Sa gueule écumeuse est à l'image de sa démarche ridicule. Ce doit être un chien errant, du genre à déchirer les ordures avant de les répandre sur la voie. Oui, ce chien est tout aussi inutile qu'elles. Je me rapproche de lui. Oui, il est pour moi ! Un léger écart, je l'entends couiner ! Je gare mon véhicule à proximité et entame ma progression en sa direction. Il est aux abords d'un large fossé. Merde ! Une voiture fait de même. Je me retourne et constate la présence d'une jeune femme. Son teint est rouge, elle est furibonde.

— Ça ne va pas ? Vous avez fait exprès d'écraser ce chien ! J'ai vu votre écart !

Me voilà bon…

— Tu n'as rien d'autre à foutre, sérieusement ? Tu ne crois tout de même pas que j'aurais pris la peine de m'arrêter si je l'avais écrasé sciemment ?

— Ne me tutoyez pas ! Je vais appeler la police ! Vous ne perdez rien pour attendre !

— Pour un chien ? Pff ! Tu es désespérante… allez ! Casse-toi ! Je vais m'occuper de ce pauvre chien. Je vais l'amener chez un vétérinaire.

— Je ne vous permets pas de me parler ainsi, vous avez fait exprès ! Je vous ai vu !

— Bon ! Tu me laisses soigner ce chien ? J'ai attrapé mon portable, c'est pour ça que j'ai fait un écart, rien d'autre. Allez ! Va rapporter ça aux flics et lâche-moi !

Tu mériterais de finir comme cette bête, connasse ! Je ne prends pas la peine d'écouter le reste de son hystérie et je poursuis mon avancée. Ah si ! J'ai entendu qu'elle parlait du traumatisme que j'avais infligé à ses enfants qui étaient dans la voiture. Plus je m'approche et plus je perçois les râles de l'animal. À ma vue, il me lance un regard triste accompagné d'un sanglot canin, en soulevant sa lourde tête. Mon Dieu ! Que c'est con, un chien ! Si la multitude de fractures et autres contusions ne l'en empêchait, il viendrait renifler, la queue trépidante, la main de son bourreau. J'approche mes doigts de son museau. Je perçois un souffle puissant, mais intermittent. Son flanc se soulève rapidement, il cherche de l'air dans son agonie.

Son poil crépu, prolixe et poussiéreux, se gonfle et se colle à l'endroit des plaies. Il saigne abondamment et ne cesse de pleurer. Je le caresse, puis sens ma main. Elle pue : une odeur forte, lourde, poivrée. C'est une infection ! Il y a peu de trafic, sur cette voie. Qui va au bois aux alentours de dix-neuf heures ? Il y a la bouffe à préparer et une quantité exponentielle d'émissions abrutissantes à voir ! Pendant que vous vous prélassez, je me délecte du tourment de ce misérable animal. Je lui caresse le haut du crâne, agenouillé près de sa carcasse étalée, ses couinements se tarissent, sa respiration devient plus lente et laborieuse. Ce bâtard a-t-il conscience qu'il meurt ? Sa gueule choit dans l'herbe bordant le fossé. Je me relève et l'observe. Son museau laisse entrevoir sa langue rose, sans vie, ainsi qu'un succédané de canine. Ses yeux commencent à se troubler. Ce chien est d'autant plus méprisable dans cette position. Et dire que Mathilde voulait m'accabler de cette merde ! Du pied, je le pousse difficilement dans la béance humide qu'est le proche fossé. Je dois m'y reprendre à cinq fois avant que l'animal glisse au sein du lieu de sa prompte putréfaction. Bientôt, sa charogne libérera une puanteur insoutenable et grouillera de larves pondues par des mouches. Elle deviendra leur hôte, leur vivier.

Je reviens. J'ouvre la portière de ma berline. Je me sens bien. Apaisé.

ENSIFORMIS XIX

Aujourd'hui, j'ai reçu ma carte d'électeur. La perspective d'une prochaine élection m'était complètement sortie de l'esprit. À vrai dire, cela est peu étonnant tant je m'en désintéresse.

La politique est une campagne publicitaire. L'État ? Un leurre de conciliation. L'art politique s'assimile à une jungle hostile, il faut savoir que si un dirigeant est bon avec son peuple, il obtient sa sympathie. Sympathie somme toute sommaire puisqu'à la moindre réforme la sympathie tournera en haine. Cet effet pervers oblige le chef d'État à pérenniser une image favorable et, de ce fait, effectuer ses fonctions dans l'ombre. En vue de mener à bien ses objectifs, le dirigeant de la nation se doit d'être plus craint qu'aimé. Le peuple n'est pas docile au commandement ni à l'oppression, le chef d'État désire commander et opprimer, il s'agit de son sacerdoce. Alors, ce dernier se doit de créer un leurre de conciliation, qui est la fondation même de l'État, institution compétente à libérer l'Homme de ses instincts primaires. Le dirigeant ne prétend pas à l'amour de ses sujets, mais œuvre à éviter leur mépris et leur haine. Dès lors, ses principales qualités doivent être la ruse, la résolution et la sagacité. L'art politique est prudence et prévision, fougue et impétuosité. Rien à voir avec ce que scande le candidat à la foule, n'est-ce pas ?

L'homme étant inconstant et déraisonnable par nature, il est impossible de gouverner, humainement, avec le soutien de lois. Cela oblige donc le chef d'État à se comporter en bête pour faire régner l'ordre. Tout gouvernement tend à user du pouvoir au-delà de ce qu'il lui a été confié. Ainsi, tout gouvernement tend par essence à abuser de son pouvoir.

En stabilisant une minute mon regard sur nos mœurs, je remarque que nous vivons au sein d'une ère tyrannique. Toutefois, nous ne le remarquons pas puisque la domination est de plus en plus rationalisée. Elle est rationalisée par le capitalisme notamment, qui a fini par imposer une culture unidimensionnelle ; c'est-à-dire que la société, que nous le voulions ou non, nuance intégralement chaque dimension de notre existence. Elle nous conditionne pour nous rendre plus malléables, en nous suggérant de nouveaux et faux besoins, rêves, fantasmes, seulement dans le but d'empêcher toute remise en question, introspection, qui pourrait mettre en péril ses fondements. La société transforme le désir de bonheur en frénésie de consommation et mène l'individu à une constante frustration sexuelle. Pourtant, la sexualité appartient à l'intimité d'un individu, elle fut prônée lors de la libération sexuelle comme porteuse d'énergie, de liberté. À présent, je remarque que l'air du temps est, outre d'intellectualiser un forfait aussi primaire, de le banaliser et de le rabaisser au rang mercantile. Le sexe devient un instrument d'asservissement de masse pour ceux qui nous gouvernent, bien qu'ils revendiquent les bonnes mœurs.

Que mes yeux lucides perçoivent une forte prégnance totalitaire au sein de notre simulacre de démocratie ! N'est-ce pas un réflexe totalitaire de mettre à la rue des personnes improductives, comme les malades, en coupant leurs revenus ou en versant de misérables pensions aux handicapés ? N'est-il pas un État totalitaire, celui qui élimine en douceur ses impies ? Certes, c'est inhumain, mais l'usage politique est amoral. La vie en société n'est pas un progrès, mais bien une régression, puisqu'elle est source de dénaturation, de désindividualisation. En outre, l'homme est contraint de se soumettre à l'opinion générale en vue d'obtenir l'estime des autres, si ce n'est sa tranquillité. Ce résultat n'est-il pas la source des malheurs actuels de l'humanité, du despotisme, de la servitude et de la misère, que je vois à chaque instant ? D'ailleurs, la sociabilité de l'homme est autant un leurre que le pouvoir. En effet, de manière contradictoire, un homme cherche à s'unir aux autres pour assurer sa sécurité, tout en essayant de se soustraire aux obligations communes… oui, l'insociable sociabilité.

Enfin, l'humain ne survivra à un quelconque pouvoir que si la peur l'emporte, d'où l'idée d'une dictature bienveillante, susceptible d'imposer une nouvelle éthique et une véritable politique de responsabilités et non plus un obscur remue-ménage derrière une arène. La menace constante tend à une conduite irréprochable de l'espèce humaine, contrastant avec sa désinvolture originelle. L'homme doit être oppressé pour être productif. Il s'agit de l'unique voie par laquelle il a conscience de son infimité, de sa temporalité limitée et, plus simplement, de ses viscères, de sa vie !

En attendant, je ne peux participer à cette absurdité qui se joue devant mes yeux ! Aucun parti ne correspond à mes convictions. La gauche ? Des utopistes qui vont, certes, orienter leur énergie vers des actions sociales, mais par là même ruiner l'économie et favoriser l'assistanat ! S'ils ne pratiquent pas tout simplement une politique de droite.

La droite ? Des libéraux qui ne recherchent que le profit et donc leur propre enrichissement ainsi que celui de ceux qui les soutiennent. Ils permettront une nation forte au détriment des plus indigents et favoriseront leur extinction !

Le centre ? Parlons-en ! Il pourrait être une parfaite alternative. Un peu de gauche, un peu de droite, mais ses membres ne peuvent construire quoi que ce soit, puisque l'un est trop de droite et l'autre pas assez de gauche ! Et encore, je ne dis pas que ce parti est formé d'indécis sans personnalité et trop lâches pour s'engager au sein d'une idéologie qu'ils sont incapables de cerner.

L'extrême droite ? Des nationalistes racistes ! Je ne pense pas qu'il y ait plus stupides, obtus et inutiles ! Néanmoins, ils demeurent inoffensifs, même leurs néo-nazis sont des rigolos qui ne savent rien faire, hormis frapper lâchement un « nègre » ou un « bougnoul » traversant leur chemin ou se planquer de façon pusillanime durant des émeutes en banlieue. Et que dire quand ils saccagent des tombes juives ? Bref, tous ces mongols n'ont pas cerné la richesse d'un pays cosmopolite et se moquent que l'immigration soit le juste retour de nos effroyables colonisations ! L'extrême gauche ? Des terroristes et autres sanguins ne sachant faire entendre leurs voix que dans la violence et ne s'exprimant qu'en une diarrhée verbale d'esprits lobotomisés par Marx ! Enfin, ce qu'ils ont compris de Marx… c'est-à-dire rien du tout ! La révolution ne viendra jamais, la population est trop molle, flasque, gélatineuse et couarde !

Si je devais me situer, je dirais que je suis au-delà de tout extrême. Je suis bien plus nocif, fallacieux que ces enfants, ces bouseux.

Je suis pire que l'extrême droite, car je crois qu'il n'y a pas de race inférieure, mais que la majorité des hommes ne vaut rien ! Je suis pire que l'extrême gauche, car je n'aspire pas à la mort d'une caste, mais à l'anéantissement de l'humanité !

Je déchire donc ma carte d'électeur et laisse choir les morceaux à leur place, au fond de la poubelle.

***

La chaleur augmente perfidement la température de ton corps.
Une agitation légère afflige ton être, te prend en étau.
Tu étouffes, tu transpires, tu expires.
Ton enveloppe te paraît trop étroite, réduit ton expansion.
L'impression d'implosion te submerge.
Il est quatre heures deux.

ENSIFORMIS XX

C'est le jour fatidique. Je n'ai aucune possibilité de me défiler. Je suis dans l'obligation de mettre en suspens l'ensemble de mes activités quotidiennes. Ça paraît anodin, normal, mais moi, ça m'angoisse. Ça me plonge dans une profonde confusion. Pas de musculation durant trois jours. Pas de lecture intensive pour cause de conversations oiseuses durant trois jours. Pas de balade nocturne durant trois putains de jours ! Sinon, ma famille me prendra pour un monomaniaque !

Voilà ce que provoque la naissance de cette saloperie ! Je n'ai rien demandé, moi ! Mon frère parvient à m'irriter sans même me parler et en demeurant prostré dans son imbécillité, à cent cinquante kilomètres de chez moi ! Et je vais revoir mon père, qui félicitera son fils prodigue pour avoir seulement laissé parler ses pulsions et appliquer des coutumes surannées, tout en me défiant du regard d'en faire autant. Et ma mère ! Elle va me demander quand elle sera de nouveau grand-mère. Non, je ne veux pas y aller… que puis-je inventer afin de me défiler ? Que dalle… Je charge ma voiture de mon bagage unique et m'élance à reculons. Je vois déjà la cérémonie, l'église, le curé, le gosse pleurer, les autres courant et chahutant tous azimuts, le banquet interminable et orgiaque ! Ils aiment se péter la panse, c'est bête là ! Le bruit… le bruit… ensuite ? Subir encore les habitudes de la maison, repas à dix-neuf heures, visages dans les assiettes et, en guise de conversation, les succions de ce pourceau de père !

Je dois me détacher de ma famille également. C'est le même fardeau qu'une compagne, pire même, étant donné qu'avec eux, on ne peut pas réellement rompre de bail. En plus, il me faut traverser le département le plus misérable qui soit ! Son paysage est vide, les villages parcourus n'ont pas évolué depuis une trentaine d'années. Une sorte de microcosme de consanguinité. J'avance cela en connaissance de cause, j'en ai côtoyé lors de travaux estivaux quand j'étais encore étudiant. Leur accent est inaudible tout autant que leurs propos, rendus inintelligibles par un filtre sonore poisseux. Et leur vie ! Leur vie ! Une sempiternelle répétition depuis des générations, évoluant au sein d'un même espace réduit et ne variant que selon les âges. Là où vivent mes parents, ils ne sont pas mal non plus. Toutefois, ils sont moins atteints de tares que la vile populace précédemment décrite.

Bref, rien ne soulage mon calvaire. Alors, je me plonge dans mes pensées. Je songe à ma présente lecture ! *Voyage au bout de la nuit*. Quelle perfection ! Ce langage oral, cet argot, cette harmonie des phrases résonnent avec succulence au sein de mon esprit. J'avoue que cet auteur dépasse de loin tous ses précédents confrères. J'apprécie ce Bardamu, son nihilisme, sa relative passivité ! Et je ne pourrai pas le dévorer à ma guise pendant trois jours…

Enfin, j'ai pour maigre consolation la possibilité de rencontrer des spécimens de petites gens comme en rencontre le héros. J'entre dans ma ville natale. Elle a bien changé. Maintenant, elle est si étendue que je m'y perdrais. Et dire que la municipalité a empiété sur les forêts et autres territoires vierges dans le but de s'épandre.

C'est amusant, j'aperçois des visages familiers en traversant le centre-ville. Après une identification laborieuse, j'en reconnais quelques-uns ! Je parviens même à mettre des noms sur ces faciès ingrats ! Tiens, ils sont restés ici ? N'ont-ils jamais rien vu hormis leur quotidien crasseux ? Les pauvres, je suis certain qu'ils tiennent les mêmes conversations que du temps où nous avions quinze ans. Peut-être ont-ils seulement ajouté à leur vocabulaire les mots « travail », « femme », « gosses », « voiture » et « crédit ». En outre, je me réjouis de voir la dégénérescence de leurs corps négligés : les hommes sont chauves et gras, les femmes conservent les stigmates de leurs premières grossesses sur leur ventre, hanches et postérieur… ces épaves, ces visages bouffis et cernés… c'est l'air ambiant qui les fait pourrir, ils respirent le même air depuis leur naissance. Un air jamais ravivé. J'exulte de joie ! Je pénètre dans la cour maternelle.

Trois jours…

ENSIFORMIS XXI

Ma mère, la première, vient à ma rencontre. Elle m'embrasse désagréablement, m'assaille de questions à propos de la route, du trafic. Elle me demande treize fois si je vais bien.

— Oui, ça va, maman !

Voici mon père, il se contente d'un mouvement de tête, c'est bien suffisant. Puis, il disparaît aussitôt.

— Tu m'accompagnes, mon chéri ? Je vais faire des courses. Il n'y a plus rien. Ton père est occupé à son bricolage. Viens, s'il te plaît, je serai trop chargée.

— Je peux poser mes affaires tout de même ?

— Oui, bien sûr ! Mais fais vite ! Je t'attends dans la voiture.

Oui, je n'ai pas vraiment le choix… c'est toujours pareil avec ma mère ! Voilà ce que j'ai subi toute mon enfance. Je préférerais avoir été battu ou violé. C'est socialement plus valorisé comme forme de complainte. Ma chambre ne vaut pas la superficie de mon appartement. J'ai déjà envie de partir.

Je ferme les yeux et comprends qu'il est impératif que je déconnecte mon cerveau durant le séjour, sinon je serai bon pour l'internement. Je les rouvre et tout paraît plus simple, plus grossier, plus normal. Le trajet me remémore celui emprunté pour me rendre au collège : il est détestable ! Ma mère m'apprend qu'un jeune cousin est devenu tétraplégique en tombant d'une fenêtre. Je n'approfondis pas, ne sachant pas vraiment lequel ce peut être. Je suis ma génitrice dans sa précipitation de rayon en rayon. Nous sommes samedi, aucune obligation professionnelle ne justifie donc sa vitesse. Parfois, elle s'arrête afin de saluer des connaissances. Elle me présente :

— Oh, qu'il a grandi, je me souviens de lui lorsqu'il était haut comme ça.

Je souris niaisement en évitant d'écouter leur conversation. À chaque arrêt, je scanne la foule et constate que la population est encore plus hideuse ici qu'au sein de ma ville. Tous détiennent des visages anormalement constitués : de trop grandes oreilles, un trop grand nez, une mâchoire en avant, une absence de menton. Les plus jeunes n'échappent pas à la règle. Ce sont de pâles et tristes copies des parents. Je remarque aussi qu'ils ont une absence flagrante de goût vestimentaire. Ils s'habillent avec vingt ans de retard. Bon, j'exagère, les beautés rurales suivent la mode avec un différé de seulement deux années. Comment ai-je pu évoluer dans ce cadre sans être moi-même atteint de multiples tares ?

Une heure s'étant écoulée, nous revenons au domicile. Une voiture inconnue et récente stationne sur le trottoir devant la cour. Sans hésitation, je comprends qu'il s'agit de mon frère. Il n'y a que lui qui peut acquérir une voiture aussi luxueuse en détenant un revenu aussi limité… Connard ! Et je ne me suis pas trompé ! Je l'aperçois au salon discutant avec le patriarche. Évidemment, personne ne vient nous aider à décharger le coffre débordant du véhicule. Je le salue en lui tendant une main qu'il broie, comme à son habitude.

— Ça va, frangin ?

— Ça va, merci.

— Je te présente Kevin !

— Qui ça ? réponds-je, surpris.

— Kevin, mon fils ! dit-il en le pointant du doigt.

En effet, je découvre un petit être dans un transat. Peu de cheveux, les yeux bleus, le visage figé par mon apparition. Je reconnais un air de famille, voire mon frère sur des photos anciennes. Je lève la main en souriant en sa direction. Aussitôt, l'enfant lève les bras et babille.

— Tu veux le tenir ? Allez ! Il n'a jamais vu son tonton !

Je n'ai pas le temps de refuser que j'ai déjà l'enfant dans les bras. Je m'assois afin qu'il puisse reposer sur ma cuisse. Il m'observe, en premier lieu. En silence, il étudie mon visage. Ensuite, il se met le poing droit dans la bouche avant de le poser sur mon t-shirt, le tachant inévitablement. Une odeur de sandwich jambon beurre accable mon système olfactif. J'en profite pour le signaler, espérant que l'on m'enlève cette chose immédiatement. Son père le reprend et indique qu'il va le changer. D'ailleurs, lui aussi a changé, il paraît plus mature, contrairement à jadis.

— Kevin… fais-je en regardant ma mère.

— C'est Céline qui l'a choisi, ton frère n'a pas vraiment eu son mot à dire… j'aime bien, moi ! poursuit-elle, comme pour se convaincre.

J'évite tout commentaire et me contente de dire mécaniquement qu'il est mignon.

En attendant le repas, je me positionne à proximité du transat et je contemple cet enfant. Rapidement, je tente d'attirer son attention en faisant des grimaces et autres stupidités. Ça marche ! Il me fixe tout en poussant des cris et en s'agitant férocement. C'est une attraction amusante ! Mon père s'en approche également et m'imite. Étonnant de voir cette brute sourire et faire des grimaces. Ce nouveau-né paraît avoir produit une révolution dans la famille. Nous passons à table. Céline nous rejoint peu de temps après. Elle sort du supermarché où elle est chef de rayon. Je jubile en confirmant mes suppositions. Cette femme a été ravagée par sa première grossesse. Son corps n'a pas rejeté les graisses excédentaires acquises et qui pèsent maintenant autour de sa ceinture. Il faudrait se reprendre en main, hein ?

La beauté rurale est éphémère et temporaire. Elle vire au final obligatoirement en laideur.

ENSIFORMIS XXII

À la fin du repas, je me sens d'humeur mélancolique. Pourtant, aucun événement particulier ne troubla le festin. Les pieds sous la table et les coudes dessus, je regarde ma mère et ma belle-sœur débarrasser. Leurs maris respectifs poursuivent leur conversation, sans égard pour les industrieuses. Je propose mon aide. Seulement, les deux femmes refusent, comme si cette tâche est réservée à leur gent.

Je n'insiste pas et sors de table. Rapidement, une irrépressible envie me pénètre. J'attrape mes clés de voiture et indique que je vais faire un tour sans attendre de commentaire. Je traverse le quartier, dépasse le centre-ville et parviens enfin au lieu de ma requête. Lorsque j'atteins l'extrémité du parking, je freine brusquement, dans un crépitement de graviers ainsi qu'un épais nuage de poussière.

À peine sorti, je m'immobilise devant mon véhicule afin de me recharger de pléthore de souvenirs. Néanmoins, ces souvenirs sont amputés par un imposant chantier en somnolence en ce jour non ouvré, défigurant la forêt de mon enfance. J'emprunte un sentier trop bien délimité par des barrières en bois, des panneaux s'érigent parcimonieusement au gré de mes pas, renseignant sur la flore et la faune ambiantes. Rien de tout cela n'appartient à mon passé, tout était vierge, feuillu, sinueux. Rien à voir avec ce parcours propret. J'arrive aux abords d'un minuscule étang : mes premières cigarettes.

Un arbre allongé subsiste toujours au milieu de cette eau croupie, stigmate de notre maladresse juvénile. Un jour, mes amis et moi-même avions décidé de construire ce que nous nommons communément une cabane. Pour ce faire, nous devions abattre un arbre gênant notre entreprise. Cela nous prit des heures avec nos minuscules haches usées et non aiguisées. Quand le craquement retentit, j'étais sous l'arbre, n'ayant pas calculé la trajectoire de sa chute et manquant de peu de l'amortir avec mon corps frêle. D'ailleurs, des pêcheurs s'étaient plaints à la mairie de nos agissements, étant donné qu'ils accrochaient leur ligne sur les branches de l'arbre. Toutefois, il n'y avait eu aucune suite. Je poursuis ma progression et parviens devant un imposant pylône électrique : mon premier baiser.

Je me souviens avoir amené cette fille au pied du pylône électrique. Ce devait être à peu près à la même époque de l'année. Oui, un mois de mai, un après-midi tiède. Je n'osais pas l'embrasser. J'avais envie de fuir tellement j'étais mal à l'aise. Mes viscères se tordaient. Elle semblait ne pas subir l'ombre d'une gêne. Je parlais pour retarder le moment fatidique, mais elle prit les devants et m'embrassa. J'appréciai cet échange lingual, je me sentais fier, tellement fier que je quittai cette fille… Adeline… la semaine suivante… le jour de son anniversaire. À l'époque, je jouis de cet acte vil. Je continue ma promenade et atteins un lac étendu. J'envisage d'en faire le tour, alors je me lance sur un sentier. À l'entrée de celui-ci, j'ai révisé mon examen avec mes amis autour de nombreuses bouteilles. C'est certainement pour cette raison que j'échouai la première fois. Depuis que je connais ce lieu, jamais je n'ai eu l'intention d'en faire le tour, c'est fâcheux ! Con même… je préférais me soûler alors que je pouvais savourer le paysage, j'étais jeune !

Je pénètre au sein d'un sentier escarpé, je me laisse guider aveuglément, étant plus attentif par ce qui m'entoure. Soudain, j'arrive à un cul-de-sac. Je rejoins une route, cela n'a rien à voir avec le chemin, mais je continue. Je verrai où cela me mène. Le soleil entame sa lente chute vers les ténèbres. Si bien que je parviens à un barrage, que je ne peux traverser ! Bon, je longe la route. Puis, un champ à la terre meuble. J'atterris finalement au cœur du chantier. Je ne perçois plus le lac. Je me suis probablement égaré ! Tant pis, je progresse avec mon sens de l'orientation peu usité. Les premières étoiles poignent et je marche sur une incommensurable route terreuse creusée au centre d'une colline.

Le terrain est vierge de population. Je suis seul entre d'immenses amas de terre et j'avance en direction de l'horizon. Après une dizaine de minutes de marche et une obscurité grandissante, je prends la décision de couper par la droite et de traverser un terrain en friche. Tant bien que mal, je regagne les berges de l'étendue d'eau. Je vois un point blanc au loin. Ce doit être ma voiture. J'avance, j'avance et je ne vois presque plus rien tant l'opacité a dévoré la lumière. Mon pied droit s'enfonce dans un trou. Aussitôt, je sens une forte humidité. Une centaine de mètres plus loin, j'arrive devant une clôture barbelée.

Je la franchis à tâtons en accrochant mon pantalon. Inespéré, je retrouve le sentier et je me laisse guider par sa pâleur, qui détonne dans la nuit. Parfois, j'entends à mon passage un mouvement au sein de la végétation m'entourant. L'étendue d'eau est d'autant plus magnifique à cette heure. Elle paraît plus imposante, plus inquiétante. Toutefois, je dois presser le pas, puisque ma merveilleuse famille dîne chez mon frère.

Lorsque je pénètre dans la demeure, ma mère me questionne tout en fixant ma chaussure maculée de boue.

— Où étais-tu ?

— Je faisais une promenade… Je me suis perdu…

ENSIFORMIS XXIII

Je suis à l'arrière de la voiture de mes parents. Mon père conduit, ma mère est passagère et… je suis à l'arrière ! Comme auparavant… lorsque j'étais enfant. Je voulais prendre la mienne pour m'éclipser avant eux afin d'effectuer une virée nocturne. Mais cette idée paraissait compliquer la soirée pour ma génitrice. Et puis, comment lui expliquer que j'apprécie me balader la nuit… elle ne comprendrait pas…

Nous nous arrêtons devant ce que mon aîné s'ingénie à appeler une maison. La nuit ne parvient pas à occulter les nombreuses carcasses de voitures et autres déchets. L'obscurité ne daigne pas dissimuler cette propriété digne d'un ferrailleur. Jamais je ne pourrais vivre dans ce taudis sans être irrité à sa simple vue. À vrai dire, ce n'est pas vraiment surprenant, mon frère a toujours été bordélique. Il ne pouvait craindre que je rentre dans sa chambre, tant elle me révulsait. Tout comme me révulse sa demeure ! Certes, mes parents lui répétaient sans cesse de nettoyer, ranger, gentiment, sous la contrainte. Rien n'y faisait, il en était tout bonnement incapable.

Il fallait quand même descendre et entrer. L'intérieur ? Crade ! La table de la cuisine croule sous les couverts souillés, les divers meubles tout autant. Le salon est quant à lui recouvert de linge propre ou sale. Je n'ai pas essayé de les identifier. Le reste ? Les toilettes nauséabondes ne se verrouillent pas. La salle de bain est dépourvue de savon. Sur le fauteuil du salon, le nourrisson bouge frénétiquement à notre vue. Nous sommes son spectacle et lui notre attraction. À sa simple vision, la mélancolie se réapproprie son espace, me pénètre. Pourquoi ? Je ne puis le dire.

Après avoir avalé un verre de bourbon contre trois pour mon père et mon frère, nous nous attablons.

Je vérifie discrètement la propreté de mes couverts. Je me console en mangeant un morceau de pain. Nul besoin de préciser la qualité du repas : gras, absence de légumes et orgie de féculents, le summum du déséquilibre ! Manger bouger ! À ce propos, je remarque que le ventre du nouveau père s'engraisse. Lui qui était si sportif jadis ! Tandis que celui-ci explique à son géniteur comment il envisage de remettre à neuf sa nouvelle acquisition motorisée, je me morfonds sur ma présence ainsi que sur ma dépendance pour la solitude. Les femmes parlent de décoration. De fait, je scrute l'enfant qui dort.

J'éprouve de nouveau de la tristesse. Et dire que cet enfant a encore un semblant de virginité, que nous pourrions encore l'empêcher de devenir la pâle réplique de ses parents. C'est dommage… cet enfant va baigner au sein de l'inculture et de la médiocrité. Il reproduira la vie de ses ascendants : une vie stérile et anodine. Je lui apprendrais volontiers mes connaissances, mais je ne le verrai que très rarement et je n'ai certainement pas de temps à lui consacrer. Pauvre petit être… tu n'es pas responsable !

Bien heureusement, la soirée ne s'éternise pas. Eh oui, le lendemain est le jour pour lequel je suis venu. Le baptême du nouveau-né Kevin. C'est le prétexte que tout le monde se donne pour se quitter. J'observe une franche complicité entre les deux mâles ainsi que les deux femelles et de la politesse à mon égard. Je me passerais volontiers de leur hypocrisie. D'ailleurs, je n'en ai rien à foutre de leur vie, de leurs coutumes d'êtres moyens. Le retour vers la demeure parentale se déroule dans le silence. Je vais fermer le portail. Je me sens comme happé par cette rue sombre qui s'offre à ma vue. Ah ! Que j'irais marcher dans cette ville remodelée par l'altération de mes souvenirs ! Je pourrais passer par la fenêtre… non, je ne vais pas me risquer à l'escalade et mes parents ont un sommeil léger, au moindre bruit ils se lèvent, quand ce n'est pas ma mère qui va vider sa vessie pour la énième fois de la nuit.

Que le temps passe ! Passe le plus rapidement possible ! Que je retrouve mon appartement… mes habitudes… ses fragrances… et non ces effluves de renfermé et de suranné.

ENSIFORMIS XXIV

Wahou ! Ma mère me réveille à sept heures ! C'est un grand jour, tout le monde s'affaire et moi, je prends mon temps.

Je m'accoutumerais rapidement à de mauvaises habitudes en ce lieu. En effet, ce matin, j'aurais bien dormi jusqu'à en être soûl afin de subir un minimum de temps ce fardeau, cette famille… Mon père me presse avec nonchalance, je lui propose de partir sans moi. Il refuse et trépigne de plus belle. Pff ! Je vais être de mauvaise humeur toute la journée, je ne suis plus familiarisé au capharnaüm matinal. Après avoir gobé mon petit déjeuner, je me dirige lentement vers la salle de bain où le patriarche noue sa cravate au milieu d'un nuage de parfum bon marché. Pour la peine, je m'immobilise devant la porte et le fixe d'une manière à l'inviter au départ.

— Putain ! Mais reste pas planté là ! Tu vois bien qu'on n'est pas dans les temps !

Sans prendre la peine de répondre, je commence ma toilette. Enfin, il part ! Je m'enferme. Une demi-heure plus tard, je sors de la salle d'eau vaporeuse. Je suis paré. Il n'y a pas à dire, mon costume me sied à ravir ! Je l'ai vraiment bien choisi ! J'espère ne pas émoustiller les tonneaux de femmes des amis de mon frère. Mon géniteur vient gueuler une dernière fois de la porte d'entrée, pour son plaisir et pour me presser. Je marche à pas lents et ouvre la portière.

— On est en retard maintenant ! Tu es fier de toi, j'espère !

— En retard de quoi ? La cérémonie est à dix heures et il est huit heures trente.

— T'as toujours ton mot à dire, toi, c'est terrible !

— Écoute, je suis là pour vous ! Moi, ce genre de connerie, je m'en passerais volontiers ! Alors, s'il te plaît, lâche-moi !

— Mais si t'es pas content d'être là, tu peux te casser… hein ! Rentre chez toi !

— Euh… mon cher père… évite de me parler et la journée se déroulera pour le mieux !

— Ne commencez pas tous les deux ! conclut ma mère.

Le silence est parasité par la radio : bulletin météo avec l'accent localeuh ! Notre empressement est dûment payé. Maintenant, nous patientons devant l'église. Les parents du nouveau-né, celui-ci inclus, ne sont pas encore arrivés. Le temps défile. Assis sur la banquette arrière de la berline, je me plonge au sein de mon esprit. Fortuné que je suis d'avoir une riche vie intérieure.

Voilà les premiers arrivants. Mes parents les accueillent. Ma mère m'invite avec insistance à les imiter. Quel plaisir ! Serrer la main aux hommes, faire la bise aux femmes, tous plus laids et plus grossiers les uns que les autres. Mon frère et sa famille ne sont toujours pas là. Ma mère les rappelle frénétiquement sur leur portable, toujours la même réponse :

— On arrive !

Je reconnais des amis de mon aîné. Les années les ont rendus gros ou chauves, au pire des cas les deux à la fois. Les plus ponctuels accueillis, je m'appuie sur le capot du véhicule et je constate avec amusement que l'ensemble de la masse est mal vêtu. Les femmes arborent des robes infâmes tandis que les hommes possèdent des costumes bon marché, mal taillés, mal portés. Et que dire de ceux qui sont venus en jeans ? Celui de mon père n'a guère plus de style, il doit dater d'une bonne vingtaine d'années. Tiens ! Voici le curé ! Je m'esquive afin de ne pas serrer la main à ce pédophile frustré aussi chaste qu'une vieille putain. Les parents ne sont toujours pas là. Toutefois, nous pénétrons dans l'édifice vieux de deux siècles. Je me place à côté de mes géniteurs.

Voici les parents qui entrent au sein du lieu sacré, les visages empourprés et totalement essoufflés. Ils sont ridicules. Je m'attriste d'appartenir à cette famille.

La cérémonie commence. Musique, chants inaudibles, discours, cierges, pleurs infantiles. Je n'ai pas la moindre attention pour l'office. La religion. Elle détourne l'être humain de la conscience de sa petitesse à l'échelle de l'univers. Elle le détourne de la précarité de son existence, de la fugacité du temps qui les engloutit dans l'oubli et la mort. Car, il s'agit bien de la mort, les hommes ont fabulé des aventures extraordinaires uniquement dans le but de se détourner de la pensée du néant et de l'angoisse en découlant.

Les thématiques récurrentes dans chaque livre sont l'illusion et l'émotion. L'illusion remplit la fonction de préserver le disciple du désespoir ou du vide de l'existence. Quant à l'émotion, elle procure une dégradation spontanée du rapport d'un individu au monde. Lorsque celui-ci éprouve de la peur, il nie l'objet dérangeant en le substituant par un procédé irréel. Donc, l'émotion n'est autre que la substitution de la perception d'une personne du monde extérieur à un monde immatériel. Enfin, la religion condamne la passion puisque celle-ci épuise l'âme dans de vains efforts. La passion est orientée soit vers le passé, par le regret, ou vers le futur par l'espérance ou la crainte. Or, ni le passé ni le futur ne sont palpables.

Et déjà apparaît la première ambivalence de cette pratique, une religion retient ses disciples grâce à la passion tout en la condamnant. En effet, les disciples vivent dans l'espoir d'un chimérique au-delà et se tiennent droits à cause de la crainte d'un improbable enfer. Tout comme chaque confession prône la tolérance, l'indulgence et la tempérance. Foutaises ! La tolérance ? Les nombreuses guerres de religion qui traversèrent les siècles en sont la réfutation. Ils ne peuvent s'empêcher d'endoctriner la Terre entière de leurs inepties qu'ils jugent supérieures aux précédentes. L'indulgence ? Ils exécutent sans pitié ceux qui conservent leur intégrité en refusant de se convertir.

La tempérance ? Combien de fois les disciples et autres dirigeants ne se sont-ils pas enflammés pour une cause qui s'est finalement révélée absconse ? La Bible ?

Les chrétiens sont les bâtards des juifs, car un hippie halluciné provenant de cette communauté s'est autoproclamé fils de Dieu et qu'une populace tout aussi hallucinée s'est laissée duper. Ensuite vient le temps sombre du Moyen Âge. Ce qui me dérange le plus, c'est qu'ils sont les instigateurs d'un véritable massacre d'Incas, d'Aztèques et autres Indiens dont ils ont osé considérer les cultes comme primitifs. Et je n'oublie pas le silence du Vatican durant la Deuxième Guerre mondiale ! À présent, qu'est-ce que l'Église ? Si ce n'est un édifice abritant des frustrés sexuels qui engrossent les femmes les plus malléables de leur paroisse, voire des pédophiles notoires ? Quand cette institution archaïque, ne comprenant goutte à son temps, ne va pas prêcher l'abstinence dans les pays les plus défavorisés, ravagés par l'épidémie du sida, la surnatalité, au lieu de les encourager à utiliser des préservatifs… fi !

Mais nos pleurnichards de juifs en ont autant à se reprocher. Ils ne se mélangent pas et se proclament « peuple d'élite ». Je comprends que cela puisse en agacer plus d'un. Certes, ils détiennent de manière stéréotypée l'argent et donc le pouvoir. Mais cela ne peut leur être reproché étant donné que les chrétiens les rejetèrent des autres corps de métiers. Puis vint la Shoah qui fut une des plus énormes bassesses de l'humanité. Les juifs responsables d'une crise, d'un krach boursier ? Un peu facile tout de même ! Pourtant, je ne peux tolérer qu'on leur offre une terre et qu'ils s'étendent en délogeant sans scrupule les autochtones. N'y a-t-il pas plus nazi comme procédé ? Également, j'abhorre qu'ils se posent constamment en victimes. Dès que nous allons à l'encontre de leurs projets, ils nous traitent d'antisémites, remettent l'holocauste sur le tapis. Quand ils ne créent pas un groupe de terroristes pour exterminer les derniers nazis ! À croire que les juifs sont les élèves les plus zélés du nazisme !

Les plus bruyants, les musulmans… enfin, ne faisons pas d'amalgame entre musulmans et islamistes, hein ? Mais n'empêche, ils sont bien silencieux les moins radicaux. À mon humble avis, ce sont les plus désolants ! Ces personnes sont nostalgiques de leur période de prospérité. Ils commençaient à obtenir un regain de liberté, mais depuis quelques années, ils se sont replongés dans le même obscurantisme que celui dans lequel ont végété les chrétiens moyenâgeux. Renforcement des rites, damnation de la femme réduite à se planquer derrière un bout de tissu… qu'est-il arrivé à cette religion, qui semblait être la plus pacifiste ? Pourquoi se perd-elle en guerres saintes et autres terrorismes ? Par contre, je conçois leur haine envers le monde occidental qui dilapide leurs ressources intérieures et bombarde aveuglément les terres pour remporter une élection. En revanche… clap ! clap ! clap ! Malgré vos bras cassés, vous parvenez à faire parfois des coups de maître ! On liquide à l'aveuglette ! À l'arrache ! N'importe qui ! Rien à branler ! C'est presque gratuit, ça ! Au nom d'Allah… mon cul, hein ? Vous êtes de gros psychopathes en fait !

Oui… j'oublie ! Le bouddhisme. Il est vrai que cette philosophie religieuse demeure la moins nocive, tant pour ces disciples que pour les autres. De plus, son objectif paraît être le plus humble et réaliste : prôner une vie paisible exempte de douleur en neutralisant le désir et vivre dans l'indifférence, anéantir les illusions de la vie. Bref, s'orienter vers la voie moyenne entre l'ascétisme stérile et l'accomplissement de faux besoins, imposture du désir. C'est beau, n'est-ce pas ? Mais qu'entends-je ? Des moines bouddhistes ont pris des hommes en otage après avoir brûlé leur voiture ? Certes, en réponse à des persécutions constantes. Le naturel prédomine sur cette doctrine ! Est-elle réellement efficace ? Applicable ?

La diversité des cultes prouve leur fausseté de par leur multitude. Je n'en défends pas une, elles sont pour moi fallacieuses, responsables des principales divergences et des principaux conflits. C'est aberrant, impensable, inconcevable, que des personnes disparaissent, que l'on se massacre au nom d'entités chimériques. C'est de l'enfantillage !

Elles se destinent aux sous-hommes, aux lâches, aux faibles, aux couards de la vie. D'ailleurs, je refuse de lire, d'entendre ou de parler avec un pratiquant puisque sa raison est forcément orientée, polluée par des historiettes invraisemblables et rend, de ce fait, tout échange stérile.

La messe prend fin, à mon plus grand bonheur. À présent, il va falloir se gaver.

ENSIFORMIS XXV

La famille ainsi que les invités sont priés de se rendre à une auberge située à proximité du lieu de culte. Changement de programme, une quantité – non précisée, mais certainement influente – insiste pour que nous mangions dehors, en prétextant la douce journée en cours. Je ne m'y oppose pas.

D'ailleurs, à qui importe mon avis ? Je peux juste ne pas me réjouir de respirer des nuées de fumée de cigarettes !

Avant de m'asseoir, je repère les places libres. Ensuite, je préjuge l'intérêt de mon voisin à son faciès. Déjà, j'en élimine cinq qui me paraissent soit trop laids, soit trop excités. Je jette mon dévolu sur une femme fade et ne semblant pas être dans son élément.

Elle me regarde farouchement quand je l'effleure en posant mes fesses sur l'inconfortable banc. Mes parents se trouvent en bout de table à côté de l'enfant prodigue. Des gamins dépourvus d'une quelconque éducation et souffrant d'une carence probante en discipline tournent sans interruption autour de la table, passent sous celle-ci, bousculant incessamment nos jambes. Entre les gifles et les cris incompétents des mères ou pères des gosses, c'est brouhaha de discussions, de monologues, de rodomontades ou tout simplement de blagues de cul. Un homme idiot et trop près de moi paraît en avoir un répertoire infini.

Mon voisin, un sourire con aux lèvres, me tend le premier plat. Je me sers une cuillérée de l'entrée, bien trop graisseuse, anticipant le nombre important de mets à venir. Ce même voisin remplit mon verre de vin, en omettant de me solliciter. Je ne le bois pas afin qu'il ne le remplisse pas chaque fois qu'il possède une bouteille en main… Pauvre con. Je supporte de moins en moins leur chahut, qui augmente au gré de leur forte absorption d'alcool. Regarde ces infâmes péquenots… ils ne pensent qu'à bouffer et à boire, ils ne vivent que dans l'espoir de se goinfrer et de se soûler… Je sors de table. Je vais m'appuyer contre un arbre donnant sur une vallée boisée. J'arrache un brin d'herbe. Je le fais glisser entre mes doigts avant de le coincer entre mes lèvres. Je me délecte de ce paysage séculaire.

Finalement, peu de choses ont changé au sein de ce coin de pays. Les paysans travaillaient la terre difficilement et se soulageaient grâce à leur femme et leur bouteille. Et que font ces fils ou petits-fils de paysans ? Ils vaquent à des occupations professionnelles industrielles et aliénantes et se soulagent de manière similaire. Bien heureusement, ils peuvent se réjouir d'être trop idiots pour souffrir de la vacuité de leur emploi ainsi que de la redondance de leur vie.

En y songeant, un emploi aliénant peut avoir du bon s'il est appréhendé de manière intelligente. La répétition de mouvements permet de s'émanciper de ses gestes en vue d'une profonde réflexion. Ainsi, les ouvriers effectuent maximum huit heures par jour. Ce qui laisse un temps non négligeable pour accomplir un certain nombre d'activités. Enfin, le revenu est certes faible, mais en vivant seul et en étant raisonnable, cela ne doit pas poser de problèmes. Je pourrais avoir cette vie, en faisant abstraction de la médisance des personnes défigurant la beauté de ces villages.

— Excuse-moi ?

Oh non ! Voilà ma voisine de table…

— Je ne te dérange pas, au moins ?

— Non ! Je contemple le paysage afin de reposer mes oreilles du bordel de nos chers camarades de table, réponds-je, lassé.

— C'est mon cas aussi !

Oui, évidemment… Marions-nous, Rodolphe !

— Je ne me suis pas présentée, Aurélie.

— Vincent, l'oncle de Kevin.

— Ah ! C'est toi, le frère de Sylvain !

— Si je te le dis…

— Ravie de faire ta connaissance !

— De même.

— Que fais-tu dans la vie ?

Je réponds et elle se lance dans un monologue interminable où Aurélie indique qu'elle est comptable, qu'elle a vingt-six ans, qu'elle est nouvellement célibataire, que c'est difficile, mais qu'elle multiplie les activités sportives… pour ne pas devenir obèse, pour compenser sa surconsommation de merde devant sa télé durant ces longues soirées de solitude, j'imagine.

Je comprends sans grande perspicacité que la conversation n'est pas totalement désintéressée. Il y a des blancs, étant donné que je parle peu, où elle me pénètre du regard tout en souriant, puis elle appuie sa jambe à la mienne en feignant l'imprévu, caresse ma main en « tentant » d'arracher à son tour une brindille, mais, cette fois-ci, elle s'excuse. Son petit jeu m'agace !

— Ah ! Je crois qu'on sert le dessert ! dis-je en espérant m'en débarrasser.

— Tu viens ?

— Non merci, j'ai bien assez mangé.

— Allez ! C'est pas une minuscule part de tarte qui va t'étouffer ?

— À croire que si.

— Je n'insiste pas ?

— Non, s'il te plaît !

— Tant pis alors. De toute manière, tu vas bien revenir à table, non ?
— Bien sûr ! À tout à l'heure !
— À tout à l'heure !
Ah ! Je retrouve la paix !
Je consulte ma montre, le jour décline, alors je m'en vais quérir auprès de ma génitrice l'heure initiale de départ.
— Mais nous mangeons encore ici ce soir !
— Pardon ? Mais c'est un baptême, pas un mariage…
— T'inquiète pas, il y a aura de la musique après, tu pourras danser !
Je ne prends même pas la peine de répondre. Je place mon poing devant la bouche afin de refréner ma colère.

ENSIFORMIS XXVI

Les parents des enfants hyperactifs (en somme, tous les parents), sauf mon frère et ma belle-sœur, nous quittent. Mon frère est ivre, ma belle-sœur fait la gueule.

— C'est l'heure de l'apéro ! hurle Sylvain.

Ses amis exultent, les petites amies s'affligent.

Une musique désagréable entame une consternante mélodie à l'intérieur de l'auberge, des lumières lèchent le gazon, la table ainsi que les invités. C'est le signal, l'assemblée rentre.

Je me pose sur la première chaise, mais je ne peux supporter la sonorité et les gémissements. Je scrute la salle en vue de m'occuper l'esprit. Des femmes dansent, des hommes s'y essaient. Et je ne parle pas des vieilles qui sont au-delà de tout. Des yeux, ceux d'Aurélie. Elle me sourit. Je le lui rends en le durcissant le plus possible. Non ! Elle vient vers moi…

— Tu danses ?

— Désolé, mais ce n'est vraiment pas ma spécialité. Je dirais même plus, je déteste ça !

— Et pour me faire plaisir ?

— Je n'ai aucune envie de te faire plaisir en faisant quelque chose qui m'emmerde.

— Un verre, peut-être ?

— Laisse-moi tranquille. Ça, ça me ferait plaisir !

Son masque de joie vire en peine et, sans me répondre, ses talons font volte-face.

Avant de sortir, je décide de faire un tour du côté de l'ordinateur qui diffuse cette soupe musicale. Une playlist est lancée, j'y glisse Mr Oizo.

Je m'allonge, dans l'herbe malgré mon costume et me délecte des étoiles.

Arrêtez de vous reproduiiiiiiiiire
Vous êtes des animaux
Vous êtes des animaux
Vous êtes des animaux

Vous êtes des animaux
Vous êtes des animaux
Vous êtes des animaux
Vous êtes des animaux
Vous allez crever
Je jubile !

Le temps se déroule, épais et imperceptible. Je ne pense plus à rien.

— Qu'est-ce que tu fais ?

Ma belle-sœur.

— Je regarde les étoiles.

— Tu t'ennuies ?

— Non, j'ai juste mal à la tête.

— Tu veux boire un verre ?

— Non merci !

— Écoute, j'amène Kevin chez mes parents. J'en profite pour te déposer chez les tiens ?

J'ouvre grand les yeux !

— Volontiers !

Je ne prends pas la peine de dire au revoir à qui que ce soit et m'engouffre dans la voiture en marche. Le minuscule Kevin dort à poings fermés dans son siège pour enfant. Sur le court trajet, puisqu'elle me dépose en premier, elle se rassure en vérifiant si je ne me suis pas ennuyé, si j'ai bien mangé et toutes sortes de banalités. Bien entendu, je lui confirme la réjouissance que fut ce repas pour moi. Elle semble apaisée. Nous nous quittons sans épanchement. Néanmoins, elle me regarde avec insistance lorsque je ferme la porte. Elle veut baiser…

Cette fois-ci, je n'ai aucune envie de me promener malgré la nuit magnifique qui se joue devant mes yeux sommeillants. Ce baptême m'a littéralement épuisé. Je ne suis plus habitué à ce vacarme, à ces agités. Je me couche en me réjouissant de mon proche départ. Je m'éveille vers neuf heures. Ma mère m'a bienveillamment laissé dormir. Décidément, l'air de ce vil lieu me pervertit !

Je prends mon petit déjeuner, puis j'attends le déjeuner, puis j'attends le dîner, pour enfin pouvoir m'en aller. L'après-midi se déroule normalement. Nous restons devant la télévision. Mon père sort, mon frère entre, ses traits sont tirés. Il raconte les non-événements que j'ai ratés, me dit que j'ai été dur avec Aurélie, que c'est une fille bien, qu'elle est mignonne et me demande si je ne serais pas gay… La conversation me lasse et le temps est trop long. Alors, je m'échappe dans le jardin. Le ciel est couvert, il y a du vent, mais la température de l'air est agréable. Un chat ! Il marche docilement sur le gazon, comme s'il ne touchait pas le sol. C'est beau, un chat. J'ai toujours aimé les chats ! Rien à voir avec ces abrutis de clébards. Un chat, c'est indépendant, solitaire, il sait se suffire à lui-même et surtout, quand il ne veut plus être caressé, il mord ou griffe. Voilà, un chat n'est pas un animal servile, il sait affirmer son indépendance, sa liberté ! J'attire l'attention du félin. Il me remarque et se dirige vers moi en miaulant. Je le caresse, il se frotte à mes jambes, il ronronne. Son regard est intelligent, il simule souvent l'indifférence. Je m'assois sur la chaise du jardin. Il vient s'installer sur mes genoux. Je continue de le caresser.

Soudain, il me mord. Je vérifie ma main dolente. Je vois nettement deux points rouges. Le chat se redresse et me souffle au visage, me donne un coup de patte, manque de me griffer la face. Alors, je l'empoigne au cou. Il se débat dans le vide, se tord dans tous les sens. Je me lève, toujours le chat en main, plus je serre et plus il griffe mon avant-bras. De mes secousses s'échappent des grognements étouffés. Sa gueule bâille progressivement et ses yeux se voilent doucement. Il expire ! Je serre, je serre, je serre…

— Vincent ! Ton frère s'en va !

Je lâche le félin qui s'enfuit diligemment.

— Qu'est-ce que t'as fait ? Tu es tout rouge ! Mais tu saignes…

— C'est ce con de chat… je le caressais… et il m'a attaqué ! dis-je confus.

— C'est le chat des voisins. D'habitude, il est plutôt aimable ! Allez, viens que je te soigne !

ENSIFORMIS XXVII

Me voilà libéré de ce long calvaire ! Je m'engage sur le pavé du quartier de mon enfance. Le départ fut laborieux. Je dus essuyer de multiples recommandations maternelles ainsi que l'indifférence paternelle. Je m'éloigne enfin et pour longtemps, je l'espère, de ce carcan nauséeux. Je n'éprouve pas l'envie de réinvestir mon appartement. Je veux au préalable consommer cette balade nocturne au sein de ma ville natale. Pour cela, je gare mon véhicule près du parc public. Je m'engage à pied dans le sentier. Je me souviens m'être régulièrement retrouvé avec des filles en ce lieu, seulement pour flirter, puis plus tard pour crapuler. Je me suis soûlé abondamment les mercredis après-midi avec mes camarades de beuverie, mes camarades de classe.

Ce soir, aucune âme ne peuple cet espace. Du moins, aucune âme perceptible. Je ne pense pas me tromper, cette ville est minuscule et personne n'a le courage de s'aventurer dans un parc non éclairé. Certainement est-ce dû au sentiment d'insécurité développé au journal télévisé du soir. Je gravis l'escalier de la piscine. Il mène à sa terrasse et donne sur les bassins. L'eau y est fuligineuse dans l'obscurité et j'imagine poisseuse. Je n'ai jamais trop apprécié m'y rendre.

À présent, je marche sur les pavés du centre-ville. L'ambiance est orangée, déserte et silencieuse. Rien ne se passe dans cette agglomération et lorsque quelque chose a lieu, cela occupe les habitants durant des lustres.

Ces rues sont plus agréables de nuit. Je sais que je détestais devoir les traverser. Je craignais toujours de rencontrer quelqu'un. Alors, j'empruntais toujours des ruelles parallèles. Oui, allons voir mon ancien lycée. Je passe devant un établissement destiné aux adolescents en difficulté. Je devais avoir six ans quand il a brûlé. Mais je ne l'ai pas vu, je dormais, c'était la nuit. Cependant, le lendemain, l'ensemble de mes proches en parlait continuellement. Apparemment, une épaisse fumée avait envahi la ville, transportant des effluves de viande, émanant de corps calcinés verrouillés dans leurs chambres. Maintenant, ce sinistre est effacé par un édifice tout à fait moderne. J'entreprends l'ascension d'une côte abrupte menant à mon lycée. Je ressens les muscles de mes jambes se durcir et forcer. Comme c'est appréciable !

Une petite église s'offre à ma vue, j'avais complètement oublié cet ouvrage en pierres taillées. Une légende m'avait effrayé étant enfant. Naguère, une bonne sœur refusa la main d'un chevalier. Insulté, il la décapita. Sa tête dévala la côte. À l'endroit où elle s'arrêta, une source jaillit. Puis le corps se releva, descendit récupérer sa tête. Lorsque j'en eus connaissance, je fis, le soir même, un cauchemar. Je voyais un corps drapé et crasseux portant un crâne décharné, une épaisse morve séchée s'échappant du nez.

Me voilà devant le lycée qui me tourmenta durant six interminables années. Je n'éprouve aucune nostalgie. Je ferais bien la peau à tout un tas d'abrutis qui eurent l'offense de m'humilier : la cirrhose, l'impuissance, l'obésité et la calvitie s'en occuperont pour moi. Je remarque des traces sur l'asphalte. J'avais peint avec un ami une diatribe envers le proviseur avec de la peinture industrielle volée. Rebelle. Il est étrange de visiter cette ville côtoyée pendant tant d'années, de remettre les bâtiments et différents lieux à leur place. La mémoire est finalement bien trompeuse. Les souvenirs s'altèrent, se décrépissent en vue de disparaître plus aisément et nos vies deviennent ultimement aussi insaisissables qu'un songe.

Des phares ! Un coup de frein ! Qu'est-ce qu'il se passe ?

— Tu peux pas faire attention ? T'es suicidaire ou quoi ? fulmine une voix en provenance d'un massif quatre-quatre noir.

Plongé dans mes pensées, j'ai traversé sans faire attention, sans même percevoir le moteur approchant. Normal, c'est un hybride. Un quatre-quatre hybride, je suis consterné…

— Bon, tu te bouges ? Je vais pas y passer la nuit !

Je serre le manche de mon couteau. Je contourne l'énorme pare-chocs. Je m'approche de la portière dont la vitre est ouverte. Un homme à lunettes, gras, la quarantaine, me fixe avec défiance.

— Excusez-moi, monsieur. J'étais dans mes pensées. Bonne soirée.

Son visage se relâche. Il devient poupin, misérable. Il commence à prononcer quelque chose quand, soudain, je lui assène un prompt, mais puissant, coup de manche sur la tempe. Il perd immédiatement conscience et s'affale sur son volant. Je me saisis de la poignée de l'inutile véhicule. Je vérifie autour de moi que personne ne traîne dans les parages et m'engouffre à l'intérieur. Je pousse sans ménagement la grosse masse dégueulasse de ce porc. Il se vautre piteusement sur le siège passager, la tête en bas, sur le tapis, les jambes flasques reposant avec négligence sur le siège et la portière.

Il faut que je fasse vite, avant qu'il ne se réveille. Je sais exactement où aller… oui, je sais… Je relève le pied de l'accélérateur. Il est impératif que je me tempère. Il ne faut pas que je sois repéré. Le véhicule reste silencieux, j'ai l'impression de survoler l'asphalte.

Finalement, ils sont amusants, ces engins. Étonnamment, l'intérieur est en cuir. Un cuir couleur crème et il voudrait nous faire croire qu'il pratique le tout-terrain ? L'habitacle est forcément dépourvu d'un commutateur passant en quatre roues motrices. Dans ce cas, quel intérêt de se déplacer au moyen d'un quatre-quatre ? Une personne qui emprunte des chemins accidentés, d'accord, mais lui ? Il emprunte seulement les grands axes !

Pour la peine, je vais utiliser à bon escient sa machine ! C'est amusant, je slalome entre des arbres ! Je roule sur des racines, de la mousse, sur des fougères. Ah ! C'était un trou ! Houlà ! Et ça, une souche ! Il faut que je ralentisse, sinon je vais finir contre un pin ! Et voilà que l'autre gémit. Il ne va pas tarder à se réveiller. Il gigote. Ça tombe bien, j'arrive au barrage. Au bord du lac, je freine en dérapant. Pied à terre, je me précipite vers la portière passagère. Je l'ouvre ; le corps de guimauve chute sans retenue. L'homme geint en se réceptionnant sur le sol. Je traîne cette masse molle et corpulente jusqu'à la berge. Par précaution, je lui sectionne les tendons d'Achille. La fibre lâche sous ma lame.

Je le traîne de nouveau et laisse tomber sa tête dans l'eau. Il ouvre les yeux. Il paraît confus et essaie de comprendre où il est. Son visage se crispe. Il tente de se relever avant de presser douloureusement le bas de ses jambes.

— Qu'est-ce que vous me voulez ? Hein ? Prenez mon quatre-quatre ! Prenez mon portefeuille !

Il me le jette au pied. Je le ramasse et l'ouvre.

— Tout est à vous ! Prenez tout ! Mais laissez-moi partir ! Ne me tuez pas !

— Qui a parlé de meurtre, ici ? Peut-être que je ne souhaite que m'amuser ou seulement te faire peur ! Peut-être ai-je quelque chose à te reprocher…

— Pardon, pardon de vous avoir klaxonné tout à l'heure ! Pardon de vous avoir mal parlé !

Ce mollusque se jette à mes pieds, m'implore. Moi, je fouille ses pièces d'identité.

Son permis de conduire.

— Dis-moi, tu n'étais pas aussi gras lorsque tu as passé ton permis ! Par contre, tu étais déjà très laid. Je dirais même que l'âge a atténué ton faciès taré !

— Laissez-moi partir ! Je vous en supplie !

— Mais tu vas aller où ? Tu ne peux pas marcher !

Ce faible pleure.

— Tiens, tiens ! Tu es conseiller financier ! Ça doit bien payer, ça ! On abuse des restos, hein ? Pourquoi t'as un quatre-quatre ?

— Qu'est-ce que vous voulez à la fin ?

— Savoir pourquoi tu as un quatre-quatre, dis-je posément.

— J'en sais rien, ça fait quoi ? Laissez-moi !

— Tu m'expliques à quoi ça sert de se trimballer dans un objet aussi imposant ? Tu te gares comment puisque tu ne fais que de la ville ?

— Laissez-moi ! LAISSEZ-MOI !

— Pas ce ton avec moi ! Compris ? précisé-je en appuyant mes mots et en agitant mon poignard. Ta femme… pas trop mal pour son âge et surtout pour un gars comme toi… estime-toi heureux qu'elle ait voulu épouser ton compte bancaire !

— Laissez mon épouse en dehors de ça…

— Tu me donnes encore un ordre, je te tue ! Compris ?

Il baisse la tête et sanglote plus puissamment.

— As-tu peur de mourir, Antoine ?

Il frissonne à la simple évocation de son prénom.

— Oui ! Je ne veux pas mourir ! Je ne veux pas mourir ! J'ai rien fait !

— Tu sais, à force de bouffer comme trois moines et de picoler franchement, tes artères ne vont plus supporter ce rythme longtemps ! Ce que tu as fait ? Gros porc, tu uses et abuses de la vie. Tu n'es pas un être modéré. Tu vis dans le luxe et tu exagères constamment. Ta richesse va te tuer !

— Non, je vis simplement… je vis simplement !

— Que serais-tu prêt à faire pour me convaincre de l'importance de ton existence ?

— J'aide les gens. Je les conseille dans leurs placements… investissements…

— Tu te fous de ma gueule ? Tu ne fais que dilapider leurs chiches économies afin de t'en foutre plein les poches !

— C'est pas vrai ! C'est pas vrai…

Ma victime ne se défend pas mieux qu'un enfant pris en faute, il est vraiment pathétique.

— Ma femme s'occupe d'associations caritatives…

— Toi, connard ! Nous parlons de toi, là ! Que ferais-tu pour sauver ta peau ?

— Tout ce que vous voulez ! Tout ! TOUT !

— Suce-moi !

Ses yeux larmoyants s'ébahissent.

— Non ! Laissez-moi ! Je vous en supplie ! Laissez-moi !

— SUCE-MOI !

— Non ! Non !

— Très bien ! Tu es un homme mort !

— NON ! C'est bon ! C'est bon !

Et il se rapproche de moi, en se déplaçant sur ses genoux, non sans grimacer. De ses mains flageolantes, il dégrafe mon pantalon, cherche de son regard pétrifié un espoir de renonciation. Je lui rends un sourire.

Au moment où il plonge sa main au sein de mon boxer, je lui enfonce adroitement ma lame au centre de la trachée. Concomitamment, il place ses mains sur la plaie en émettant des râles étouffés. Ses yeux ne sont qu'effroi. Sa masse énorme tombe sourdement sur le sol. Je reste immobile afin de contempler cet amas de chair adipeuse se soulevant, se gonflant à ma vue. Les personnes obèses sont des fils de putes ! Il est impossible d'éprouver de la commisération pour ce genre de connards qui passent leur putain de temps à se goinfrer comme des animaux ! Ce sont des monstres ! Des monstres à visage poupin avec leurs énormes bajoues. Ah ! Ils me dégoûtent !

Je prends appui sur mes genoux afin de pouvoir déchirer commodément les boutons de sa chemise. Ils ne résistent pas à l'affûtage de ma lame. Le pertuis effectué, j'ouvre l'habit et découvre un cuir rosé, une peau porcine parsemée de poils clairs. Je jette un œil à son visage. Cette merde a les yeux ouverts et cherche sa respiration.

— Oh ! Respire ! Avale tout ! Sinon tu vas crever avant que je puisse te lâcher !

Il ne réagit pas. Alors je le secoue, il semble retrouver vie.

— Respire ! Avale ! lui hurlé-je au creux de l'oreille.

L'arme parcourt son tronc nu de bas en haut. Il a la chair de poule et tressaille à chaque passage. Il essaie d'articuler, mais ne sort de sa gorge que des gargouillis.

Soudain, je me pose sur un point et redresse le poignard de manière à ce que seule la pointe de la lame soit en contact avec la peau.

— Et si j'appuie ?

L'homme tourne son visage frénétiquement de chaque côté pour signifier sa désapprobation.

— Et ici ?

Mouvements accentués.

— Et là ? Et si je glisse ? Ah… oups !

Seul le manche reste apparent, le reste de l'arme est enfoncé au plus profond de son gras. La proie se convulse sous la douleur, toujours bruyamment.

— Ça pique ?

Pas de réponse.

— Et là ?

Je le transperce une nouvelle fois.

Même réaction.

Puis je le pourfends de toutes parts. Il se calme aussitôt tant il doit souffrir. Ses gestes deviennent plus grossiers, plus laborieux. Il suffoque.

— Eh bien, pour une grosse bête comme toi, tu n'es pas très résistant ! Pourtant, tu as suffisamment de protection autour du bide ! Bon, tu en as pris assez, va-t'en !

Le corps s'immobilise.

— VA-T'EN !

L'homme se met en mouvement à une vitesse ridiculement modérée.

— Va-t'en ou je t'achève !

Aussitôt, il essaie de bouger plus rapidement, mais en vain. À chaque tentative, il retombe sur le dos.

— Allez ! Allez ! Tu ne tiens pas à ta vie ou quoi ?

Je l'encourage ! Je veux voir le miracle de l'instinct de survie ! Je veux y assister !

Toujours très difficilement, il parvient à se tourner sur le ventre. Il râle comme une bête. Il se fige. Il puise de la force avant de poursuivre. Le voilà qui se traîne, à l'aide de ses coudes, vers son véhicule. Lentement, par intermittence, il doit souvent reprendre son souffle.

— Allez ! Allez !

Voilà qu'il atteint la portière conductrice que j'ai gentiment laissée ouverte. Il s'y accroche, tombe, râle. Il reprend sa respiration. Il retente. Il gémit sous l'effort. L'ensemble de ses lésions doit le lancer dans un excessif reflux de sang. Il s'agrippe à présent au marchepied : de son coude gauche, il soulève son outrageuse corpulence. Il redresse son torse, attrape de sa main droite le siège qu'il tache immédiatement de sang.

Le spectacle me lasse. J'ai l'impression d'assister à une course d'escargots. Alors, le temps de son ascension, je ramasse son portefeuille, le remet en ordre et je le jette par la portière passager à l'arrière du véhicule. À ma grande surprise, mon moribond est presque assis sur le siège. Je voudrais le tirer afin qu'il recommence. Comme ce serait frustrant ! Non, il se bat bien, mon petit gros !

Je monte à mon tour sur le fauteuil passager tout en encourageant ma marionnette. L'effort l'accapare, il ne me jette pas même un regard. Ça y est ! Il est sur son siège. Mais loin d'être assis. Il reprend des forces, appuyé sur son épaule. Il sanglote, râle et saigne, saigne, saigne… sa chemise claire n'est plus qu'un buvard imbibé de sang !

— Bon, je vais t'aider, mon ami !

Je le retourne et le plaque sur son siège. Il hurle, me repousse de ses bras faibles. Je l'attache, je tiens à sa sécurité. Je presse le bouton « Start/Stop ». Le quatre-quatre n'émet aucun son. Je passe en position « D ».

Il me regarde d'un air hébété. Il ne comprend plus rien. Je dois lui apparaître totalement fou ou brillant. Il tourne le visage vers moi. À présent, il ressemble à un crapaud couvert de sang et de bave, gélatineux et dégueulasse ! Je lui lacère les jambes, pour qu'il n'ait plus idée d'écraser le frein. Un masque de douleur s'empare de son visage. Le quatre-quatre avec la pente commence à prendre de la vitesse. Nous nous rapprochons de l'étendue d'eau, je saute.

Le véhicule s'avance dans le lac. Bientôt, je ne perçois plus que le coffre. Il flotte une demi-seconde et se gorge de liquide tout en glougloutant et couvrant certainement l'agonie de ce gros porc.

Il coule… coule… coule… il n'est plus qu'une ondulation, un bouillonnement… quel spectacle !

Je dois revenir à ma berline maintenant. Il va falloir un peu marcher et retrouver mon chemin. Il n'y aura personne hormis des chats… hormis des rats.

ENSIFORMIS XXVIII

J'ouvre les yeux : l'obscurité ! Je halète, la peau de mes tempes est humectée de sueur comme le restant de mon corps. Je grelotte au sein de mes draps… je suis apeuré… j'ai du mal à en sortir… non… rien n'est vrai… je n'y suis plus… ce n'était qu'un rêve… enfin, un cauchemar ! Je me sens déjà soulagé. Que signifie ce rêve ? Pourquoi cette histoire-là s'est-elle jouée durant mon sommeil ?

De vagues images s'entrechoquent dans mon esprit, des fragments… des instants… voilà l'intégralité reformée ! J'étais chez mes parents dans ma dix-septième année… Oui, c'est bien ça.

Un pigeon se posait sur le volet de la chambre de mon frère chaque nuit. Celui-ci le nomma Piaf. Ridicule, en effet, mais à la hauteur du personnage. Progressivement, l'oiseau se laissa apprivoiser, puisque mon aîné lui donnait des miettes de pain. Alors le pigeon élut domicile sur toutes les arêtes et autres extrémités de notre demeure. Ses multiples fientes en témoignaient. Un jour, mon père en eut assez de nettoyer les déjections du piètre animal et, étant chasseur, il décida de construire une volière afin d'y placer Piaf et des palombes. Une fois la volière érigée, l'oiseau s'y installa sans souffrir de la captivité. Il m'arrivait de le nourrir dans son antre. Il m'effrayait presque. Quand je déversais les graines sur le sol, Piaf sautait de son perchoir et atterrissait auprès de moi, puis il se rapprochait en dodelinant de la tête étrangement, mécaniquement. Mon géniteur plaça enfin les palombes, mais la cohabitation fut médiocre. Manifestement, Piaf piquait de son bec les autres volatiles, les marquant ostensiblement. Forcément, le chasseur s'en aperçut.

Il saisit le pigeon en flagrant délit de violence et il s'enragea ! Il ouvrit la volière, y entra, s'empara du volatile malintentionné qui, de surprise, ne se débattit pas, sa main serra l'enveloppe de plumes et il élança le crâne de l'oiseau contre un tronc d'arbre. Une fois. Deux fois. Trois fois.

L'ovipare chut, au milieu de plumes, du poignet meurtrier, le cou dégondé. Quand il toucha le sol, il entama une série de cabrioles nerveuses. Mon père, pantelant, le regard fou, assistait à la scène le visage empli de satisfaction.

Bientôt, il fut recouvert par une poubelle d'où s'échappait encore une funeste chorégraphie.

Piaf ne faisait que défendre son territoire. L'ai-je vécu ou l'ai-je fantasmé ? Je ne peux répondre ! En tout cas, ce songe ne m'a pas laissé indifférent. J'en ahane toujours. Il fait encore sombre. Pourtant, je suis rentré relativement tard de chez mes parents. Je suis rentré le plus simplement possible. Je n'ai croisé personne. Pas une âme qui vive. Bien évidemment, sur la route, ce ne fut pas aussi désert… quoique ! Mon corps s'enflamme de nouveau au souvenir de mon acte. Je me sens à présent totalement serein.

J'ouvre les yeux ! Me suis-je rendormi ? Mais quelle est cette matière visqueuse dans mon boxer… non ! J'ai subi les affres d'une éjaculation nocturne ! Pourtant, je n'ai pas fait de rêve érotique ! Il est hors de question que je redevienne un être pulsionnel ! Qu'est-ce que c'est que ça ! Je sors précipitamment de mon lit et me dirige dans la salle de bain afin de me laver. Je vois mon reflet grimaçant. Je me déteste ! Comment ai-je pu éjaculer ? Putain ! Je ne suis plus un ado ! Cela ne m'était pas arrivé depuis… depuis… oui, depuis mon ultime rapport avec Mathilde. Mes testicules me tirent ! C'est très désagréable !

Je suis trop hors de moi pour me recoucher. Le jour se lève. Le bromure ! Mais oui ! C'est ce que l'on donnait à nos soldats pour calmer leurs ardeurs ! Peut-être pourrais-je trouver cela en vente libre sur Internet ! Pff ! À part des abrutis qui délirent sur leurs manies, rien de bien probant. Si j'en ai une autre, j'irai voir un médecin afin qu'il me soigne de ce vice animal. Non, je ne souhaite rien absorber de chimique ! Et pourquoi pas une ablation des testicules tant qu'à faire ? Ils me sont complètement inutiles ! Bon, je dois reprendre mes habitudes. Tout vient certainement de là.

Je me suis blessé aujourd'hui.

Une eau cristalline tourbillonnant dans un vaste verre m'a rafraîchi d'une torride journée. Cette chaleur m'a abruti, alors j'ai dégusté ce liquide limpide au sein d'une sorte de torpeur agréable. L'objet de ma torpeur, outre la température élevée, m'échappe. Probablement songeais-je à mes dernières lectures. Une fois l'ustensile de silicate alcalin vidé, je le déposai dans l'évier. Seulement, il glissa de la main et se concassa en une tourbe de tessons épars. Un tintement assourdissant accompagna l'anéantissement de l'objet.

L'esprit dépourvu d'un iota de prudence, j'avançai ma paume dans le but d'enrailler ma faute. Quand un éclair foudroya celle-ci. Je retournai ma main à l'aide de l'autre et constatai qu'un épais bout de verre était logé dans ma chair. Je le limogeai lentement et le laissai se fracasser au milieu des autres débris. Un filet de sang se torsadait tel un affluent avant de goutter abondamment dans l'évier. Mon regard était comme hypnotisé par la blessure. La douleur me lançait de manière quasi agréable.

Je pris conscience que je pouvais encore ressentir. Je me suis focalisé sur la douleur, car il n'y a que cela de vrai. Souffrir, c'est se sentir vivre.

C'est différent lorsqu'un être est poignardé. Oui, je l'ai bien vu. D'abord, il sent le froid du fer. Ensuite, constate de ses yeux hagards une effusion de sang masquant une plaie qui s'entrouvre. Enfin, il est foudroyé par la douleur. Ainsi, je perçus un simulacre de la douleur que j'inflige à mes victimes. Je comblai l'interstice de ma plaie avec un doigt de ma main valide puis j'appuyai progressivement, intensifiant ainsi le délicieux supplice. Je revis mes tourmentés. J'imaginais leurs sensations extrêmes. Mes tempes et mon front s'inondèrent. Mon cerveau s'enflamma. Ma mâchoire se contracta. Je ne saignais plus, c'était à présent une hémorragie. Je me munis d'un torchon. Et me fit un garrot qui ceint encore ma main.

Un autre événement étonnant eut lieu aujourd'hui. Enfin, cela reste du domaine de l'anecdotique. En effectuant mon footing, à mi-chemin du parcours habituel, je croisai une personne immobile devant la rivière. Plus je me rapprochais d'elle et plus l'envie de la pousser dans le cours d'eau me tenaillait.

Le quidam ne se retourna pas à l'entente de mes pas. Je n'eus qu'à tendre la jambe au niveau de ses reins. Je poursuivis ma course sans faire volte-face dans un tonitruant cri mêlé à des bruits de mouvements aquatiques. Je ne pus m'empêcher d'exploser de rire et de sprinter à ma voiture. Une fois arrivé à celle-ci, essoufflé, en sueur, je ne pris même pas la peine de m'étirer et démarrai sans attendre. J'en ris encore !

Les lignes de mon roman se sont brouillées au profit de ces suaves souvenirs. Je reprends la ligne, me voilà de nouveau concentré. Je lis actuellement *Gilles* de Drieu La Rochelle. J'apprécie cet auteur contemporain à Céline, bien qu'il lui soit inférieur. Ces deux écrivains détiennent un destin commun, au dénouement tragique pour l'un d'entre eux. Ces deux hommes ont été collaborateurs. D'ailleurs, ils sont souvent réduits à cet engagement désespéré. Au moins, cela évite aux détracteurs de lire des pavés.

À mon humble avis, Céline et Drieu La Rochelle étaient des humanistes déçus et, progressivement, leur estime pour l'espèce humaine prit une teinte misanthropique. L'idéologie nazie traversa ces esprits qui l'adoptèrent, y voyant une alternative à leur constat, une race d'élite se débarrassant des déjections vivantes constituant la majorité de l'humanité. Néanmoins, la passion prit le pas sur la raison et ces messieurs se laissèrent berner par l'utopie nazie comme tant d'autres. Hitler n'était qu'un petit être arrogant et sanguin, en plus d'être un meurtrier de masse. Comment pouvaient-ils soutenir un homme qui se perdait en contradictions ; un petit homme chétif, brun, vantant la puissance d'une race blonde et athlétique ? Rien que le concept de race est misérable ! Il n'y a pas de « race » supérieure ou inférieure ! Et certainement pas celle de ridicules blancs rougissant au soleil et souffrant de la chaleur ! Et puis, pourquoi s'attaquer aux juifs en particulier ? N'a-t-il pas trouvé meilleur bouc émissaire à la situation économique catastrophique de son pays ? Bref, inutile de s'étendre sur ce sous-homme, de vaines commémorations s'en chargent chaque dizaine. Aucune leçon n'a pourtant été tirée de ses erreurs, bien que nous continuions à nous en effrayer tout en fermant les yeux sur ses multiples jumeaux contemporains ou plus anciens.

Revenons-en à Céline ! Et notamment à ses pamphlets antisémites ! Énormément de personnes, connes à bouffer du foin, les remettent sur le tapis en vue de discréditer l'auteur. Mais inutile d'aborder ses œuvres sans prendre en compte le contexte d'écriture. Celles-ci se sont vendues comme des petits pains dans ce pays collaborationniste ! Ces hommes se sont épris d'une alternative impossible au marasme ambiant et rien de plus, inutile de propager un insidieux autodafé, ce serait se priver d'écrivains majeurs. À ce propos, je suis certain que l'illusion nazie m'aurait piégé de la même sorte. Beaucoup s'en offusquent en éludant le recul qu'ils détiennent, contrairement à leurs ascendants.

Céline sauva sa peau et fut emprisonné avant d'être exilé, quant à Drieu La Rochelle, il se suicida… peut-être dessillé.

ENSIFORMIS XXIX

La lune est sublime ce soir ! Pleine, pâle, emplie de superbe et indifférente. Je ne peux résister à l'envie d'être léché par ses rais. Je m'engouffre immédiatement à l'extérieur. L'air est doux, contrastant avec ces nuits étouffantes où, pour trouver le sommeil, il faudrait presque se coucher à même le carrelage. J'ai toujours apprécié ces soirs où l'astre lunaire est à son comble. Il ravit l'obscurité et offre une luminescence excessivement tamisée, une lumière en dehors du réel, il plonge dans une sorte de rêverie.

Je me souviens qu'enfant, ma mère me répétait sans cesse, chaque fois que j'étais agité, qu'il devait y avoir un mouvement de lune. Je ne sais pas s'il s'agissait d'un adage ou d'une conviction. Le fait est que j'ai grandi avec cela. D'ailleurs, la coutume voue aux nuits de pleine lune les pires vices. En ce qui me concerne, je ne crains pas plus de sortir qu'un autre soir. Les éléments, les hommes, tout un fantasme bon pour les contes.

Je ne suis pas de direction particulière et me laisse porter par mes pas. Mon humeur légère ne se pose aucune prescription. Je connais à présent cette ville de long en large, de fait le hasard remédie à ma révolue curiosité.

Un crépitement me sort de mes pensées. Des graviers… je reconnais… je suis au square… lieu de ma première régulation… Je passe devant le mausolée de mes agissements initiaux avec indifférence. À quoi bon ressasser constamment le passé ? C'est un boulet inutile qui ne permet pas de savourer l'instant présent. Je me délecte du lieu teinté d'argent, des arbres massifs m'entourent, rassurants. Ils forment une sorte de cocon ouaté qui me protège de l'agression usuelle de cette communauté humaine détestable.

Brusquement, je perçois des craquements non loin de moi. Je me fige et jette mon regard en vue d'identifier sa provenance. Que vois-je au loin ? Une forme trébuchant sur une racine, appréciant avec crainte la flore environnante puis fouillant un sac de manière frénétique.

Je me rapproche à pas lents. Progressivement, la forme se concrétise en corps féminin. Oui, c'est bien cela ! C'est une femme ! À une dizaine de mètres de celle-ci, je renonce et décide de poursuivre ma route ailleurs. Merde ! Je viens de marcher sur une branche. Je la regarde de nouveau. Je vois qu'elle panique, qu'elle tente de se cacher derrière un arbre. Pourquoi s'effraie-t-elle ? Elle a probablement quelque chose à se reprocher. Peut-être le cadavre de son mari, qu'elle vient d'assassiner, gît-il à ses pieds ?

Non, pas cette biche sauvage… il est plus réaliste de s'imaginer qu'elle s'est tout simplement égarée dans ce parc. Tiens ! Et si je m'amusais un peu ? Je fais volte-face et me dirige vers le tronc où la femme se tapit. Ses paupières sont closes, son expression crispée, son enveloppe trémule contre le chêne. Je ne peux me priver de coller ma face à la sienne et de respirer puissamment afin de l'inquiéter davantage. Elle doit sentir l'angoissante caresse de ma respiration sur sa peau. Par contre, je n'entends ni ne discerne son souffle. Dans quel état se met cette femme ? À ce rythme, elle va crever d'asphyxie… Ah ! Ses yeux apparaissent.

— Bouh !

Derechef, ses jambes flageolent, concomitamment ma bouche se tend en un sourire.

— Pff ! Pauvre femme ! lâché-je avant de reprendre ma route.

Croyait-elle sincèrement que j'allais l'occire ? Une personne qui se promène au sein d'un parc la nuit est-elle forcément, pour le commun des mortels, un meurtrier ?

Oui, un meurtrier… bon, mais jamais, au grand jamais, je ne tuerai une femme ! À rajouter à mon code. Ce serait comme mesurer un chat à un papillon. La femme est physiquement inférieure. J'ai bien dit « physiquement » ! Sa corpulence est moins affirmée, plus arrondie, plus esthétique. Oui ! Jusqu'à leur première grossesse, après… enfin, il y a des exceptions dans chaque domaine.

Sérieusement, je considère la femme comme supérieure à l'homme. Premièrement, elle détient la toute-puissance de la procréation. C'est elle qui permet à l'espèce de se renouveler, à bon ou à mauvais escient. Sans elle, l'enfant puis l'homme ne sont rien ! Ce n'est pas pour rien que l'homme amoindrit la puissance de la femme à de maigres tâches telles que la reproduction, l'éducation de la progéniture et la gérance du foyer. Pourquoi ? Parce que le mâle a rapidement compris que la femelle grise même les esprits les plus tempérés. En effet, l'être féminin parvient à toutes ses fins grâce à son corps et à l'addiction génitale de leur opposé. Pour y remédier, l'être masculin a instauré une phallocratie afin de dominer sa maîtresse.

Ainsi, durant des siècles, nous avons anesthésié leur raison de fonctions primaires, les avons ensorcelées de religion, de contes féeriques. Bien sûr vint la libération sexuelle, les féministes, mais malgré quelques réformes importantes comme le droit à l'avortement et la contraception, le féminisme est un profond échec ! De nos jours, les débris de féministes ne sont plus que de vieilles filles délaissées par la gent masculine, fatiguées de leurs revendications extrémistes aux relents castrateurs ! Ces femmes ne demandent plus la parité entre les deux sexes, mais l'hégémonie du leur. Le constat qui m'effraie le plus est que la femme, en dépit de sa sensation de liberté, se vautre aveuglément dans la répétition d'un schéma archaïque. À quoi rêve une femme ? Après sa carrière bien sûr, à fonder une famille ! De plus, elle vit dans une autre dimension que le mâle. Elle attend toujours cet onirique prince charmant, avant de mener la vie dure au valet qui parviendra finalement à la séduire une fois lassée, résignée, désillusionnée.

Je ne reproche pas à la femme ses faiblesses. Je m'en prends plutôt à la société qui conditionne le sexe féminin insidieusement, en développant une sensibilité exacerbée à l'aide d'histoires niaiseuses imbibant leur enfance ; en inventant comme jeux des saynètes de leur vie d'adulte prochaine, dînette, poupon ; en les complaisant au sein d'un monde hébété profondément décalé de la réalité.

En somme, la femme est une victime. Elle est victime et prisonnière de son éducation malgré les frêles soubresauts des plus hardies, des plus passionnées de son sexe. Enfin, si la femme ne succombe pas d'un cancer du sein ou de l'utérus, elle verra son conjoint la devancer dans la mort et devra ainsi encore vivre de longues années au sein d'une accablante solitude.

ENSIFORMIS XXX

Agonie estivale, joie automnale ! La poisseuse saison cède enfin son trône à la plus funeste d'entre elles, celle à la couleur chatoyante, celle brunissant la flore, celle défeuillant les arbres, celle célébrant de manière allègre la mort, celle précédant le gourd chaos.

Ah ! Fini la sueur sur mon corps au moindre mouvement, fini la potomanie, fini les nuits infernales ! Place à l'automne !

Je ne sais pour quelle raison j'ai toujours apprécié l'automne. Enfant déjà, sa simple évocation me rappelait les fragrances suaves du bois, plus précisément celles du mélange de copeaux et de mines provenant d'un crayon à papier tout juste aiguisé.

J'aimais acheter mes fournitures scolaires, les ranger dans mon cartable… les en sortir relevait du sacrilège. Je me charme des matinées qu'une fine et lente bruine a humidifiées et rafraîchies, des flaques d'eau sur l'asphalte où se regorgent en vain une ou plusieurs feuilles de chêne, des ténèbres qui subtilisent la durée trop importante du jour, usurpant encore quelques heures supplémentaires grâce au brouillard.

Je me dirige vers mon bureau. Je coupe une légère brume me complaisant dans un simulacre de solitude. Une vapeur blanche me contourne pour mon plus grand plaisir.

C'est alors qu'une main se tend, puis un bras, enfin un homme.

Perdu dans mes pensées, j'ai un temps de réaction, m'obligeant à faire marche arrière avant de me garer sur le bas-côté.

L'homme, suivi d'un autre, s'approche de mon véhicule. Une fois devant ma vitre, il me fait signe de la baisser. Le temps que je m'exécute, la deuxième personne inspecte minutieusement la berline.

— Bonjour, monsieur. Police nationale ! Papiers du véhicule, s'il vous plaît, récite-t-il.

Sans répondre, je furète dans ma boîte à gants et en débusque mon attestation d'assurance, ensuite je fouille au sein de mon portefeuille et lui tends mon permis de conduire.

— Savez-vous pourquoi je vous arrête ?

— Absolument pas… excès de vitesse peut-être ?

— Non, monsieur ! Vous êtes en double infraction.

— Double ?

— Oui, monsieur, d'un, vous n'avez pas vos feux allumés alors que vous circulez sous un épais brouillard.

— Épais brouillard ?

— De deux, vous ne respectez pas les distances de sécurité.

— Distances de sécurité ? Mais je n'avais rien devant moi !

— Certainement pas, vous aviez un poids lourd !

— Oui, tellement près que je ne le voyais même pas !

— Où alliez-vous, monsieur ?

— Au bureau.

— À l'usine aéronautique ?

— Oui !

— Vous êtes tourneur-fraiseur ?

Cette question me désole. Je comprends immédiatement que j'ai affaire à un minable, à un abruti de premier ordre qui ne capte rien à rien. Depuis quand un tourneur-fraiseur se rend-il à son bureau ? Tant pis, je vais jouer !

— Pourquoi n'aviez-vous pas vos feux, monsieur ?

— Pourquoi ? Parce que ça ne sert à rien !

Le visage de l'agent se rembrunit à l'entente de cette provocation.

— Monsieur, veuillez me suivre.

Je m'extrais de la voiture et me dirige d'un pas amorphe vers la bétaillère. Je m'assois après en avoir été invité par l'homme m'ayant interpellé.

— Monsieur, je vous sanctionne pour non-respect des distances de sécurité ainsi que pour conduite dangereuse.

— Faites ! Faites ! Mais c'est vraiment n'importe quoi ! Vous faites votre quota ou quoi ? Conduite dangereuse, non-respect des distances de sécurité : vous vous moquez de moi, j'espère ? Je conteste ! C'est du délit de faciès ! Ma tête ne vous revient pas !

— Je vous demande de vous calmer, monsieur ! Vous devenez insolent ! Attention ! Vous frôlez l'outrage à agent !

Je me munis sans permission de la première amende déjà rédigée.

— Quoi ? Autant pour des fantasmes d'infractions et qui plus est minimes ?

— Dans ce cas, contestez, mais cela se passe au tribunal.

— Je comprends à présent pourquoi les tribunaux sont engorgés et qu'il faille attendre des années pour qu'ait enfin lieu le jugement !

Je m'enflamme, je le sens et j'en jubile ! En vue de m'apaiser, je regarde dehors et aperçois son collègue immobilisé sur le bas-côté, spectateur passif du trafic routier.

Que vois-je ? Une, puis deux voitures sans feux !

— Il fait quoi, votre collègue ? Deux véhicules sans feux viennent de lui passer sous le nez et il ne les arrête même pas ? Vous vous fichez de moi ?

— Monsieur, calmez-vous, c'est la dernière fois que je vous le dis, après c'est l'outrage ! Vous n'allez tout de même pas nous apprendre notre métier !

— À croire qu'il faudrait…

— Je vous préviens…

— C'est bon ! C'est bon ! Rédigez ces amendes et qu'on n'en parle plus ! Qu'on n'en parle plus ! Je vais être en retard au bureau… AU BU-REAU !

— Ne vous en prenez qu'à vous-même, monsieur.

Je sens un flux puissant m'électriser. Je ressens l'envie de l'accabler, lui et son institution, de retourner son fourgon, de lui mettre mon poing sur la gueule à ce sous-homme ! Moi, un tourneur-fraiseur ? Et l'autre résidu de fausse couche ! Il gobe les mouches devant sa route !

Il faut que je me tempère, ce serait stupide d'être emmené au commissariat pour un anodin et non moins dispendieux contrôle routier.

Il me tend, accompagnées d'un large sourire, les deux contraventions promises et m'invite à regagner ma berline.

Après m'avoir salué froidement et sans que je lui réponde, il me fait évacuer les lieux.

Je suis plus que remonté, je suis légèrement fier de ne pas m'être écrasé. Cela me coûte, mais enfin… je peux me le permettre ! Tourneur-fraiseur… Fils de pute.

ENSIFORMIS XXXI

Un accident a dû avoir lieu, car je stagne depuis une vingtaine de minutes. Inutile de s'irriter, je n'avancerai pas plus vite. À cause d'incapables chauffards, je devrai seulement différer mes occupations. Enfin, il y en a d'autres à qui j'irais bien arracher les clés du contact pour qu'ils cessent de klaxonner comme des mulets ! C'est insupportable !

Ces automobilistes abrutis ne comprennent pas que leur vacarme ne pressera pas plus les secours, la dépanneuse, l'accidenté, le mourant. Non, ces impatients poursuivent leur pression démente sur l'avertisseur sonore.

La personne se trouvant derrière moi s'y évertue, je dirais même qu'elle y excelle. Je me retourne et le darde, espérant être dissuasif, pourtant rien n'y fait.

Tant pis !

Je sors de ma berline et m'approche de l'agité, un homme entre deux âges, un cadre sûrement. Il ne me considère même pas et il fulmine. Il se dresse sur son siège dans le but d'identifier celui qui ose le retarder, l'interpelle avec sa bouche et sa voiture.

— Tu ne veux pas arrêter de me bousiller les tympans ?

— Quoi ? dit-il en ne changeant en rien son comportement. Écoutez, si vous n'avez rien à faire, c'est votre problème. Moi, j'ai rendez-vous.

— Ravi de l'apprendre, mais tu peux klaxonner tant que tu veux, ça ne changera rien !

— Oui, mais ça me gonfle ! Putain ! lâche-t-il en ponctuant sa parole d'un nouveau coup de klaxon.

Je perds mon sang-froid !

— Bon, je réentends une fois ton klaxon, soit tu manges tes clés, soit tu vas passer la soirée à les chercher dans le champ que tu vois à ta droite, soit je te brise les bras et tu ne dérangeras plus personne durant une longue période !

L'homme me dévisage, hébété, la bouche ouverte.

Il s'enfonce dans son siège. Contenté, je reviens à mon véhicule.

Ah ! Je ne perçois à présent que de lointains avertisseurs qui ne parasitent point ma patience.

N'avançant toujours pas, je contemple le paysage environnant.

À proximité d'un champ en friche, je découvre une quantité non négligeable de véhicules accidentés. Je ne peux décrocher mon regard de ces amas de tôle. Une envie irrépressible de les examiner de plus près me commotionne de toutes parts. Alors je sors de nouveau de ma voiture afin de découvrir quelle voie pourrait m'y mener. Une casse automobile siège à quelques pas de là. Elle se trouve à une dizaine de mètres de mon immobilité et, en roulant sur le bas-côté, je peux y parvenir sans encombre, mais non sans prudence. D'ailleurs, cela m'occupera au lieu de languir.

Je m'exécute, quelques voitures osent m'insulter de leur klaxon. Leurs conducteurs doivent penser que je tente de gagner des places, j'en fais fi. Une fois stationné, je pénètre au sein d'un hangar insalubre, poisseux, noir de cambouis. Un homme aussi malpropre que ses murs m'accueille. Il m'interroge. J'invente un intérêt pour un tas de ferraille duquel je pourrais, si l'état le permet, extirper un certain nombre de pièces. Le garagiste, peu rigoureux, m'invite à m'y rendre librement. Je m'étonne de cette faveur à la limite de l'irresponsabilité, néanmoins je progresse.

Après une dizaine de pas, je comprends sa mansuétude, deux cerbères viennent me renifler avant de s'éloigner de moi avec indifférence. J'avance au sein de ce cimetière d'épaves, éprouvant un intense plaisir. Si étrange que cela puisse paraître, la visite d'une casse est aussi divertissante qu'une visite de musée. J'admire ces œuvres d'art uniques, car toute voiture accidentée est unique. Jamais deux véhicules n'auront la même commotion, le même dégât matériel. Bref, elles sont superbes !

Je scrute les moindres détails, ne m'intéressant qu'aux plus détruites. Après la carrosserie, je vérifie les sièges ou le pare-brise.

Sur les sièges, du sang de manière abondante ou non. Concernant les pare-brise, du sang également, mais aussi et principalement des fragments de cuir chevelu. Ensuite, l'imagination s'enclenche pour le contexte probable de l'accident, incluant des paramètres tels que le moment de la journée ou le temps. Parfois, les carcasses sont maculées de boue, de vase.

Cet intérêt ne me surprend nullement. Enfant, j'ai toujours apprécié détruire. Je me divertissais en provoquant des carambolages avec des voitures miniatures et, afin que ce soit réaliste, je n'hésitais pas à abîmer celles-ci contre les murs en crépis de ma maison, au grand dam de mes parents.

J'enviais également les ouvriers en bâtiment, qui fracassent les murs à coups de burin et qui plus est en étant payés. Tout comme les bulldozers ou les dynamiteurs de blocs de logements.

Je me souviens d'une fois où mon père me permit de démembrer des chaises en bois dont il voulait se débarrasser. Immédiatement, je m'exécutai avec jubilation.

Démonter. Démolir. Détruire. Enivré par ma visite hautement culturelle, je rejoins ma voiture, démarre et m'engage dans la voie précédemment embouteillée. Elle est à présent fluide.

***

La vie, le monde, les hommes… que tout s'écroule… que tous les êtres se décharnent un à un… que les planchers pourrissent… que les murs s'effritent… que les plafonds s'effondrent… que la ville s'éboule en silence dans la béance des égouts… que la rouille et le brouillard envahissent la cité en ruine…

Mais rien ne se passe… nul miracle… nulle explosion… le monde ne bouge pas et tu n'as pas changé… tout commence… tout recommence… tout continue…

Tu as peur… tu es seul… tu attends… tu attends là, immobile, impassible, le regard humecté et perdu dans le vague… tu attends… insensible au cataclysme immédiat qui se joue au plus profond de ton corps.

ENSIFORMIS XXXII

L'automne expire, le froid respire. Les journées n'éclairent guère, le ciel se désespère. Ô triste saison pour le commun des mortels ! Ô temps de raison que je prends comme tel ! Mon occupation journalière s'achève et, à mon habitude, je vais faire mon footing.

La nuit entame son appropriation du sous-bois, mais cela ne m'arrête pas. Je pourrais parcourir le chemin les yeux bandés. Alors je m'y engage, vêtu d'un short et d'un t-shirt, tel que je l'étais en été. Au milieu de ma course, je remarque un espace moins boisé, vierge. Je m'arrête et m'y dirige. Puis je m'enfonce dans le bosquet, profondément, toujours profondément, guidé, attiré, aspiré par une muette, une oppressante curiosité, hors des sentiers.

Sur le sol, un tapis de feuilles mortes assouplit mes pas. Des branches, des arbres obstruent mon avancée. Je les contourne, les escalade. À un moment, je suis tenté de marcher sur un tronc surplombant un léger vide. Mon esprit assoupi me rappelle à l'ordre en me jouant des scènes peu attrayantes. Des animaux se régalant de mes intestins, de mes yeux… mon corps, immobilisé par une blessure, terrassé par le froid, la faim, la douleur, la pluie glaciale se déversant dans la forêt sans aucune considération pour ma personne… Oui, ce serait foutre en l'air le travail sur mon physique.

Je continue. Ma vue et mon olfaction supplantent toute autre sensation. Je découvre des plantes inconnues. Je les contemple et je les renifle. Je caresse l'écorce humide et rugueuse des chênes séculaires. Un ruisseau se dessine au sein de cet amas de végétaux en putréfaction. Je perçois le chant de son ruissellement et me laisse porter par son cours. Lorsque, brusquement, je m'immobilise. Je ne peux plus bouger tant je suis affligé par ce qui se jette à ma vue. Une haine capiteuse s'empare de chaque centimètre de ma peau : des lave-linge, gazinières, bidons, télévisions sont vautrés là, au milieu et aux abords du minuscule fleuve. Si je prenais sur le fait un de ces fils de putes, je le réduirais à néant ! Comment peut-on considérer une forêt pour une déchetterie ? Cela ne peut être puni que de mort ! Ce vil constat me confirme de nouveau l'inanité de l'espèce humaine et surtout sa nuisance. Non, nous ne méritons pas de vivre ! Non, il faut que nous disparaissions ! Nous sommes l'ennemi premier de la Terre, de l'Apocalypse imminente !

Seulement, tu appartiens à cette vile humanité polluante. Tu es un rouage permettant la fabrication de ces produits. Tu es un rouage du marché de consommation. Un rouage, entraîné par d'autres et aboutissant à ce crime communautaire. Un intense vertige distord ma vision parasitée de milliers d'images. Je ne peux progresser plus et fais volte-face afin de me ravir de cette déchéance.

Je ne sais pas vraiment où je dois aller, de fait je décide de prendre tout droit, toujours tout droit. Je ressens à présent une pellicule sous mon t-shirt, glacée, comme si j'avais de la viande surgelée collée à mon épiderme. J'aperçois la forme de ma voiture.

Des frissons galopent sur mes os, courent le long de ma colonne vertébrale, ma tête devient pesante. Je rejoins ma berline en secouant mon crâne, aspirant à dissiper cet étourdissement, en vain. À peine ai-je pénétré au sein de mon appartement que je me jette sous mes couvertures, tentant de réchauffer ma carcasse trémulante. Je plonge en des rêveries tourmentées. Des images, des sons se chevauchent, se muent, se désassemblent… Je m'éveille en sursaut, haletant, trempé de sueur. Aussitôt, ma boîte crânienne se comprime, à tel point que j'en serre les dents.

Je me lève. Mes jambes sont faibles, mes membres lourds se meuvent sans énergie. J'arrive, vacillant, dans la salle de bain. Le néon au-dessus du miroir m'aveugle. Après un temps d'adaptation, je scrute mon visage livide, mes incommensurables cernes, mes yeux brillants. Il n'y a nul doute, je suis souffrant. Moi ? Souffrant ! Pourtant, je m'alimente sainement, je ménage mon corps, comment peut-il me délaisser ainsi ? Je martèle de mon poing la faïence du lavabo, si mollement que je n'éprouve aucune douleur, mais une forte pression cérébrale me rappelle à l'ordre. Dans l'armoire à pharmacie, j'étudie les emballages et reconnais celui du paracétamol ; en m'en saisissant, je renverse ceux qui le précédaient. Ils chutent dans un vacarme insoutenable. Je place mes paumes moites sur mes oreilles afin de m'en protéger. Je ne prends pas la peine de les ramasser et retrouve, fébrile, mes draps humides.

Mes yeux se dessillent dans l'obscurité. Je me suis endormi. À présent, je me sens bien. Enfin, relativement bien. Je consulte mon réveil : minuit vingt-trois. Je ne vais pas déroger à mes habitudes. Je m'extrais de mon lieu de paresse et m'habille. Ma tête m'accable de nouveau. Fi !

Me voici à l'extérieur. Une légère pluie recouvre la rue. Peu importe, je progresse. Cent mètres déroulés, je grelotte. Mes pas deviennent moins assurés, plus laborieux. Je m'appuie à un poteau en vue de reprendre mon souffle. Je comprends que je ne pourrai aller plus loin. Je rage, je fulmine, j'exècre ma faiblesse. En m'aidant de barrières, poteaux, murs, j'atteins ma demeure.

Je n'ai pas la force de regagner mon lit et m'affale sur le canapé où je défaillis. Transi, je reprends mes esprits. Le jour est levé et diffuse une lumière tamisée adéquate à ma vue viciée. Je regroupe le maximum d'énergie en ma possession pour aller déjeuner. Toutefois, la cuillerée de nourriture manque de me faire émettre sur la table. Je balaie avec léthargie le bol.

J'oscille jusqu'à mes haltères, saisis l'un d'eux, mais ne parviens pas à le soulever. Mon visage balle, je soupire franchement. Résigné, je décroche mon téléphone. Ma bouche babille mon absence justifiée, me libérant de toute obligation, pour me vautrer, agonisant, sur mon lit.

Je devrais contacter un médecin. Je n'en ai pas la motivation… je suis un surhomme… mon enveloppe doit se défendre au plus vite sans l'appui de substances chimiques. Oui, mais tu récupérerais plus vite. Non, je ne suis pas un faible, un lâche ! C'est une épreuve ! Mon corps me met à l'épreuve ! Je dois me battre contre lui !

***

Tu pénètres au sein d'un bois.

Tu suis un sentier phosphorescent.

Bien enfoncé, tu t'immobilises.

Un étrange frisson te saisit.

Tu hâtes le pas, soudain inquiet d'être seul dans ce bois.

L'impression d'être suivi, que l'on marche sur tes talons, si près que tu t'attends à être touché…

Tu fuis.

Il est deux heures.

ENSIFORMIS XXXIII

J'ai vogué une partie de la journée dans des limbes ardents. Incapable de me lever, rivé au lit, je me laisse aller aux caprices de mon agonie, abîmé au sein d'une fébrile méditation. Sudation, frémissements, étau cérébral, vacillements, toux, glaires. Une lutte acharnée s'est engagée dans mon corps entre le virus et mes anticorps. Cependant, une certaine accalmie s'est instaurée depuis peu.

J'ai essayé de lire, mais je ne suis pas parvenu à me concentrer sur le texte. Alors, ne souhaitant pas que ce jour soit stérile, je sors après m'être rigoureusement emmitouflé et avoir pris un paracétamol. Je marche maintenant en direction du centre-ville. Indolemment, mes pas ménagent ma tête douloureuse. Beaucoup de monde sur les trottoirs urbains en cette fin d'après-midi, à croire qu'ils se sont donné rendez-vous pour m'importuner. À plusieurs reprises, je suis percuté par des personnes, principalement en groupe, qui ne font pas attention où elles mettent les pieds. Malgré leurs excuses, cette population m'excède. Je devrais toujours me déplacer avec de l'essence à Zippo sur moi… histoire de foutre le feu à ces bouffons scurriles… les transformer en torches vivantes !

Je me sens nerveux, regarde constamment autour de moi. Un couple entre en contact avec mon enveloppe souffrante. Mes dents se serrent afin de ne pas m'emporter violemment contre eux. Las, je pénètre dans une grande surface. J'en profite pour consulter les livres. Rapidement, je n'en ai plus envie, je déambule donc de manière hasardeuse parmi les rayons. Une fontaine ! Quelle aubaine, je suis assoiffé. En me revigorant, je scanne la masse m'entourant. Mes yeux se focalisent sur un autre couple, batifolant légèrement, main dans la main.

Et dire que je m'exposais de la sorte avec Mathilde. Ridiculement, nous nous tenions la main. Comme eux, nos paumes ne devaient se libérer que succinctement pour s'unir la seconde suivante. Pourquoi étions-nous obligés de nous afficher de manière aussi ostensible ? C'est fondamentalement pitoyable de montrer que nous sommes deux êtres réunis. Qu'est-ce qu'ils en ont à foutre, les autres, de savoir que nous sommes ensemble ? Regarde-les s'embrasser devant la clientèle. C'est de l'exhibitionnisme ! Pff ! En plus, ces cons se sentent obligés d'effectuer des mimiques ! D'autant plus lorsqu'ils s'embrassent, les yeux fermés, la bouche tendue l'une vers l'autre avant de se retrouver dans un mélange d'haleine et de salive.

Assez ! Je me dirige vers la sortie. Ce temple de la consommation est une étuve. À l'extérieur, l'air frais me vivifie un temps, je grelotte. Je me laisse porter par mes jambes défaillantes. Je m'évade de mon esprit en vue d'amoindrir mon mal de tête causé par le vacarme citadin. Aucune pensée ne me perturbe. Il en faudrait à peine un peu plus et je fermerais mes paupières. En attendant le changement de couleur du feu censé me représenter, je pose ma vue sur la foule languissante sans pour autant les étudier, je n'en ai pas la force.

Feu vert.

Je traverse à l'extrémité droite de la masse quand, au milieu, je me fige.

À l'extrémité gauche, une femme, bras dessus bras dessous avec un homme, s'engage sur le passage piéton en sens inverse. Un ventre proéminent pointe sur son corps mince. Le seul bouton d'un manteau la protège du froid, celui-ci est attaché au-dessus de son excroissance. Des quidams me contournent. Ma nuque me lance tant je tourne le visage afin de la suivre du regard. Je dois même me retourner. Esseulé sur les bandes blanches, je suis rappelé à l'ordre par des automobilistes pressés. Occultant la direction que j'avais précédemment choisie, j'accélère en sens inverse en vue de la filer.

La voilà devant moi. Dans le but de la suivre discrètement, je rejoins l'autre côté de la rue. Elle arbore une mine radieuse, une certaine sérénité même. Elle semble on ne peut plus sûre d'elle, n'ayant plus rien à prouver. Bien sûr qu'elle n'a plus rien à prouver, elle a atteint la concrétisation féminine, celle à quoi la femme tend depuis ses premières menstrues, celle à quoi tend son douloureux développement mammaire, celle à quoi tend son élargissement du bassin, son utérus ne sécrète plus ses larmes de sang signifiant la tristesse de sa vacance.

Le père pavane en exposant son œuvre, éludant le fait qu'il n'en est que l'acteur secondaire. La pute ! La pute ! Elle n'a pas perdu de temps ! Finalement, notre rupture se trouve être la meilleure chose qui lui soit arrivée ! Tout de même, elle n'a pas perdu de temps ! C'est aberrant de se laisser engrosser après aussi peu de vie commune ! Pauvre gosse ! J'espère qu'au moins, ils ne vont pas se séparer une fois la grossesse arrivée à terme. C'est irrémédiable, de toute façon ! Aucun couple ne subsiste. Nous avons simplement transposé nos réflexes consuméristes au sein de nos relations sociales. Ah ! Ah ! Consommer ! Consommer ! Consommer ! Nous consommons même des enfants ! Je fixe mon attention sur sa main droite afin de voir si j'y décèle une alliance… oui ! Pff ! Mathilde a substitué son nom de jeune fille pour un nom inconnu.

Je ne me fais pas d'illusion concernant son nom. Je veux dire qu'elle a toujours revendiqué le fait d'accoler son nom à celui de son mari. Et là, je suis certain que le nom patronymique n'est pas composé. Je vais me renseigner. Elle ne perd rien pour attendre ! Ah ! Ma haine supplante ma maladie ! Douce haine !

ENSIFORMIS XXXIV

Je marche. La rue est dévorée par les flammes. Rien n'y échappe, logements, magasins, voitures. En jetant mes yeux vers le ciel, j'aperçois des volutes de fumée s'élevant de chaque point cardinal. Je comprends que toute la cité brûle. Des hurlements réorientent ma vision.

De grandes, de petites silhouettes charbonneuses courent frénétiquement, de toutes parts, sans destination particulière. Ces corps sont auréolés de feu puis de fumée. Je dois esquiver un grand nombre de passants qui fusent sur moi sans me voir. Je sais que si j'entre en contact avec l'un d'eux, mes vêtements s'embraseront similairement. Parfois, j'enjambe des charognes calcinées aux effluves carnés. Des cris, des sirènes, des klaxons de véhicules, des explosions… Mes paupières s'ouvrent, je suis en sueur, paniqué, plongé dans l'obscurité.

Je m'extrais du lit pour m'engouffrer dans la salle de bain. Je bois une grande gorgée d'eau et purifie mon visage décomposé. Non, ce n'est pas suffisant. Je prends une douche brûlante, j'en sors frissonnant. Néanmoins, je me sens beaucoup mieux, presque sain. Soudain, ma mission percute mon esprit. Oui, je n'ai pas oublié. D'ailleurs, je ne vais pas traîner. Après avoir pris deux comprimés de paracétamol. Je m'habille promptement et me précipite vers mon lieu d'aspiration.

Mon projet m'a échauffé. Je dois ralentir afin de ne pas me fatiguer inutilement. Progressivement, mes pas se croisent à un rythme correct. Je ne sais pour quelle raison, je songe à mon emploi.

Merde ! Je suis dans l'obligation d'avoir un certificat médical pour toucher des indemnités journalières… pff ! Quelle connerie, je vais devoir me soigner alors que je veux expulser ce virus par mes propres moyens ! Quoique je ne sois pas obligé de prendre ces gélules. C'est pour les faibles ! Je m'engage dans une rue, j'y suis ! Je recherche le nom, mais je ne m'en souviens plus… Non ! Non ! Ce n'est pas cette rue ! Je prends la suivante.

Ber… Bertado ? Non ! Bernè… Bernèle ? Non plus ! Bernè…

Je consulte scrupuleusement toutes les boîtes aux lettres.

Bernè… Bernède ! Monsieur et madame Bernède !

Bien sûr, elle a cédé son patronyme ! Ah ! Elle pouvait me tanner des soirées entières pour accoler son nom ! Tout ça pour ça ! Tu ne perds rien pour attendre ! Devant un portail d'un autre temps, je réfléchis à la manière de procéder.

Ce n'est pas la peine que je tente d'ouvrir cette antiquité tant elle va grincer, alors je l'enjambe. À présent, dans la cour, à proximité d'un monospace à l'apparence neuve, je médite sur la suite des événements. La porte du garage !

J'essaie immédiatement de l'ouvrir et, évidemment, elle est verrouillée. Pour autant, je ne m'avoue pas vaincu. Ce genre de personne laisse toujours une clé maladroitement dissimulée. Des pots de fleurs ! Je fouille parmi les branches, gratte la surface du terreau durci, rien ! Je suis certain qu'une clé se trouve près de moi ! J'inspecte chaque recoin, contourne même le mur donnant sur du vide. En revenant sur mes pas, je découvre une minuscule bouche d'égout en plastique, placée sous une gouttière. Peut-être ici ?

J'enfile mes doigts dans le quadrillage et la soulève sans mal. Ma main palpe le trou, bute sur une vis et… victoire ! Un porte-clés ! J'exulte ! Je suis vraiment très bon ! Mais je sue à grosses gouttes, la fièvre revient… Minutieusement, j'enfonce la clé dans la serrure, la fais claquer lentement et accède au sein du nid. Un imposant chauffe-eau situé vers le fond de la pièce émet une légère lumière rouge, me permettant de progresser au milieu du garage étroit, encombré par le véhicule de la future mère.

J'aperçois une nouvelle porte ! Bien entendu, elle est ouverte ! À pas feutrés, je m'engage dans ce qui paraît être une cuisine. La chaleur de la pièce m'apaise, il fait vraiment bon.

Je ne suis pas venu ici pour savourer la température. Je continue mon avancée, un salon. Je suis un lémure !

Je vais exceller dans l'art du dérangement insonore. Mieux que chez ma pauvre Sophie, sinon rien ! De puissants ronflements me guident vers la chambre. Je me poste devant l'encadrement de la porte afin de jouir du divertissement conjugal.

Sur un lit immense gît un homme de corpulence normale. Un drap couvre légèrement son corps. À ses côtés, Mathilde. Elle dort sur le dos. Jamais elle ne dormait sur le dos auparavant. C'est vrai ! Ce doit être compliqué quand on est grosse ! Elle est agitée. Son corps se balance de droite à gauche. Tout à coup, elle soupire ! Je m'éclipse. Non… elle n'est pas éveillée. Je me souviens que, les rares soirs où je ronflais, uniquement lorsque j'étais souffrant, soûl ou épuisé, ma très chère compagne m'assénait de douloureux coups de pied, coups de poing, voire me hurlait dans les oreilles ! À chaque fois, je bondissais de ma place, confus, perdu, cherchant l'objet de mon réveil. Elle m'accablait alors de toutes sortes de reproches… la pute !

Le spectacle me lasse, je reviens au salon. Un scintillement suscite ma curiosité. Il s'agit d'un cadre représentant les mariés. Les ténèbres ne me permettent pas de le décrypter en détail. Je le décroche donc et me dirige vers le chauffe-eau. La lumière rouge leur donne un aspect inquiétant, diabolique, leur sourire forcé les revêt d'une certaine hostilité. Pff ! Ils posent au milieu d'un paysage champêtre, comme tous les mariés. Même pas une once d'originalité ! J'avoue, la mariée est jolie, tout comme sa robe… Ouais, le marié n'est pas hideux non plus, sans pour autant être extraordinaire… ils jouent l'épanouissement, pauvres cons !

Une goutte glisse sur le cadre. Une goutte de sueur chutant de mon front. Mes mains entament un léger tremblement : d'une main, je tente d'essuyer la souillure à l'aide de mon gant, mais la main maintenant le cadre défaille… le cadre éclate dans un fracas assourdissant de débris.

De la porte entrouverte je vois une lumière s'allumer, suivi de pas sourds, mais précipités ! Je ne dois pas rester ! Vite ! Vite !

— *Qui est là ?* lance une voix d'homme. *Qui est là ?*

La voix se rapproche. Je me jette hors du garage, heurte la voiture, la contourne en touchant douloureusement le rétroviseur de ma hanche. J'enjambe difficilement le portail à l'acier gelé et m'élance de toutes mes forces sans me retourner au sein de la rue Albâtre.

— *Hé !* s'époumone l'homme derrière moi, dans un bruyant claquement en provenance du vieux portail.

Je cours fiévreusement sans m'arrêter, lorsque subitement mon pied tape le rebord d'un trottoir. Je m'envole et tombe à plat ventre sur l'asphalte. Mon crâne palpite, ma sudation est excessive, je grelotte, j'ahane. Douloureusement, je scrute autour de moi. Personne. C'est bon, je ne suis pas pourchassé. J'essaie de me relever, mais je suis pris de violents vertiges.

Il ne faut pas que je traîne, les flics vont forcément faire une ronde ! J'aperçois un abribus en tôle, je le contourne et me laisse glisser. Le plexiglas frais apaise mon mal de tête. L'obscurité de nouveau… l'impression que mon corps pivote sur lui-même…

Plus tard dans la nuit, je me réveille sur le carrelage de ma salle de bain… je me relève avec peine et découvre mon reflet tuméfié. Ma pommette droite n'est plus qu'une boursouflure foncée… un bourdonnement me détourne de la scrutation de ce désastre, le pommeau de douche expulse un crachin glacé.

ENSIFORMIS XXXV

Le médecin est venu ce matin. Je ne me souvenais pas de l'avoir appelé. J'ai entendu la sonnette. Surpris, j'ai observé par le judas ce mystérieux visiteur. Un homme aux abords de la cinquantaine. Son apparence ne m'inspirait aucune hostilité, alors je lui ai ouvert. Il m'a affirmé que je lui avais demandé, au beau milieu de propos inintelligibles, de m'ausculter. Il avait même hésité à venir, pensant à une plaisanterie. La fièvre… je devais être en plein délire, bordel ! J'accomplis des actes dont je n'ai aucun souvenir ! C'est très inquiétant, ça ! Très dangereux même !

Le docteur a jugé mon faciès effroyable. Il m'a questionné concernant mon traitement. Quand il a su que je ne me soignais pas, cet enculé m'a sermonné comme un putain de gosse ! Il a remarqué que j'étais tendu et a tenté de me faire une injection en vue de me décontracter, en vain. Ensuite, le praticien m'a prescrit un tas de médicaments que je n'irai jamais chercher. Cette affaire est entre mon corps et mon esprit ! Avant de partir, il m'a sommé de me reposer un maximum et de ne surtout pas sortir, car le temps est, d'après lui, trop humide.

Une semaine d'arrêt maladie.

Son passage me parut évanescent. Il me parla excessivement vite, excessivement fort. Il fit de grands gestes et disparut. Il m'effraya presque. C'est vrai ! Je suis tendu. Je ne parviens pas à trouver le sommeil. Enfin, un sommeil calme et reposant. Celui-ci est constamment entrecoupé de réveils brusques. De plus, je ne peux pas lire ! Putain ! Je ne peux pas lire ! Et je ne peux pas faire mes exercices ! Quel état de merde ! Mon esprit est faible, lâche, inutile ! Il ne sert à rien ! Ce corps me tourmente ! Je me vengerai ! Oui, je me vengerai !

Je me pince douloureusement la peau afin d'entamer son supplice. Puis je me rendors… Mes paupières s'élargissent… mes pupilles se dilatent… mon père ! Mon père est ici ! Il disparaît !

— Reviens, reviens ici ! Qu'est-ce que tu fais là ?

Je furète dans chaque recoin. Aucune trace de sa présence.

— Papa !

Ah ! Mon crâne ! Un vertige manque de me vautrer sur le carrelage gelé. Le miroir du salon reflète mes linéaments. C'est vrai ! J'ai l'aspect d'un moribond. Mon frère est derrière moi ! Il me darde, son visage est railleur ! Je me retourne. Il n'est plus là !

— Qu'est-ce que tu fous ici ? Où êtes-vous ?

Je vérifie toutes les pièces, rien de rien. J'ai des hallucinations. Oui, ça ne peut être que ça, bien sûr… Je contrôle ma serrure. Elle est verrouillée.

Ma gorge est sèche, terriblement sèche, il faut que je boive. Ma sudation ruisselle de mes tempes au même rythme que les gouttes d'eau glissant sur le verre. Je les ressens tout autant. Je repars me coucher, je n'ai plus de force. En me tournant pour me reposer sur le flanc, j'aperçois ma mère tendant sa main pour me caresser le front. Son visage est empli de douceur.

Je ne peux pas réprimer un recul de stupeur.

Pff ! Je vais devenir fou ! Mon corps prend le dessus sur mon esprit… je dois résister ! Résister ! Je parviens à m'endormir. Parfois, durant l'entre-deux-sommeils, je perçois des pas, des frottements de chaises sur le sol, des placards qui se ferment. Tout à coup, je bondis de mon lit. Debout, ne sachant plus vraiment pourquoi je le suis, je progresse vers le salon. Ma tête ! Ma tête !

Oui ! Il doit y avoir quelqu'un chez moi ! Effectivement, c'est Mathilde !

— Qu'est-ce que tu fais là ?

— Tu oses me poser la question ? Attends ! Tu viens chez moi en pleine nuit et je n'aurais pas le droit de venir chez toi ?

— Ce n'est pas moi !

— Oui… comme les pneus et les rayures sur ma voiture, ce n'est pas toi !

— Si je te le dis… laisse-moi, s'il te plaît, je suis souffrant. Il faut que je me repose.

— Souffrant ? Mais tu es fou, mon cher ! Bon pour l'internement !

Et elle éclate d'un rire sardonique qui manque de faire exploser mes tympans.

— C'est la fièvre qui parle ! Tu n'es pas là ! Tu n'existes pas !

— Ah oui ? Où je suis alors, connard ? Je n'existe pas ? Tu vivais avec qui avant de faire n'importe quoi ?

— Non, tu n'es pas là ! Tu n'es pas là !

Je la regarde intensément et remarque que son ventre est plat, mince.

— Tu n'es même pas enceinte ! Donc ce n'est pas toi ! Je t'ai vue l'autre jour avec ton gros bide ! Comme tu étais fière ! Tu n'as pas perdu de temps, dis-moi !

— Normal ! Tu es tellement mauvais ! Incapable de me faire un gamin ! Tu ne vaux rien et tu vas bientôt le comprendre !

— Rien ? Je ne vaux rien ? Tu ne fais que te calquer sur la vie de tes parents et de tes amies ! Aucune ambition, aucune originalité ! Tu es heureuse maintenant ? Tu vas avoir un gosse, tu as un mari, un foyer… Quelle chance ! C'est ça, la vie, pour toi ? C'est ça ?

— Tu es totalement halluciné par des écrits que tu ne comprends même pas, pauvre illettré que tu es ! Tu veux te donner une consistance que tu n'as pas, pauvre type !

C'en est trop, je me précipite dans ma chambre, fouille dans mon trois quarts et extrais mon poignard. Dans l'instant, je lui bondis dessus. Mathilde ne crie pas. Ne se débat pas. Elle se contente de rire… de rire… de rire… J'ouvre les yeux. Je frissonne, je halète…

Ce n'était qu'un cauchemar.

Je soupire de soulagement. La soif me sort du lit, je bois bien un demi-litre d'eau en une gorgée. Puis avale trois paracétamols. Des exhalaisons agressent mon olfaction : de la sueur et de la crasse… Je recouvre mes idées sous la pluie vivifiante du pommeau de douche.

Je ne vais pas rester ici. Si je ne sors pas, je vais perdre la raison, c'est certain. Je m'habille donc chaudement et quitte ce temple de la folie. Un épais brouillard atténue les aveuglants réverbères et, par là même, ménage ma vision douloureuse. Cependant, mes pas résonnent au sein de mes tréfonds cérébraux. Oui, mon corps est trop puissant pour que les comprimés fassent effet. C'est un combat de titan qui se joue entre mon corps et mon esprit ! Un corps de surhomme contre un esprit supérieur ! Je serre les dents et divague. L'air cotonneux me complaît dans une solitude tonifiante.

Une idée traverse mes pensées… et si je plaquais tout ? Oui, finalement, je ne suis pas obligé de travailler. C'est l'unique lien entre moi et la société. Je ne veux plus y participer ! Je ne veux pas contribuer à ce rouage infernal et aliénant ! Nombre de veaux s'en chargent déjà pour moi. J'ai suffisamment d'économies. Enfin, pas encore assez. Je devrais encore vaquer à mes occupations professionnelles quelque temps. Après, je pourrai acquérir un bois et y construire, de ma main, un toit. Ensuite, je vivrai de pêche, de chasse, de cueillette. Il faudra que j'apprenne les rudiments séculaires et à vivre le plus simplement possible loin de cette fange artificielle et nocive. Ainsi, je n'aurai plus de contact avec les hommes, avec ces sous-hommes. Je vivrai en sage. Mieux ! Je devrais m'installer dans le Grand Nord ! De la neige constamment, plus de virus, plus de personnes, plus de contraintes ! Le néant est blanc et non pas noir ! Un paysage blanc… une vie vierge… une page brute !

Comment liras-tu ? J'achèterai les œuvres complètes des auteurs dignes de ce nom. Il ne sera question que d'une centaine de livres tout au plus. Et lorsqu'ils seront achevés ? Je les relirai afin d'en cerner toutes les subtilités ! Oui ! Quel projet fantastique ! Ma vie deviendra magnifique ! Ô joie ! Ô solitude ! Un projet à mûrir tout de même. Quand la bataille intérieure sera terminée, je me consacrerai à cette perspective : sortir de l'humanité !

Tout à coup, j'aperçois une silhouette dans la brume. Elle ne me voit pas. Mais où suis-je ?

Mais oui ! C'est bien ici ! C'est ici que j'ai été agressé ! Comment suis-je arrivé là ? Je n'ai pourtant pas emprunté cet itinéraire. Certainement par nostalgie. C'est un lieu de pèlerinage ! En effet, sans ce forfait, je ne serai pas devenu ce que je suis. Je serais encore ce tas de merde, le chien servile d'une putain, le chien peureux de ma famille, le chien d'employé, raillé par ses collègues, le chien enchaîné au mur de la cité ! Ah ! Doux lieu ! Plaisantes retrouvailles ! Je réoriente mon regard vers la silhouette. Un survêtement, une casquette… c'est lui ! Nul doute ! C'est lui ! J'ai retrouvé mon second agresseur ! Oui ! C'est lui !

Je tuerai ce fils de traînée rien que pour m'avoir humilié de la sorte ! J'ai fait disparaître sa nuisance d'ami, j'ai régulé la ville de ce parasite, je me dois d'anéantir celui-ci ! C'est mon devoir ! Mon sacerdoce ! Où est-il ? Il a disparu ! Je suis sûr qu'il est encore proche… On dirait qu'il m'a vu ! Il a compris que je suis l'ange noir qui a éliminé son comparse ! Je me lance sans plus attendre à sa recherche, au milieu des vapeurs. Je perçois des pas rapides, nerveux, non loin.

— Je t'aurai ! Pas la peine de fuir ! Je t'aurai quoi qu'il advienne !

Les foulées s'intensifient, j'accélère concomitamment. Je vais le tuer à même la rue, comme un clébard ! Il n'a plus aucune chance ! Qui me verra de toute manière ? Qui aura la prétention d'avoir vu quoi que ce soit ce soir ? Il n'y a aucune visibilité ! Rien n'est perceptible à moins de deux mètres ! Merde ! Je ne l'entends plus ! Cette vermine doit s'immobiliser, pensant que je vais perdre sa trace. Ah ! Pour qui me prends-tu ? Pour un débutant ? Tu ne perds rien pour attendre ! Ta mort n'en sera que plus douloureuse ! Je fends le brouillard de mon poignard, ne butant sur rien. Je l'aurai bien, à force… je sais qu'il n'est pas loin !

Mon bras commence à me lancer. Autant avancer ! Oui, tu n'es pas loin… tu n'es pas loin. L'air vaporeux se dissipe progressivement. Cette partie de la ville est plus élevée… les marginaux souhaitent se rapprocher du ciel, espérant une indulgence divine à l'égard de leur vie d'errance, pauvres âmes en péril !

Je poursuis ma filature. Enfin, cet ersatz de filature ! Je n'abandonnerai pas ! J'y passerai la nuit s'il le faut ! Tiens ! Les putes sont de sortie ce soir. De vieux pervers frustrés par des femmes frigides, trop caractérielles ou devenues repoussantes avec l'âge, errent telle une horde de mâles en rut autour de ces femelles faussement en chaleur. Misérables que vous êtes ! Misérables ! Vous ne méritez pas de respirer ! Vous ne valez même pas la vie de n'importe quelle bactérie ! Crevez tous, tas d'inconsistance !

Je passe devant un banc de prostituées et poursuis ma route, ma voie, mon destin. Je le vois ! Je le vois ! Je ne le vois plus… J'accélère mon rythme. Je vais l'avoir ! Soudain, quelque chose me stoppe au niveau du bras droit. Une pression. Je fais volte-face.

Une femme, la vingtaine, blonde, taillée dans du marbre, une vénus, surmaquillée, surcoiffée, surparfumée, sous-habillée.

— Eh bien, mon mignon ! Je te fais fuir ? Ça te dit une petite virée ?

Elle me tire contre elle. Je sens son haleine chlorophyllienne caresser mon visage. Puis une main caresser mes testicules et ma verge. Un début d'érection se profile sous le tissu de mon pantalon.

— Je vois que je ne te laisse pas indifférent, petit coquin !

— Allons-y !

— Qu'est-ce que tu fais dans la vie, mon mignon ?

Tu imagines vraiment que je suis un de ces petits frustrés qui va consulter les putes ?

— Je nettoie la ville…

— Ah oui ! Tu es éboueur ? Pourtant, on ne dirait pas…

— Pourquoi, il y a un profil particulier ?

— Non… non… t'es dans les bureaux, toi… c'est ça ?

J'emmerde mon code ! Elle me prend pour qui, cette traînée ?

— En quelque sorte, oui.

— Tu veux aller où ?

— Il n'y a pas un bois à quelques mètres ?

— Le bois ? Mais nous pouvons nous caler dans une petite rue plus proche !

— Je préfère le bois. Nous serons plus tranquilles. Il y a toujours des originaux qui se promènent la nuit !

— Comme tu veux, chéri !

Nous nous enfonçons dans les ténèbres, loin des lampadaires et de la civilisation, dans le calme le plus profond, au sein de l'espace originel. Nous y voyons peu. Néanmoins, nos yeux s'habituent rapidement à l'obscurité. Si bien que nous parvenons à nous voir.

Nous nous arrêtons au milieu d'un sentier. Personne ne viendra nous déranger ici.

— Qu'est-ce que tu veux ? Pipe ? Totale ?

— Totale !

— Eh bien ! Tu es gourmand !

— Très gourmand !

— Par contre, je fais rien tant que je suis pas payée.

— Ne t'inquiète pas pour ça, tu auras plus que tes tarifs si je suis satisfait.

Je lui montre mon portefeuille afin de la faire saliver.

— Bon, ça marche !

La pute s'agenouille, dégrafe mon pantalon. Au même moment, je saisis mon poignard. Quand ma verge dure est souillée par sa main, je lui transperce la trachée. Comme tous les autres, elle vacille. Elle se met les mains sur la gorge, arbore un masque d'effroi. Je reboutonne mon pantalon.

— Tu croyais vraiment que je t'emmenais dans un bois pour te baiser ? Sale putain ! Tu débutes ou quoi ? Et puis tu crois que je vais tremper ma queue dans ta chatte dégueulasse ?

Elle gémit, crache du sang, me fait un doigt d'honneur.

— Pourquoi tu tapines ? T'es une camée ? Héroïne ? Crack ?

La jeune femme fulmine, sa gorge exhale des rugissements.

— Quoi ? Je ne te comprends pas !

Je m'approche de son visage afin de simuler de l'intérêt quant à ses propos. Imprévisiblement, je ressens une forte douleur sur le côté droit de la face, convoyé par un bruit métallique. Son sac…

Mon crâne ! Merde ! Je secoue ma tête en vue de retrouver mes esprits. Lorsque j'ouvre les paupières, je suis surpris par une bombe lacrymogène. Aussitôt, j'assène un coup sur l'ustensile qui s'envole providentiellement.

— Tu crois faire quoi ?

Elle vocifère toujours en râles bestiaux. Celle-ci se risque à un coup de talon aiguille en direction de mon visage, je l'esquive, pas le second… mon crâne… bordel ! Elle s'échappe. La boîte crânienne dolente, je pars à sa poursuite… sans mal je la rattrape, bien que ma tête palpite et lui inflige ma lame dans le flanc afin qu'elle se calme. La prostituée chute. Je m'assois sur son dos, la retourne et place mon arme sous son cou, elle trépigne.

— Si tu te calmes pas de suite, je t'égorge ! Compris ?

Un graillement d'approbation.

— Tu es coriace ! Jamais personne ne m'a résisté comme toi, félicitations ! Ne t'inquiète pas, je ne vais pas te tuer. Je veux juste jouer. Alors, sois coopérative et tout se passera bien !

Je fais glisser le poignard de son cou à son bas-ventre. Je déchire le bouton de sa jupe et son bas résille. Enfin, je coupe la ficelle de son string. Un vagin glabre s'offre à ma vue. Néanmoins cela ne m'échauffe nullement. Cette fente me répugne… Je l'écarte de mes doigts gantés.

— Et si je t'excisais ?

Le corps de la jeune femme se tord de toutes parts.

— Ça va ! Ça va ! Je ne le ferai pas ! Et que dirais-tu d'être foutue par ma lame ? Je suis sûr que tu prendrais ton pied, chienne que tu es !

Exacte réaction, quoique plus violente.

— Arrête de bouger ou je te bute dans l'instant ! Non, je sais ce que je vais faire ! Oui, je sais ! Je vais t'arracher les ovaires pour que tu ne te reproduises pas. Ce sera un bien pour l'humanité. Que sera un fils de pute sinon un parasite ? Hein ? Arrête de bouger ! ARRÊTE DE BOUGER ! En plus, je te rendrais service. Si tu deviens grosse, tu devras multiplier les passes pour le faire bouffer, mais ce sera plus difficile une fois que ta grossesse t'aura enlaidie.

Je frissonne. Mon cerveau me tourmente. Je sue à grosses gouttes. J'expire pour contrôler cette ignoble souffrance. J'expire. Je me reprends.

— Alors, tu sais où ils sont, tes ovaires ? Là ? Là ? Non, ici !

Je tâtonne de ma lame entre sa hanche et son nombril. Elle pleure. Elle joint ses mains, jouant la supplique. Je pavoise, je triomphe !

Je la pourfends profondément. Son enveloppe se love sous l'effet de la douleur, des gémissements étouffés s'échappent de sa cavité. J'éjacule. Tout à coup, mon système auditif m'indique des bruits sourds, lourds, accélérés, accompagnés de geignements pétrifiants. Mon épine dorsale se contracte d'un intense frisson. Au moment où je me retourne afin d'identifier la source du vacarme, une masse me percute de plein fouet.

Sonné, je tente de me relever. Des grognements m'encerclent. Je suis de nouveau chargé. Un liquide chaud ruisselle sur mon visage… qu'est-ce que c'est, bordel ? Ça fuse encore sur moi en rugissant. Je parviens de peu à l'éviter et bondis sur la forme. Il s'agit d'une bête, un sanglier !

Je lui serre le cou, mais il se débat avec tant de hargne que je suis projeté près de ma victime. Aussitôt, il se rue sur moi. Je suis en dessous, l'animal me piétine. Mes côtes craquent. Je ne vois que sa hure béante pestilentielle. Je le retiens in extremis par la gorge. Sinon il me dévorerait le visage. Je ne vais pas tenir ainsi indéfiniment… mon poignard… mon poignard ! Je me risque à jeter un regard autour de moi, mais je suis trop secoué. Tant pis, je tente le tout pour le tout ! Une chaleur se répand sous ma peau et implose dans mon cerveau ! Tout en hurlant encore plus tapageusement que la bête, je la repousse à bout de bras. J'ai une seconde ! Mon poignard. Le sanglier, devant moi, gratte la terre en renâclant.

Mon poignard. Je furète frénétiquement. Il me charge puis me fait rouler avec puissance à l'aide de son museau. Une douleur intense m'accable au niveau du flanc. Soudain, je sens un objet dur sous ma cuisse, je tends la main, ouvre la paume, la serre et plonge avec une force inespérée l'arme entre les deux yeux de la bête. Elle s'inhibe immédiatement. Sans plus attendre, je la lacère de toutes parts, jusqu'à ce qu'elle expire. J'exécute le même ballet d'épuisement. Mon corps me fait souffrir à chaque mouvement. Mon cerveau palpite furieusement.

Combien de temps suis-je resté inconscient ? Je me redresse avec difficulté. Près de moi gît une forme imposante. Le sanglier ! Mais… où est la pute ? Je me lève précipitamment, je ne peux réprimer les gémissements causés par la douleur qui m'accable. Je respire avec peine tant mon nez est obstrué par les caillots de sang.

Je suis incapable de marcher vite. Mes pas sont lents, las, traînants… j'ai du mal à garder la tête droite et les yeux ouverts. Je progresse vers la sortie du bois. Toujours pas de pute ! Où est-elle ? Mais où est-elle ? Une intense panique me tyrannise. Je le sais. Oui, j'en suis conscient ! C'est la fin !

Comment ai-je pu avoir la prétention de me penser supérieur à toute chose ? Je suis aussi infime que mes congénères. Je ne vaux pas plus… la preuve en est, j'ai manqué d'être dévoré par un animal, un putain d'animal ! Que faisait cette bête ici ? Et pourquoi m'a-t-elle chargé ? C'est tout bonnement surréaliste ! Quand même, je ne l'ai pas inventé. Non, mes blessures sont réelles. Cela me dépasse totalement… je ne contrôle finalement rien ! J'en suis un… nous sommes tous des animaux… inutile de nous trouver des qualificatifs de supériorité, nous sommes des mammifères de race humaine. Rien de plus ! Non, rien de plus ! Et je suis un mammifère de race humaine qui aurait pu servir de repas à un sanglier. Il est mon prédateur. Je suis finalement bien bas dans l'échelle alimentaire et non au sommet. J'ai vécu dans une illusion. Certes, plus lucide que celles de cette masse d'individus qui m'entoure, mais dans une illusion quand même. Je ne suis rien. Je ne suis personne pour tuer quiconque. J'aperçois une forme affalée sur le sentier. Est-ce la réalité ou mon entendement vicié qui se joue encore de moi ?

Je la vois grossir au fil de ma progression. C'est bien elle ! C'est bien elle ! Que faire ? L'achever ? Fuir ? Non… ne sois pas lâche ! Un animal t'a dominé ! Un animal ! En voulant me pencher sur son corps, la gravité me jette sur elle. La jeune femme ne bouge pas, n'émet aucun son. Contrairement à moi, qui hurle lorsque mes côtes percutent sa hanche. Elle est victime… tout comme je le suis… Nous avons à présent un destin commun dans lequel je l'ai entraînée. Je dois donc le concrétiser ! Oui ! Que je le fasse ! Que je close le processus au moins dignement ! Qu'il soit à la hauteur de mes compétences !

Allongé sur son flanc, j'essaie d'attraper son poignet afin d'y déceler la présence d'une pulsation. Ah ! Mes côtes ! Tant pis ! Je vais procéder autrement. Sa nuque semble plus à ma portée…

Ah ! Sa peau est encore chaude, sa cage thoracique se soulève faiblement. Je sens les pulsations. Elle est vivante ! Je me concentre en vue de rassembler toutes mes forces et je m'appuie sur mes jambes fébriles.

La douleur n'existe pas ! La douleur n'existe pas ! Ce n'est qu'une furtive sensation ! J'essaie une première fois de soulever, à bout de bras, ce corps amolli par mes soins. Je chute de nouveau, deuxième tentative, de même… Allez ! Tu ne vas pas faillir devant cette nouvelle épreuve ! Qui es-tu ? Un surhomme, oui ou non ? Non ! Alors, comporte-toi au moins en homme ! Je l'ai. Je la porte. C'est horrible… pourquoi me suis-je autant enfoncé dans cette putain de forêt ? Pourquoi ? Pauvre con ! Je ne vais jamais tenir. Je vais mourir d'épuisement avant. Je vais mourir… les lésions vont se rompre. J'aurais succombé d'une hémorragie interne avant même d'avoir atteint l'asphalte ! Je tombe de nouveau. Je tente de retrouver mon souffle. Je me liquéfie en sueur… à moins que ce ne soit du sang ? Et elle ! Son visage reste impassible. Elle donne l'impression de dormir… Allez ! Ça suffit !

Tu n'es plus que des jambes… tes bras n'existent plus… tu n'es plus que des jambes qui doivent avancer… des jambes… et rien d'autre… non, rien d'autre… le temps n'existe pas plus que la distance… tout est abstraction… tu es abstraction… des jambes… seulement des jambes… J'ouvre les yeux… le décor est flou… j'ai soif… j'ai chaud… je frisonne… un éclat de lumière aveuglant… des sons… métalliques… des secousses… des cris… Du blanc… suis-je mort ? Des cahots… une forme… un visage… des lèvres… articulent… je bouge avec constance… une étrange pression sur mon corps… qui vogue vers… Mes paroles s'éteignent au sein de ma gorge… sans vie… des mots mort-nés… mes oreilles… proches d'une ruche… je n'éprouve aucune peur… tout m'est égal… tout m'est indifférent… Des entrechoquements plus importants… des scintillements… les ténèbres… du blanc… du blanc… du blanc… fatigue… sommeil… dormir… dormir… dormir…

C'est ainsi que tout commença. C'est ainsi que tout s'acheva… c'est ainsi que tout s'acheva.

TRUNCATA

C'est ainsi que tout s'acheva.

D'un chêne séculaire s'étend une épaisse branche informe aussi courbe qu'un doigt arthritique. Le vent ne parvient guère à remuer le solide bois. Sa stabilité inspire la pose d'une pie. Celle-ci pépie, trépigne sur ses infimes pattes, puis s'envole. Avec plus d'aisance que sur la terre, l'oiseau vogue au sein de l'éther, pique dangereusement vers le sol. Soudain se redresse, rase de son frêle corps un champ de blé balancé d'un léger souffle. Enfin, prend de l'altitude, faisant fi de la gravité. Les ailes orgueilleusement déployées, elle franchit un colossal grillage, donnant sur une vaste cour enclose et atterrit de manière souple au centre de l'espace goudronné.

La pie sautille à droite, à gauche, en avant, fait volte-face, s'arrête. Après une foudroyante analyse, son bec attaque quelques miettes de pain et les avale goulûment. Un homme s'approche d'elle, mais l'oiseau ne s'en effraie point et piaille avec menace en direction de l'humain. C'est une pierre lancée et esquivée qui provoque son envol.

« Putain de Piaf ! Regarde ça ! Il nous nargue ! »

Les oiseaux n'ont pas conscience de leur liberté, de leur chance de voler, tout comme tu n'es pas conscient de ta chance de vivre, d'autant moins depuis que tu es parqué dans cette prison, où ta vie se limite à fumer, bouffer, pisser, chier, te dégourdir les jambes une heure dans la cour.

Pff ! Je suis vraiment entouré des pires tares de l'espèce humaine. Fortuné je suis de ne pas être obligé de passer mes journées auprès d'eux. Heureusement que j'ai cette foutue cellule.

J'apprécierais pleinement cette balade – que dis-je, tourner en rond ! – si j'étais sourd… mais ce n'est pas le cas, je dois entendre des inanités déblatérées par des animaux ou me plonger dans mon esprit, réciter des vers avec lesquels je m'enivre depuis mon arrivée en ce lieu.

Évidemment, je n'ai pas mes livres avec moi. J'avoue que ce fut difficile les premiers temps. Ils doivent prendre la poussière dans mon appartement. Ils seront jetés lorsqu'un huissier vendra mes maigres biens afin de dédommager les familles de victimes, jetés avec mes annotations. Je dois donc manipuler des œuvres aux pages jaunies, aux fragrances de renfermé, déchirées, raturées, profanées. L'adaptation a été laborieuse. Toutefois, nous nous habituons à tout… à tout.

Il y a peu, le chef de quartier m'a nommé auxiliaire bibliothécaire. J'ai dû vaquer à de nombreuses et déplorables manutentions auparavant ; j'ai appris une chose en prison : la patience ! Les surveillants, l'infirmier, l'avocat promettent beaucoup de changements, mais le processus est outrageusement lent ! Au début, je fulminais dans mes douze mètres carrés ; progressivement, je me suis calmé. À présent, on pourrait m'annoncer quoi que ce soit, j'en resterais de marbre. Oui, je ne peux pas connaître pire, je bute contre la limite, le mur.

Donc je suis auxiliaire bibliothécaire ! Je suis vaguement rémunéré pour ça. Oui, je suis exploité. Mais je suis en taule, ce n'est pas les vacances ! Grâce à ce pécule, je parviens à compléter mes « repas » carcéraux de mets primordiaux pour ma santé. Si je me contentais de la merde qu'ils me servent sur plateau, je serais constamment souffreteux et j'aurais perdu dix kilos ! J'ai besoin de forces pour faire ma musculation ! Et comme je ne peux plus courir, je dois muscler mes jambes maintenant !

Mon corps s'est vraiment développé ! Avant mon incarcération, j'avais des formes raisonnables. À présent, mes vêtements me serrent exagérément. Quoi faire d'autre ? Tourner trente fois en suivant les murs ? Non ! Moi, je fais un tour avant ma musculation puis un tour avant de rentrer. Tous les jours. Jamais je ne déroge à cette habitude.

Si j'ai développé cette musculature, ce n'est pas en espérant ressembler à un dieu antique, plutôt en vue d'impressionner, d'éloigner, de dissuader mes camarades de m'approcher. Personne ne m'effraie ici, ils l'ont bien compris. Si l'on ne vient pas m'importuner lors de mes activités, j'ignore mon entourage. Sinon, j'allonge le bras, de manière forte et fulgurante, j'ai dû marquer les esprits durant ma première rixe.

Finalement, en ayant pris le rythme, la prison, ce n'est pas l'enfer. J'ai la possibilité de lire à ma guise et de faire des exercices.

La liberté ? Je l'acquiers parmi mes lectures, qui me portent au-delà des barreaux, à travers la poésie. La révolution s'est opérée en manipulant *Les Fleurs du mal*. Je n'ai pas précisé, mais ma fonction « professionnelle » est de classer et ranger les livres. *Les Fleurs du mal*. Ce titre a raisonné dans mon cerveau. En plus, ce livre n'était pas trop abîmé. De fait, je l'ai ramené dans ma cage et quelle surprise ! L'esthétisation du laid ! C'est sublime ! Baudelaire est sublime ! Après l'avoir dévoré, j'ai lu son ami Nerval. En deçà, mais tout de même très bon. Ah ! La poésie ! Abstrait, souvent mièvre, mais les sonorités, les images, les odeurs qu'elle évoque me permettent une brève évasion.

Le sifflet !

Je dois remonter, en rang, en silence. Le bruit reviendra quand le cliquetis du verrou annoncera l'enfermement.

Nous nous habituons à tout… à tout…

TRUNCATA II

J'attends qu'un garde vienne me chercher afin qu'il m'escorte à la bibliothèque. Il peut arriver dans une minute comme dans trois heures, s'il ne m'oublie pas. Je repose mes yeux en contemplant le plafond poisseux. L'humidité a dévoré la diaphane peinture en taches de suie s'étendant continuellement. Je ne peux détourner mon regard d'une araignée, immobile, se tenant à proximité d'une plus chétive. Va-t-elle s'en nourrir ?

Mes paupières s'alourdissent.

Je me souviens de mon éveil à l'hôpital. Il fut similaire à celui suivant ma propre agression.

Je découvris une pièce déserte, blanche, légèrement aveuglante et agréablement silencieuse. Une faiblesse pesait sur mon corps. De fait, je demeurai statique un long moment, admirant le vide. À certains moments, je fus hypnotisé par l'égouttement de ma perfusion.

Brusquement, une puissante et sonore douleur me secoua. La toux… Ce qui confirma une probable fêlure de mes côtes, voire une fracture.

Mes oreilles sifflèrent encore du ravissement de ce paisible silence.

La porte s'ouvrit. Une infirmière apparut.

— Mais vous êtes réveillé ? Il fallait nous biper ! me lança-t-elle froidement.

Je m'abstins de répondre. Devant mon mutisme, elle s'en alla après m'avoir jeté un regard torve. Je l'entendis discuter avec une personne. Je me laissai glisser vers une léthargie lénifiante. Au bout de quelque temps, deux hommes se postèrent devant mon lit. L'un était jeune, l'autre plus âgé. Leurs visages suspicieux m'interrogèrent avant même qu'ils n'aient ouvert la bouche.

Je compris immédiatement.

— Monsieur, nous aurions besoin d'éclaircissements concernant votre présence ici, ainsi que des indications sur la personne vous accompagnant, dit l'aîné.

Tu m'étonnes !

— Comment va-t-elle ? demandai-je sincèrement.

— Elle est toujours dans le coma. Ses lésions lui ont fait perdre beaucoup de sang. Les médecins ne peuvent se prononcer, le diagnostic reste réservé.

— D'accord.

— Pouvez-vous nous renseigner sur les événements qui vous ont amené ici ? cracha maladroitement le cadet.

— C'est une prostituée.

— Oui, nous savons cela ! Néanmoins, nous avons découvert, dans un bois à proximité, un poignard ensanglanté et un sanglier. Il semblerait que l'arme ait à la fois tué l'animal et grièvement blessé cette femme.

— C'est exact.

— Comment ça ?

— C'est exact ! L'arme a blessé la prostituée et tué le sanglier.

— Soyez plus précis !

— J'étais en train de blesser la femme quand j'ai été chargé par un sanglier.

— Ce qui explique vos blessures !

— Tout à fait.

— Pouvez-vous expliciter ?

— D'abord, je voudrais savoir de quelle manière j'ai été amené ici.

— Nous n'avons pas fini de vous interroger !

— Vous en saurez plus après m'avoir répondu.

Les policiers échangèrent un regard, puis le plus vieux poursuivit en étant plus familier.

— Très bien ! Tu as été vu portant à bout de bras la jeune femme, avant de t'écrouler sur le trottoir. Là, tu as été passé à tabac par ses amis. Mes collègues ont eu du mal à te libérer. Tu étais inconscient et tu as été transféré ici.

— Qu'est-ce que j'ai ?

— Ça, le médecin te le dira.

J'entamai le récit de l'événement, puis de ma chute, de ma désillusion. Ils m'écoutèrent tout en couchant studieusement mes paroles sur un carnet. Ils me coupèrent de temps à autre en vue de s'enquérir de détails.

— Rien d'autre à signaler ? Des faits antérieurs ? me questionna le jeune policier, en m'indiquant ostensiblement qu'ils avaient déjà des pistes.

Un officier de la police judiciaire me signifia ma garde à vue, mon droit à garder le silence et à exiger la présence d'un avocat.

— Ça ira pour aujourd'hui, je suis épuisé !

— Il est évident que tu as d'autres choses à nous révéler !

— Vous voyez bien que je ne suis pas en état de réfléchir !

— Plus vite tu déballes, plus vite on remballe !

Je fermai les yeux et me tus, jusqu'à ce qu'ils perdent enfin patience.

— Nous avons bien compris ton petit jeu ! Nous reviendrons demain…

— Avec plaisir ! Ça me fera de la compagnie.

— Au fait ! Au cas où l'envie te prendrait de nous faire faux bond, sache qu'un planton fait le piquet devant ta chambre.

— C'est mignon ! Vous êtes adorables !

Ils claquèrent la porte, signifiant leur départ comme leur susceptibilité. Il n'y avait nul doute, je savais où serait mon prochain foyer. En attendant, j'eus envie de jouer, de ne pas tout dévoiler, qu'ils digèrent tranquillement. J'eus soif, je bipai donc les garde-malades, qui ne vinrent pas. Alors, je tentai de me lever. À peine mon corps se mut-il qu'une souffrance intense me pourfendit de toutes parts. Aussitôt, je me pâmai. Je me réveillai sous les gifles des infirmières.

— Arrêtez de me gifler ! C'est bon ! Je suis réveillé !

Quand je posai mes yeux hagards sur leurs faces, elles m'accablèrent.

— Ne bougez pas ! Sinon nous allons vous attacher !

Je ne fis aucun effort pour être agréable envers ces brutes.

— De l'eau !

— De l'eau, *s'il vous plaît, madame* ! Vous n'êtes plus un gosse, vous connaissez la politesse !

Ces voix aiguës me lancinèrent, m'enflammèrent.

— De l'eau !

— S'il vous plaît, madame !

— Putain ! De l'eau !

— Si vous devenez vulgaire, monsieur, nous n'allons plus nous occuper de vous. Nous vous laisserons sale et assoiffé !

— Ça va ! Ça va ! De l'eau, S'IL VOUS PLAÎT, MADAME !

L'une d'entre elles m'apporta un verre, mais me le renversa accidentellement sur le visage.

— Oh, comme je suis maladroite ! lança-t-elle ironiquement, tandis que ses collègues gloussèrent.

— Vous avez un problème avec moi ? Si vous n'avez pas envie de me soigner, cassez-vous, je m'en moque ! D'ailleurs, que vous ai-je fait ?

— Ce n'est pas à nous que vous avez fait quelque chose, mais à cette pauvre femme !

La jeune infirmière revint avec un verre rempli, que je lui pris des mains pour éviter une nouvelle « maladresse ». Je le vidai d'un trait et continuai.

— Ah ! Vous êtes solidaires d'une pute ? Je suis sûr qu'en temps normal vous lui cracheriez au visage ! Mais là, on s'apitoie ! Quoique je comprends, les putes et les infirmières, il n'y a pas grande différence.

— Maintenant ça suffit ! Débrouillez-vous !

— C'est ça ! Cassez-vous, bande de putes ! conclus-je avant de pulvériser le verre contre le mur et de subir la foudre de mes côtes.

Moins d'une minute suffit pour que des hommes entrent avec fracas et se jettent sur moi dans le but de m'attacher au lit.

Je me débattis, hurlant de douleur et de rage.

Je ne fus vraisemblablement pas un patient à choyer pour le corps médical.

— Ça vous apprendra à être incorrect avec le personnel soignant.

— Elles m'ont provoqué ! Vous m'entendez ? Elles m'ont provoqué !

— Tu vas voir, ça va t'aider à te calmer !

— Non ! Pas de piqûre !

Aussitôt, un liquide chaud et désagréable ruissela dans mes veines.

Le cliquetis du verrou me fait sursauter.

— Cazaux ! Tu es attendu à la bibliothèque.

TRUNCATA III

C'est étonnant comme la bibliothèque est peu fréquentée… enfin, je ne me plains pas d'être entouré d'analphabètes, au moins ici, je suis en paix, loin du vacarme ambiant. Parfois, un détenu tente avec courage de prendre un livre. Mais, à chaque fois, au bout de quelques pages, quelques lignes, il le repose. Il se conforte dans son idée première : il n'a pas été conditionné à s'instruire. Voilà son problème ! Malheureusement, ce n'est pas le milieu carcéral qui y parviendra, tant son esprit est verrouillé. J'effectue mon travail avec plaisir, personne n'est derrière moi afin de vérifier si je travaille bien ou non puisque personne d'autre ne le ferait. Je n'éprouve aucune pression. De toute façon, je n'ai plus de pression à avoir, tout est terminé à présent.

Je me souviens des visites des enquêteurs. Des visites vaines, finalement, car l'attitude des infirmiers ne me donnait pas envie de coopérer. Si bien que je précisai ma totale collaboration à partir de ma sortie de l'hôpital. Comprenant que leur enquête n'évoluerait pas d'une once, ils se résignèrent à exécuter mes caprices. Je peux considérer ce séjour médical comme infernal, à la limite de la persécution. Je n'ose imaginer si j'avais été lâché en pleine rue. Je me serais tout bonnement fait lyncher à mort.

À ma sortie, je n'eus aucune liberté. À peine étais-je habillé que la police m'escorta, menotté, au commissariat. Je n'éprouvai aucune pudeur à traverser les couloirs hospitaliers. Chaque regard se posait sur moi, j'en aurais presque jubilé. J'étais l'attraction de ce bas lieu. J'étais l'attraction d'un incommensurable mépris.

Cazaux, le monstre.

Une fois à destination, deux hommes me menèrent au sein d'un bureau. Là, ils attachèrent l'une des menottes à un plot rempli de béton siégeant à proximité de ma chaise. Peu de temps après, les enquêteurs investirent le lieu. Comme promis, je coopérai. Je dus expliquer, mimer dans les moindres détails mon acte, la pantomime du meurtrier. On me déféra devant le juge des libertés qui me signala ma mise en examen et mon placement en détention provisoire.

Un appel téléphonique plus tard, on m'obligea à enfiler des bottes ainsi qu'une tenue de pluie, sous laquelle on lia mes mains, en vue de me faire participer à la reconstitution du crime. Quel plaisir de retrouver un bois ! Quelle jouissance d'être enivré par ses fragrances ! Cela me mit d'une humeur excellente et j'infligeai de fictives blessures avec un fictif poignard à une policière qui se montra agréable victime. Je répétai, à l'aide de flash-backs fiévreux, les mouvements qui blessèrent grièvement la prostituée. Cependant, les représentants de l'ordre ne jugèrent pas nécessaire que je mime le meurtre du sanglier, car je n'étais étonnamment pas inquiété pour ce crime. Tout compte fait, je ne vécus pas cela difficilement.

De retour au poste, mes chers enquêteurs poursuivirent leur interrogatoire. Je décidai de ne pas y participer afin d'avoir encore des occasions de fuir l'inconnue prison.

Ces messieurs perdirent en courtoisie, mais j'étais le maître de la résolution de l'affaire Cazaux. Une autre escorte me conduisit, en début de soirée, à mon nouveau foyer. Ainsi, j'outrepassai sans grande appréhension une vaste grille donnant sur un édifice austère et bétonné. J'investis le lieu où l'on me déchargea du peu d'effets en ma possession, en allant jusqu'à fouiller mon rectum. Je découvris par là même d'inédites personnes, qui tentèrent de m'effrayer par leur simulacre d'autorité. Je jouai le jeu pour ne pas me faire remarquer. Enfin, je traversai pléthore de portes, dont la dernière me mena à un long couloir.

Je fus accueilli par des hurlements que les gardiens eurent du mal à contenir. Évidemment, cet accueil était destiné à chaque nouvel entrant. Personne ne connaissait l'illustre Cazaux. En définitive, la horde se stationna devant une loge. Un cliquetis de verrou m'ouvrit le minuscule espace qui m'était attribué. Nulle surprise ne me gifla à la vue d'un codétenu. Celui-ci détourna tout juste le visage d'un écran de télévision afin de m'identifier. Après avoir retrouvé pleine liberté de mouvement, la porte se ferma avec fracas. J'étais emprisonné.

Mon colocataire était un homme d'une cinquantaine d'années, au teint brûlé, aux yeux cernés, des cheveux grisonnants, des points blancs ravageant ses joues et le contour de sa bouche. Je lui tendis la main gauche en me présentant, il la serra mollement en guise de salut. Un sac siégeait sur mon lit. Il s'agissait d'un lit superposé. Forcément, j'avais hérité du plus élevé. Je l'ouvris et découvris quelques vêtements familiers. Mais où était le reste ?

Peu importe, je me souvins de ce que j'étais devenu aux yeux de la société que j'avais régulée. Je ne me posai pas plus de questions concernant le bienfaiteur ayant rempli mon sac. Plus rien n'avait d'importance à présent. Je grimpai sur le lit. Je connus l'inconfort du matelas.

TRUNCATA IV

Mon occupation est terminée, je reviens dans ma cellule. Des lettres sont posées sur mon lit. Sans même regarder les expéditeurs, je les donne à mon codétenu qui les réceptionne d'un large sourire. Aussitôt, il déchire les enveloppes et les lit avec avidité. Je monte à ma couche, m'allonge et me munis d'un livre. Au lieu de lire, je scrute le plafond afin de vérifier si les deux araignées se défient toujours de leurs regards multiples. Ayant misé sur la plus imposante, je suis convaincu de la revoir dans une plastronnante immobilité.

Il n'en est rien ! Non seulement les arachnides n'ont pas bougé d'un iota, mais en plus un troisième spécimen, de petite taille, a rejoint l'intimidation qui ne paraît être à présent qu'une froide maternité. Je suis déçu, alors j'ouvre le recueil de poèmes en attendant l'heure du repas.

Mes débuts au sein de la maison d'arrêt furent relativement difficiles et notamment à cause de mon premier camarade de chambre. D'abord, je fus constipé pendant trois jours, ne supportant pas la présence d'une personne durant ce moment d'intimité. Après, j'ai dû faire des concessions pour que ça ne vire pas à l'occlusion. Ah oui, lui ! Ça ne le dérangeait pas, il se foutait que je sois là ou pas ! D'ailleurs, les premiers temps, je fus dégoûté de le voir, le visage contrit et les fesses sur le trône, pisser à quelques centimètres de moi tout en me parlant, alors que je me brossai les dents.

Mais de loin, ce qui était le plus inconfortable, c'est qu'il fumait cigarette sur cigarette, enfumant la pièce d'un épais brouillard. Il s'hypnotisait devant le poste de télévision au volume exagérément élevé, et ce jusqu'à treize heures par jour. Au moins, notre communication se limitait au strict nécessaire. Le bruit, la fumée… je ne le tolérai que peu de temps. Je le prévins d'une manière sèche de mon incommodante position. Je lui précisai que mes vêtements étaient embaumés par le tabac, mais que c'était surtout mes yeux et ma gorge qui me brûlaient. L'homme promit de faire un effort, cependant tellement moindre qu'imperceptible.

Alors, je le harcelai continuellement. Toutefois, le son du poste augmentait quand je parlais, il couvrait mes paroles. Si bien que le cinquième jour, je déchargeai un flot de haine sur sa frêle carcasse par l'intermédiaire de mes poings. Bien entendu, ses gémissements attirèrent les gardiens qui me rendirent mes coups au quintuple par le biais de leurs matraques, avant de me jeter tel un sac-poubelle dans un cachot obscur, craintivement nommé « mitard ».

Et je compris pourquoi… neuf mètres carrés, aucune ouverture, aucun contact avec qui que ce soit. Un minuscule guichet d'où sont transmis les repas, accompagnés de couverts en plastique, au cas où l'idée viendrait de se suicider. Un étroit lit en pierre, tout comme la ridicule table, dont le matelas est seulement donné la nuit. Les chiottes, car je ne peux décemment pas nommer cela « toilettes », à la turque, surplombées d'un robinet à poussoir d'eau froide. Inutile de préciser qu'on était en hiver et qu'un chauffage aurait fait office de luxe. Les surveillants m'offrirent le privilège de me réchauffer sous la douche trois fois le temps de cette interminable semaine. Le seul avantage que je pus y trouver était la promenade dans une pièce à peine moins étroite, et surtout, le silence.

Ces sept jours se déroulèrent au plus profond de mon esprit, j'essayais de faire abstraction de ma condition en dévorant raisonnablement les livres que l'on m'amenait. Je préfère ne pas me souvenir en détail de ce supplice. S'ensuivit un passage au prétoire, le tribunal interne à la prison, où l'on me sermonna allègrement et m'indiqua le prolongement de ma réclusion, bien qu'elle soit déjà certainement à perpétuité, blablabla. Pour la peine et d'un commun accord, ils me placèrent dans une nouvelle cellule où je demeurai seul… un jour.

Un homme grotesque d'une cinquantaine d'années déroba le maigre espace vital attribué. Il était non-fumeur, malgré un faciès de toute évidence ravagé par le tabac. L'homme ne respirait pas la joie. Les premiers jours, il se contenta de sangloter, la tête enfouie dans son traversin. Cette âme en détresse m'inspirait le strict minimum de compassion. Principalement en vue de ne pas avoir un parasite sonore de plus pendant ma lecture, je le questionnai afin qu'il perce cette vessie de mélancolie. De la sorte, j'appris l'objet de sa détention, soi-disant un recel, une moto apparemment… pourtant, son incarcération semblait dérisoire en comparaison à la synchronique tragédie familiale. Sa femme demandait le divorce et la déchéance de ses droits paternels sur sa fille.

Progressivement, sa tristesse devint silencieuse, les sanglots se substituèrent à des contemplations du vide. Contrairement à lui, je recevais du courrier que je n'ouvrais jamais, probablement ma mère et des connaissances, conventionnellement nommées « amis ». Mon comportement paraissait l'exaspérer. Si bien qu'un jour, il explosa, au bord de l'hystérie, en se lamentant de n'avoir aucune nouvelle de l'extérieur. Alors, je lui tendis mon tas de lettres et l'invitai à être mon secrétaire. Il se calma aussitôt.

— Mais je ne connais pas ces gens !

— Tu veux des nouvelles de dehors ?

— Euh… oui…

— Alors, prends ces lettres et réponds comme si elles t'étaient adressées. Ça te fera du bien et ça soulagera la petite conscience de ces abrutis… tu leur permettras d'enlever un léger poids de leur pseudo-marasme quotidien. Allez, tiens !

Ainsi, l'homme acquit une humeur plus agréable dans ce simulacre de correspondance. Je ne l'ai jamais interrogé concernant le contenu des courriers et jamais il ne me posa la moindre question.

TRUNCATA V

Ici, chaque jour est la répétition du précédent. Une centaine de téléviseurs allumés. Le son trop élevé afin de saturer le maigre espace, pour reproduire le tumulte de la rue, des grandes surfaces, si ce n'est les postes de radio tout aussi bruyants, souvenir évanescent de trajets en voiture… l'air… la fenêtre ouverte… la paume résistant au souffle de la vitesse… Nostalgique des sorties au commissariat, j'attends à présent mon jugement. Pour quand est-il, déjà ? Peu importe. On me le rappellera. Et puis l'enfermement éternel…

Un matin, je venais d'effectuer mes exercices physiques quand un garde m'annonça mon départ imminent pour le poste de police. Je rejoignis donc mes camarades policiers souhaitant que je leur conte la suite de « l'affaire Cazaux ». Passé le « il était une fois », je récapitulai mon dernier meurtre : le porc en quatre-quatre. De toute évidence, la convocation n'était pas anodine, puisqu'ils avaient découvert au fil de leur enquête le lieu de résidence de mes parents et l'avaient rapproché à un cadavre.

Après mon récit, je questionnai le plus âgé en vue de connaître les circonstances du décèlement du véhicule.

— L'été dernier, le niveau du lac a beaucoup baissé. Un promeneur a déclaré avoir vu quelque chose de suspect dans le plan d'eau. Des plongeurs ont identifié un véhicule. Enfin, une grue a pêché la carcasse.

— De quelle carcasse parlez-vous ? osai-je ironiser.

— Tu peux être fier de toi, il n'était pas beau à voir, ton type ! poursuivit le plus jeune, taquin.

J'imaginai ce tas de fer rouillé, s'égouttant et scintillant au-dessus de l'eau. Puis son détachement sur le bord. Enfin, la découverte d'une charogne gonflée, dégustée par les carnassiers, reflétant à la perfection la personnalité de son conducteur.

Bien entendu, je dus reconstituer la scène. Je répétai ma gestuelle assassine sur un agent de corpulence scandaleuse pour sa fonction. L'ensemble de mes mouvements fut immortalisé par des photos et des notes.

Je vis l'auditoire réagir lorsque je mimai le plantage de lame dans la trachée. Certainement comprirent-ils qu'il s'agissait là de ma signature. Ensuite, retour au commissariat pour des broutilles administratives. Mes flics tentèrent de me soutirer d'autres forfaits. Je restai sur ma position : chaque chose en son temps. Comme à l'accoutumée, les hommes réceptionnèrent mon exigence avec acrimonie. Ils essayèrent de me persuader en avançant que mon comportement ralentissait la procédure et donc jouait en ma défaveur.

— Quelle défaveur ? Hormis la prison, que peut-il m'arriver de pire ?

Aucune réponse.

— La peine capitale est abolie. Alors je n'ai pas le moindre intérêt ni désavantage à tirer de mon comportement, n'est-ce pas ?

Un jour suivant, je fus convoqué, car j'étais confondu pour ma première victime, mon premier agresseur… Trachée. Mais je fus déçu qu'il mélange aussi irrespectueusement mon processus. De fait, je narrai le récit du SDF. Après des recherches orientées vers le lieu de l'homicide, me laissant seul dans ce bureau trop éclairé, les policiers sont revenus.

Même procédure, reconstitution, etc. Le jeune agent m'indiqua que l'affaire avait été classée, les autorités ayant supposé un règlement de compte sur la voie publique entre marginaux. En effet, la mort d'un clochard n'émeut personne, c'est même un soulagement. De retour au commissariat, je les fis encore languir concernant mes débuts. Par contre, cette fois-ci, je refusai de coopérer pendant plusieurs semaines. Ils perdirent vraiment patience. Lorsque j'en eus assez, je commençai ma narration par d'autres propos. Je parlai de mon enfance, de mon père, de mon frère, de Mathilde, avant d'en venir à mon agression.

Les flics m'ont écouté attentivement, les yeux grands ouverts. Ils ne m'ont pas interrompu. Cette garde à vue fut la plus longue. J'ai eu droit aux croissants à l'aurore ! Reconstitution, conclusions, etc.

Depuis, je n'y suis jamais revenu. C'est dommage, je commençais à les apprécier, ces enquêteurs. Seulement, tout a une fin… tout a une fin…

TRUNCATA VI

Le surveillant ouvre la porte. C'est l'heure de la douche !

Ah, la douche ! Un moment très agréable dans la vie d'un détenu. Il faut préciser que je suis un privilégié. Oui, depuis que je travaille à la bibliothèque, j'y ai droit tous les jours, contrairement aux autres qui se contentent d'un savonnage tous les deux jours. La combine est de pratiquer une activité physique permettant des accès supplémentaires à la salle d'eau. Il est vrai que mon emploi n'entraîne jamais de sudation excessive. Pourtant, je me garde bien de le leur préciser.

J'avoue que la première fois où mes pieds ont foulé le carrelage crasseux de ce bas lieu, j'ai éprouvé plus de dégoût que de réjouissance. Le plafond est dévoré par l'humidité, le sol ainsi que les murs maculés de poils pubiens et autres cheveux, qui bouchent également les évacuations d'eau. Suite à plusieurs mycoses aux pieds, je me douche sur les talons en évitant de poser ma plante, tout comme je ne suis à aucun moment en contact avec le mur. Ce sont les principales précautions à respecter.

Concernant le risque de perdre ma virginité anale, il frise le zéro. Nourri de ce mythe, je me suis méfié les premiers temps, me lavant face à mes camarades. Puis, progressivement, j'ai appris à apprécier ce moment rare. Si qui que ce soit avait tenté de me violer, je lui aurais allègrement arraché les couilles !

Paré, j'attends à présent le garde qui doit me conduire au rendez-vous.

La juge d'instruction, qui est une femme, a souhaité une expertise psychologique, en vue d'évaluer la responsabilité de mes actes.

J'espérais qu'il ne s'agisse pas d'une femme. Je suis devenu phobique des femmes. J'ai l'impression qu'elles me persécutent : les infirmières de l'hôpital, la juge, l'infirmière de la maison d'arrêt. Toutes sont ou ont été désagréables avec moi ! Toutes.

Heureusement, le psychologue est un homme ! Je m'assois. Le surveillant me démenotte. Précédemment, je lui ai narré ma vie. Ensuite, mes crimes. Mais aujourd'hui, le psychologue veut me faire passer un test, intitulé Rorschach.

Il me présente des images ou plutôt des taches d'encre. A priori l'interprétation est censée être libre. Je suis surpris qu'à partir de taches, on juge la responsabilité d'un homme. Je suis presque révolté ! Enfin, je m'y soumets.

Voici la première… la deuxième… la cinquième…

Au premier abord, un grossier papillon. Je sais que je dois répondre un papillon. Seulement, je ne vois pas que cela. Je vois également un visage de démon aux yeux délirants. De plus, il tire sa longue langue vers un côté de sa bouche. En somme, un démon amusant.

Je formule à l'homme mes deux réponses. Et c'est ainsi pour les neuf autres dessins. J'ai toujours deux interprétations… De retour dans ma geôle, je ne sais quoi penser. Cela me laisse dubitatif. Je ne lis pas le restant de la journée. La promenade ne m'enlève pas plus ces images. N'aurais-je pas dû taire mes seconds commentaires ? Ai-je mes pleines capacités ? Ne vis-je pas au sein de limbes déformés, étriqués, allongés de réalité ? Est-ce de la folie ou est-ce le monde qui m'entoure ?

Je n'ai aucune réponse. Le psychologue statuera et j'aurai connaissance du résultat lors du procès.

Non, je suis responsable ! Complètement responsable ! Mes meurtres n'ont jamais été perpétrés sous la pulsion d'un puissant délire ! Non, c'est certain !

TRUNCATA VII

C'est le grand jour ! J'attends patiemment mon escorte. À vrai dire, je n'ai pas trouvé le temps long jusqu'à mon procès. En milieu carcéral, il faut effacer toute notion de temporalité sous peine de devenir fou.

Hier, mon avocat commis d'office, qui me suit depuis le début de mon inculpation, a souhaité revoir son argumentation en ma compagnie. Il était bien plus tendu que moi. En effet, il va jouer sa crédibilité, son ascension, sa promotion ou sa pérennisation dans une situation médiocre de petit avocat de merde, avec mon affaire. Son enjeu, vain à mon humble avis, est d'éviter la perpétuité et d'obtenir le minimum de sûreté.

Personnellement, je m'en moque, l'idée de rester en prison jusqu'à la fin de mes jours ne me paraît plus insupportable. Au moins, la maison d'arrêt me permet une vie réglée à la lettre, sans imprévu, je peux vaquer à ces occupations tant affectionnées plus intensivement. Plus besoin d'effectuer des tâches absurdes au sein d'une entreprise si peu redevable tant elle est tentaculaire. Plus besoin de perdre mon temps à en démarches administratives inventées par des fonctionnaires incompétents payés à se distraire. Plus besoin de devoir participer à des coutumes familiales désuètes.

Oui, ce lieu est celui de ma retraite. Cliquetis du verrou. C'est le moment. Mon codétenu fait un mouvement de tête signifiant « *bon courage* ». Menottes.

L'air est doux, le ciel dégagé. J'aperçois un oiseau virevoltant avec l'aisance de sa condition au-dessus de ma tête. J'inspire fortement. Je sens un sourire plisser mon visage, mon reflet dans la vitre du fourgon le confirme. Je m'assois. On me ceint d'une ceinture de sécurité. Le véhicule démarre. J'admire le paysage bucolique avant de m'affliger du paysage urbain. Devant, mes conducteurs commentent l'actualité avec trivialité. Ils me demandent ce que j'en pense. Je leur réponds que je ne fais plus partie de ce monde. Un feu rouge qui passe au vert et me voilà devant l'imposant édifice de style antique. Thémis, les yeux bandés, une balance dans une main, brandissant fièrement un glaive de l'autre, est censée me faire répondre de mes actes. Le passager me demande d'enlever ma veste en vue de cacher mon visage lors de la sortie de la bétaillère.

Je m'exécute.

À présent, je ne vois plus rien. J'aurais dû choisir un vêtement moins épais. Tant pis. J'entends les gendarmes grommeler à propos de la horde de journalistes agglutinés aux abords de la grille de la deuxième entrée, la plus discrète. Le fourgon s'arrête dans une légère secousse. La portière s'ouvre et je suis entraîné vivement vers l'intérieur sous le claquement continu de flashs d'appareils photo et insultes.

« Meurtrier ! » « Ordure ! » « Enculé ! »

Mon avocat se substitue aux forces de l'ordre. Il me demande comment je me sens. Je lui réponds que je me sens mieux que lui, tant sa tension est palpable.

Je comprends qu'il n'a pas grand-chose à me dire, alors nous languissons silencieusement jusqu'à ce que nous puissions entrer dans le tribunal. Je croise mes jambes, balaie le sol marbré de mon pied, chassant des saletés fictives. Un homme apparaît dans un angle et nous invite à entrer. Une salle, impressionnante par sa taille, s'offre à ma vue, sans parler d'une foule bruyante tout aussi consistante. À ma vue, le brouhaha vire au silence. Le jeune avocat me tire par le bras pour me réveiller.

Dès que je monte les marches me menant à mon box, c'est de nouveau un matraquage de flashs. Je leur offre un visage haineux en réponse aux taches noires qu'ils infligent à mon champ de vision. Il me faut un certain temps pour retrouver une vue claire. Les journalistes sont mis à la porte puisqu'il s'agit, à mon plus grand plaisir, d'un jugement à huis clos.

Je domine la foule afin de l'identifier. Certainement les familles de victimes. Tiens ! Je reconnais la prostituée. Belle femme, finalement. Moins vulgaire, plus sérieuse. Elle a dû changer de vie depuis que j'ai manqué de la lui ôter. Elle détourne le regard lorsque je lui fais un signe de la main en guise de salut, suivi d'une sonore protestation en provenance des personnes qui l'entourent. Qu'ils sont rabat-joie ! Je voulais seulement être poli…

Je capte des yeux familiers que je simule de ne pas voir. D'anciennes connaissances. Ce doit être les personnes qui me soutiennent. Je croise les globes oculaires larmoyants de ma mère. Ceux, inexpressifs, de mon père…

Je détourne le regard à mon tour et décide de scruter mes chaussures en espérant que l'audience commence expressément.

TRUNCATA VIII

Un silence sépulcral règne au sein de la cour d'assises. L'assemblée attend l'entrée des magistrats. Et voici les longues robes noires et rouges qui investissent leur trône. Leur statut les oblige-t-il à se travestir de la sorte ? Pourquoi s'accoutrer ainsi pour juger un criminel ? C'est censé l'impressionner ? Personnifier une justice froide et austère ? Écrasante et impitoyable ?

Fi !

Leur venue a rompu le calme et enclenché une série de commentaires.

La présidente réclame le silence.

Les jurés, vêtus civilement, passent presque inaperçus.

La femme inventorie mon état civil, avant de procéder à l'audition des témoins.

La prostituée me darde. Je lui souris.

D'ailleurs, la présidente l'appelle à la barre.

Mes yeux s'agrippent à son visage durant son témoignage. Je sais que je la déstabilise. Elle bafouille, cherche ses mots, commet des lapsus plutôt amusants…

Je sens qu'elle va s'adresser à moi. Je ne sais pas pourquoi, c'est un cliché de victime rescapée.

Voilà ! Elle se tourne vers moi. Son corps frémit, sa voix chevrote…

— Pourquoi ?

— Vous pouvez répondre, monsieur Cazaux, m'indique la présidente.

— Je t'arrête tout de suite ! Tu es la seule victime que je regrette. Habituellement, je n'aurais jamais touché une femme. Mais là, tu es allée trop loin. J'ai essayé de te secourir, cette rencontre a dû changer ta vie. Certainement te traumatiser, ne cherche pas à en savoir plus. Réapprends à vivre avec ce facteur, c'est une force plus qu'un fardeau. En frôlant la mort, je t'ai offert la possibilité d'apprécier réellement la vie.

La prostituée larmoie. Deux policiers doivent l'aider à retrouver sa place. A contrario, l'avocat me rejoint on ne peut plus stressé. Ses yeux témoignent de son insomnie. Il crochète mon bras et m'emmène au sein d'une salle, pauvre en ornement.

— Monsieur Cazaux ?

Devant l'absence de réponse, il poursuit.

— Aujourd'hui, l'avocat général effectuera son réquisitoire. Il semble considérer, avec l'appui du rapport des psychiatres, que votre entendement était aboli lors des crimes. Vous souffririez d'une maladie mentale. Mais les magistrats souhaitaient un jugement afin d'éviter un scandale provenant des familles de victimes.

— Pardon ? Ils me considèrent comme fou ? Moi, je serais fou ?

— En quelque sorte, monsieur Cazaux.

— Et donc ?

— Je tenais seulement à vous prévenir. Veuillez rester calme, je me charge de votre défense.

Je n'y crois pas ! Cette annonce me laisse sans voix. Je rejoins mon banc d'accusé, l'esprit à cent mille lieux de la salle d'audience, ne portant d'égard ni pour la cour ni pour l'assemblée. La pièce habituelle se joue. L'avocat général, après une légère salutation en ma direction, commence.

Il expose mon enfance. Il parle du changement de ma personnalité après mon agression. Taciturne. Caractériel. Désociabilisé. Introverti. Test de Rorschach. Voit uniquement des choses morbides. Structuration paranoïaque de la personnalité camouflant une dissociation psychique : la schizophrénie. Forme rare : héboïdophrénie. Caractérisée par des actes antisociaux. Perversion. État de démence au moment des faits.

Je suis étourdi. Il me faut plusieurs minutes avant que mon corps ne me permette une quelconque réaction.

Mais je sens. Je sens une intense révolte me parcourir. Je me lève, je ne demande pas la parole.

— Vous insinuez que je suis fou ?

— Monsieur Cazaux, je n'ai jamais prononcé le terme « folie ».

— Et vous osez jouer sur les mots ! JE NE SUIS PAS FOU ! JE SUIS ENTIÈREMENT RESPONSABLE DE MES ACTES ! NE LES AI-JE JAMAIS RACONTÉS MÉTICULEUSEMENT ? ALORS, MON ENTENDEMENT ÉTAIT ABOLI ? SI ÇA AVAIT ÉTÉ LE CAS, J'AURAIS BABILLÉ DES DÉLIRES MYSTIQUES ! J'AURAIS PARLÉ DE VOIX !

— Monsieur Cazaux, veuillez vous calmer, s'il vous plaît. Ce rapport n'est pas contre vous. Il s'agit d'un bilan de personnalité, rien de plus !

— Vous vous foutez de moi ? Connard ! Je sais très bien ce que tu as trafiqué !

La présidence vocifère.

— Cazaux ! C'en est trop !

— Ne me prends pas pour un abruti ! J'ai toujours donné deux réponses lors des tests ! Cela ne prouve-t-il pas que je suis parfaitement lucide ? PARFAITEMENT LUCIDE !

— La séance est levée jusqu'à nouvel ordre ! lance la présidente, hors d'elle.

Un mouvement irrépressible me jette hors du box et on m'engouffre dans le couloir.

— Ce n'est pas possible ! Ce n'est pas possible !

Je tourne en rond, m'agrippant les cheveux, tapant sur les murs, colonnes, sièges, avec mes pieds, mes mains.

— Cazaux, calmez-vous ! Calmez-vous ! dit une voix qui ceint mon enveloppe.

— Je ne reviendrai pas ! Qu'ils le fassent sans moi, leur putain de procès ! Ils n'en ont rien à foutre ! Ils peuvent statuer ce qu'ils veulent ! Je n'aurai jamais mon mot à dire de toute manière !

— Cazaux, il faut que vous reveniez ! Sans vous, ils feront n'importe quoi et vous confirmeriez votre démence en restant ici ! Revenez, excusez-vous.

— Ils veulent me rendre réellement fou ? C'est ça ?

— Calmez-vous, calmez-vous ! Allez, je vous donne dix minutes et je reviens vous chercher. Dix minutes… respirez.

Je demeure ainsi. Mon cerveau semble enrayé. Aucune pensée ne traverse sa contenance. Je suis assommé, assommé…

L'avocat vient me chercher. Il me demande de m'excuser. Une clameur m'accueille. La juge me toise. J'articule faiblement des excuses. Elles suffisent à relancer le débat.

Je reste interdit jusqu'à la fin de l'audience. Je sais que mon sort est joué. Il faut que je patiente. Ils doivent m'accorder une dernière fois la parole. Ce moment, ce dernier moment peut m'éviter le désastre.

Ainsi, mes actes ne sont que la résultante d'une maladie mentale ? Une maladie mentale s'étant parfaite depuis mon réveil ? Ainsi n'ai-je jamais été maître de ma personne ? Ainsi, tout est conditionné depuis le début, depuis le commencement, depuis l'origine ?

Comment ai-je pu oublier ces détails ? Que dis-je, ces détails, comment ai-je pu oublier ces symptômes ? Comment ai-je pu occulter les preuves de ma folie ?

Ma vie s'explique par un simple bilan de la personnalité. Ma vie anodine de taré…

Mes réflexions ont-elles un sens ou divagué-je dans les méandres de la démence ?

Non ! Non ! Et non !

Il n'y a rien de plus réducteur que de résumer mon existence à de vulgaires concepts psychologiques. La psychologie est du charlatanisme, rien de plus ! Ces fondations ne sont que vide, néant, absence, absurdité !

Qui est ce psychiatre, psychologue, psychanalyste, imposteur, pour me juger ? Et cette juge, qui est-elle, sinon un esprit saturé de lois, de décrets, de jurisprudences ? N'est-elle pas aliénée par une fatigue psychique due à un rythme professionnel invivable ? Quant à ces jurés ! Ils ne sont que quidams dépourvus de quelconques compétences, outre celles relatives à leurs professions ! Des êtres moyens, aux vies médiocres, pérennisant leur insignifiance au travers de leurs inutiles gamètes.

Et moi, qui suis-je ?

Un surhomme ! Un être supérieur ! Je suis au-dessus de la masse et de ses prérogatives surannées ! Ils ne peuvent me juger, car je demeure hors de portée de leur entendement.

Ah ! Ridicules vermines, vous ne perdez rien pour attendre !

Fou ? Moi ? Je suis fou ?

Attendez ! Je vais vous faire le spectacle ! Je vais secouer violemment votre petite réflexion sclérosée !

Oui, il est hors de question que je m'écrase face à la justice des hommes.

Le procès se poursuit sous mes yeux, mais je n'y porte que peu d'égard. Je reste dans les tréfonds de ma boîte crânienne, le seul lieu qui m'incombe sur cette planète. Un lieu dépourvu de contrainte, de vacarme, de grouillements lépreux. C'est mon mont, ma grotte, mon bois…

Fin de l'audience.

TRUNCATA IX

Cette première audience n'a nullement ravi mon sommeil.

Mon avocat me parle. Je ne l'écoute pas. Une seule chose me divertit, il paraît passionné par son discours.

— Serait-il possible que vous me fournissiez *La Philosophie dans le boudoir* ?

— Pardon ?

— *La Philosophie dans le boudoir*, de Sade !

— Euh… pourquoi… d'accord… si vous voulez…

— Pour demain, ce serait parfait. J'en ai besoin pour ma dernière intervention !

— Vous allez déclamer du Sade ?

— Non !

— Et en ce qui concerne la plaidoirie de demain, vous en pensez quoi ?

— Très bien. Cela me convient tout à fait !

— D'accord, je pense que nous avons une chance de vous éviter l'hôpital psychiatrique.

— Parfait ! Vous n'oubliez pas le livre, demain, s'il vous plaît ! C'est très important !

— Non, ne vous inquiétez pas, je l'aurai !

Quelle plaidoirie ? Je n'en ai pas la moindre idée !

Il me considère étrangement. Certainement commence-t-il à adhérer à l'opinion générale… Je l'emmerde ! Je vais mettre au grand jour sa flagrante incompétence, la flagrante faillite de ce monde auquel je ne peux appartenir !

C'est ensuite à l'avocat des parties civiles de plaider. Il commence par le premier meurtre, en insistant sur le caractère pervers de l'acte et sa supposée gratuité. Sa plaidoirie ! Je me tais, bien que mon envie de lui couper la parole soit grande.

Je tiens à rappeler que c'est moi qui ai d'abord été la victime de ce délinquant notoire ! Il m'a menacé d'un couteau, m'a passé à tabac avec l'aide d'un comparse : deux jours de coma ! Qui allait l'arrêter ? Malgré ma plainte et ma description, personne ne m'a proposé de les confondre ! Un être humain ?

J'espère qu'ils plaisantent ! Il s'agissait d'un parasite, dépouillant impunément les honnêtes gens !

Au milieu de la foule, une femme gesticule en ma direction et, de fait, attire mon attention. Ce doit être la mère… La juge qui, par expérience, sent que la situation pourrait dégénérer, intercepte mon regard.

Je me tais toujours. L'interlocuteur en vient à l'affaire du SDF. Il décrit dans un registre pathétique les faits, insistant sur la vulnérabilité du poivrot. Pff ! Vous ne remettez aucunement les choses dans leur contexte. Quel travail bâclé ! Je n'ai fait que me défendre. Il s'agissait encore une fois d'une nuisance, d'un être inutile dans notre société, importunant les passants tranquilles, devenant vulgaire et agressif quand il avait trop bu. Sa simple vision, sa paresse, sa lâcheté, sa faiblesse me révoltaient.

Je ne peux m'empêcher de sourire. Je suis juste une personne moins hallucinée que vous tous. L'avocat a fini son petit monologue de merde. Silence dans la salle.

La présidente annonce la levée de l'audience et sa reprise dans deux heures afin que ce microcosme judiciaire déjeune. L'avocat me parle de l'instruction. Je ne réponds rien et me contente d'attendre la reprise. N'étant pas très loquace, le jeune homme fume cigarette sur cigarette, passe une quantité importante d'appels afin de tuer le temps… Le stress le ravage ! Après des études exagérément longues, exagérément rigoureuses, des nuits blanches, de litres de caféine, de kilomètres de fumée, en vue d'obtenir le diplôme, il doit maintenant maintenir le même rythme pour se faire un nom, maîtriser les constantes modifications juridiques. J'espère qu'il est bien payé, au moins sa famille pourra profiter amplement de son sacrifice professionnel, car sera-t-il tout juste à la retraite que son cœur le lui rendra.

La reprise de l'audience est imminente. Je rejoins le box des accusés. J'évite les regards posés sur moi. Toujours la même mise en scène. Le ballet des juristes en robe… L'avocat poursuit son récit là où il l'avait laissé. Nous en venons au troisième meurtre. J'écoute. Pas grand-chose à redire pour celui-ci, c'est la redite du rapport de la police inspiré par mes dires. La narration est ponctuée de termes tels que « sordide », « summum » et « violence ».

Ah ! Des personnes cachent leur bouche à l'aide de leur main afin de jouer la frayeur, dont ma mère… Coucou, maman ! Regarde le monstre que tu as pondu ! L'interlocuteur entame le récit du dernier acte… échoué… celui de ma chute… On parle de sadisme, mon pauvre Sade, votre nom est sali d'une définition galvaudée !

Ah, non ! Là, je ne suis pas d'accord. Ce n'était pas prémédité ! La putain m'a racolé en me touchant les testicules ! J'ai essayé de la corriger à la mesure du préjudice subi ! Je ne suis pas une bête ! Je laisse ce loisir aux animaux, qu'ils copulent tant qu'ils veulent !

La juge lève enfin l'audience, sans même me considérer. Toutefois, je me laisserais bien tenter par une petite provocation, mais non… Après une sortie agitée, je retrouve ma cellule.

TRUNCATA X

Le verrou cliquette. Mon compagnon de cellule se retourne, les yeux brillants, signe d'un fait important à m'annoncer, et le plus souvent sans intérêt.

— J'ai du mal à tenir ta correspondance ! me dit-il sans s'enquérir, étrangement, de mon audience.

— Pourquoi ça ?

— Tu reçois trop de lettres ! Rien qu'aujourd'hui, tu en as dix. Hier onze, avant-hier six !

— Ah oui ? Et qui m'écrit aussi abondamment ?

— Des personnes qui t'encouragent, qui comprennent ce que tu as fait et qui légitiment tes actes. Mais surtout des femmes ! Surtout des femmes !

— Et que me veulent ces femmes ?

— D'abord, beaucoup proposent de te rendre visite, de t'envoyer de l'argent. Certaines lettres sont carrément pornographiques. Deux d'entre elles sont des demandes en mariage !

— Tout de même ! Et après on veut m'envoyer en HP ?

Alors qu'il y a pléthore de dérangés en liberté ! C'est navrant ! Que signifie cet engouement pour moi ?

— J'en discutais avec des matons tout à l'heure et c'est monnaie courante dès qu'un détenu est médiatisé.

— Eh bien, profites-en pour te faire envoyer de l'argent !

— On partagera !

— Non, il est hors de question que j'utilise le pécule de ces pauvres gens.

La conversation se poursuit, mais je ne réponds plus que par des hochements de tête, voire de légères vibrations de mes cordes vocales. Mon camarade parle souvent dans le vent, mais cela ne semble pas le déranger.

Je me couche sur le lit et regarde le plafond, espérant qu'il me transporte au jour suivant.

Mon avocat a pensé à m'acheter un exemplaire de *La Philosophie dans le boudoir* ! Le grand homme !

— Combien vous dois-je ? demandé-je.

— C'est cadeau !

Puis il enchaîne sur sa plaidoirie. Je réitère ma pratique carcérale : la pantomime de l'auditeur.

Je recherche les passages me semblant les plus importants. J'ai du mal, car ce n'est pas la même édition que celle que je possédais. Personne ne me regarde, pensant que je joue le criminel détaché en fixant le sol.

On me donnera la parole avant de délibérer. J'espère bien les perturber, ces jean-foutre !

Je suis prêt ! J'aurai une tribune, j'ouvrirai leur esprit, ainsi ne pourront-ils avoir qu'une décision favorable. Oui, je vais les séduire, ils deviendront mes disciples.

En attendant mon moment de gloire, c'est mon avocat qui se lance dans son plaidoyer. Le pauvre, il se démène. Il me fait de la peine. C'est un bon type…

Je n'ai pas le temps d'être attentif, je dois parfaire mon discours !

Le temps se déroule silencieusement, rien n'interfère dans ma concentration. Je suis esseulé au sein de mon génie.

Le moment est venu. La parole m'est donnée.

Je me lève, appuie mes paumes sur la rambarde, redresse le visage et contemple la plèbe.

Chaque pupille est braquée sur ma personne. Aucune bouche n'a l'affront de s'ouvrir, pas même pour expectorer une incoercible toux.

Je me racle la gorge avant d'émettre un son.

— Avant tout, ce que je m'apprête à dire ne doit être interrompu. Si vous êtes en désaccord, partez. Je commencerai par une question : l'hôpital psychiatrique dédommage-t-il la société des maux qu'un homme lui a infligés ? Je vous laisse la liberté d'y répondre après mon intervention.

» À présent, je vais vous rappeler une notion. Celle de la destruction. La destruction est une des lois fondamentales de la nature. De fait, nulle chose qui se détruit ne serait être considérée comme crime. Alors pourquoi outragez-vous un acte qui sert autant la nature ? Je m'explique : le meurtre n'est point une destruction. Celui qui le commet n'est autre qu'un adjuvant de la nature, puisqu'il lui fournit de la matière dont elle use aussitôt afin de composer de nouveaux êtres. C'est l'orgueil de l'espèce humaine qui érige le meurtre en crime. Il faut être sot pour blâmer une action qui n'est que mérite aux yeux de l'agente universelle.

» Orgueil, dis-je, de vous estimer première créature de l'univers. Orgueil de juger que toute lésion que subit votre divine espèce doit être un crime énorme. Croyez-vous que la nature périrait si vous, glorieux mammifères, veniez à être anéantis du globe ? La vérité est l'absolu contraire ! L'entière destruction de l'être humain rendrait à la nature ses facultés créatrices au lieu de les forcer, si ce n'est de les détruire !

» D'ailleurs, des chefs d'État ambitieux détruisent à leur aise et sans le moindre scrupule l'ensemble de leurs opposants, nuisant à leurs projets de grandeur. De même, des lois arbitraires assassinent depuis des siècles des millions d'individus. Et moi, faible et malheureux particulier, je ne peux pas en sacrifier un seul qui n'est qu'une nuisance pour notre civilisation ?

» L'homme qui commet un homicide est à la civilisation humaine ce que sont les catastrophes naturelles, les pandémies et la famine à la nature, c'est-à-dire une matière première de destruction, primordiale à son ouvrage. Le meurtre est-il un crime contre la société ? Qu'importe à cette société prolifératrice de perdre un membre… Ses mœurs, ses lois en seront-elles amenuisées ? Jamais la mort d'un individu n'influe sur la masse générale ! La nature entière ne se réjouirait-elle pas davantage de la destruction de la moitié du monde ? Le sot orgueil de l'homme concernant son indispensabilité sur Terre serait surpris de voir que rien ne varierait en son absence, que le cours des astres n'en serait pas même retardé, voire que la Terre poursuivrait sa rotation avec plus de quiétude.

» Sachez pourtant que je considère qu'il ne faut pas détruire l'homme conforme. Le problème est à prendre à la source ! Il faut annihiler la vie des êtres qui seront inutiles au monde. L'espèce humaine doit être épurée au berceau ! Ainsi, il n'y aurait plus besoin de meurtriers, de catastrophes, de maladies pour diminuer la population et le calvaire, l'agonie de la nature !

» Vous pouvez être offensé par mes paroles ! Cela est preuve flagrante de votre aliénation ! La justice, la morale ne sont que des relents de christianisme dont vous êtes endoctrinés malgré vous. Vous n'avez pas le pouvoir de me juger, car je suis bien au-dessus de votre sclérose cérébrale, de votre barème d'appréciation, bien que l'orgueil et l'aveuglement de la passion vengeresse vous donnent l'illusion du contraire. Vous me condamnerez avec des instruments inadaptés, votre sentence sera donc viciée et absolument contraire à vos beaux principes. Je demande à être incarcéré, à payer ma pseudo-dette, et non d'être limité, assommé de comprimés garantissant la tranquillité des professionnels de santé. Cette dernière sentence me semble être plus inhumaine, selon vos préceptes, que la peine capitale. Je n'ai plus rien à dire.

Je me rassois entre clameur et huées. Je suis à présent exténué. Je ne souhaiterais qu'une chose, retrouver le lit de ma cellule et ne plus en bouger. Évidemment, une personne ne peut digérer mon discours et se lance immédiatement dans sa réfutation.

— Les pires meurtriers de l'histoire croient toujours que leurs crimes sont justifiés, mérités… c'est l'argument, comme vous l'avez dit, des génocidaires. Mais rien ne justifie un meurtre, monsieur Cazaux. Rien ! Hormis la sauvegarde de sa propre vie, ou de celle d'un innocent.

— Amen !

La présidente me regarde avec mépris et réduit au silence l'audience en la suspendant le temps de la délibération. Mon sort en est jeté.

Cet « Amen » est sorti de ma bouche sans que je le lui ordonne. Mon état est léthargique. L'avocat me parle. Pauvre homme, il se fatigue pour rien, l'impuissance inhibe mes sens. Je comprends vaguement que mon discours jouerait en ma défaveur, qu'il serait presque confirmation de ma pathologie, non ! Il prend conscience que toute conversation est inutile, alors il se retire certainement pour fumer une cigarette à l'extérieur.

La clarté artificielle a envahi le tribunal, la blancheur, symbolisant la pureté, n'est plus qu'un vil avatar de pisse sous les affres de la nuit. Mon lit… condamnez-moi à ce que vous voulez, mais ramenez-moi à mon lit !

— Monsieur Cazaux, le verdict est imminent, réinvestissons nos sièges et soyons confiants.

— Déjà ? soufflé-je.

— C'est vrai que les jurés ont été relativement rapides. Cela ne doit pas faire plus de deux heures que nous patientons.

Deux heures ? S'il le dit. La salle est à nouveau silencieuse. Les regards sont portés sur moi. Ma mère oscille la tête afin d'attirer mon attention, mais mes yeux se posent sur sa main droite, sur ses doigts croisés. Les vitres donnent l'impression d'être fumées et exhalent les ténèbres… la vérité du monde.

La présidente se racle la gorge, puis se tourne vers moi. Ses traits sont tirés. La cause de sa fatigue n'est autre que moi. J'en suis foutrement fier ! Elle articule. Ses lèvres articulent. Ses pupilles vont de droite à gauche. Ses mains sont jointes. La plèbe s'enflamme. Certains exhibent un large sourire, d'autres cachent leur bouche par le biais d'une main. Mon avocat se laisse tomber sur son siège et jette son stylo sur la table, alourdie d'un conséquent dossier.

— Quoi ?

— Monsieur Cazaux, la cour vous déclare irresponsable de vos actes.

IRRESPONSABLE. IRRESPONSABLE. IRRESPONSABLE. IRRESPONSABLE.

Je ferme les yeux. Je me déchaîne et frappe tout ce qui m'entoure, je saute par-dessus la rambarde du box, j'accours vers la juge, m'accroche à son cou et la fait choir sur le carrelage. Je sors mon poignard. Je pourfends son corps avec vigueur. Un halo de sang progresse autour de sa dépouille encore animée. J'ouvre les yeux.

Je suis toujours dans mon box. Mon thorax ainsi que mon visage percutent violemment le sol. Un incommensurable poids empêche tout mouvement. La juge, toujours sur son trône, essaie de ramener l'ordre dans son tribunal. Un cri féminin me déchire les tympans. Les policiers me relèvent de force. Un goût de fer imprègne ma bouche.

— Calmez-vous, Cazaux ! Calmez-vous ! s'emporte l'avocat.

Une main me caresse le cuir chevelu, le temps d'une seconde.

— Écartez-vous, madame ! ordonne l'un des agents de police.

Je fais douloureusement volte-face et entraperçois ma mère… Son visage est contrit. Ses cheveux hirsutes. Ses yeux rougis et larmoyants. Son nez humide. Je croirais voir une folle. On me redresse sans ménagement.

Me voici à l'extérieur. L'air caresse mon visage. Des lumières bleues tournoient, dansent sur les marches du palais, sur les murs, la verdure environnante, mes pieds, mes jambes, torse, visage. C'est magnifique !

Ce bal lumineux est un simulacre de catastrophe, de chaos, d'insomnie éternelle, d'apaisement. Ce spectacle dure une seconde, mais acquiert une valeur d'infini au sein de mon esprit.

Puis on me précipite vers la camionnette. Je manque de chuter. Des bras me retiennent in extremis. On m'enferme, me cache de ma veste, l'obscurité… le gouffre… le désastre… C'est ainsi que tout commença. C'est ainsi que tout s'acheva.

TRUNCATA XI

Ce lieu est la désolation qui emplit mon esprit. On y respire un peu de malédictions. Tout devient boueux et pue. Les insectes fourmillants me harcèlent. Nul arbre, nulle fleur, nul fruit… Rien n'est arrivé jusqu'ici. Tout a crevé durant l'expédition. Il y a de ça des millénaires. Le ciel diaphane m'emmure vers l'infini. Le vide à perte de vue… sans nuages… sans aile… ce lieu n'a aucune existence. Ce lieu est mon esprit…

Le front contre la vitre. Je fixe l'extérieur. Un arbre. Il y a un léger brouillard. Un rai de soleil l'illumine. Sur une branche, un oiseau pépie et trépigne sur ses minuscules pattes. Ma bouche est pâteuse. Mes lèvres retiennent à leur commissure de l'écume. Au pied, un tapis de feuilles. Je voudrais m'y rouler dedans, faire voler ces cadavres végétaux, admirer leur lente tombée.

Derrière moi, un ballet de tarés à la démarche lymphatique. Parfois, ils crient, sinon ils parlent tout seuls. Deux comprimés le matin… deux à midi… quatre au coucher… Voici le carcan dans lequel est enfermé à perpétuité le restant de ma vie. Je ne lis plus, je ne peux plus. Je ne peux plus me concentrer sur les pages. Mon cerveau est devenu amorphe. Je suis idiot, ma régression est sans appel.

Comment avoir la prétention de se différencier des animaux quand on doit se plier à des besoins aussi primaires… *chaque heure qui passe nous blesse, la dernière nous tue*… son éducation sera-t-elle principalement cathodique et ne pourra-t-elle plus se séparer de cet objet culturellement vil, lui inculquant l'ensemble de la bassesse humaine… *ne viendra-t-il jamais à l'esprit d'une de ces innocentes salopes de se traîner pieds nus dans les siècles pour pardon de ce crime : nous avoir enfantés ?*… L'acquisition d'un patrimoine immobilier, la fondation d'un foyer constitué d'un ou plusieurs enfants voire d'un animal, une récente voiture, des loisirs conséquents à leur labeur. Et donc de « voyager » le plus possible en vue d'oublier la monotonie d'une quotidienneté pesante, au sein de club touristique suffisamment opaque à la misère ambiante… tarir ce désir sexuel trop aliénant… *la société n'est qu'une superstition entretenue afin de conditionner les individus à une vie grégaire*… la mort omniprésente auprès des vivants n'est rien, puisque l'existence est négation de la mort et la mort négation de l'existence… *l'inceste est caractéristique du chaos…*

Aujourd'hui, ils m'ont supprimé mon rasoir électrique. Je ne sais pas comment je vais me raser maintenant. Je vais être couvert de poils… je les gratte… ils m'ont supprimé mon rasoir parce que je n'ai plus de sourcils, plus de cheveux, plus de poils… ils m'ont supprimé mon rasoir…

Détruire suppose bâtir… la nuit s'assimile au sein des consciences collectives à la débauche, au crime, si ce n'est à la mort ! Ce préjugé est tout bonnement inepte… *l'homme abandonné à lui-même n'appréhende que l'infinité de la nature…* dans la rue tout s'affaiblit et se dégrade… *la solitude radicale de l'être décrit son existence, de la naissance à la mort, sur fond de néant…* le monde est sûr et ne l'a jamais autant été. C'est seulement notre sensibilité, notre absorption des inanités médiatiques et de fait notre faiblesse qui nous laissent croire le contraire… *la souffrance est intimement mêlée au plaisir…* je ne suis pas dupe non plus à propos de mon alimentation équilibrée, quasi inutile, dont les aliments ont été cultivés avec des engrais et autres pesticides. Non, ce n'est pas mauvais pour la santé ! Bien sûr, un produit éliminant des organismes vivants n'a aucune conséquence sur l'organisme humain… j'en ris ! Et puis une alimentation bourrée d'additifs en tout genre demeure moins nocive par rapport aux kilos de graisses et de sucres obstruant progressivement les artères de millions de porcs… *une existence absurde et douloureuse au sein d'un monde dépourvu de sens comme de justification…* c'est étonnant de constater que finalement nous sommes seulement de la viande. Un réseau d'organes desservant un organisme voué à l'immobilité, la froideur, la rigidité, la putrescence… *il est avéré désormais que le plus beau moyen de témoigner de l'amour à son prochain est bien de le manger…* de la complaisance, rien de plus que de la complaisance dans la médiocrité… *la solution est dans le suicide collectif, la non-procréation et la mort…* le couple n'est certainement pas une complémentarité, plutôt une phagocytose latente et la femme l'absolu contraire du sexe faible… *naître vieillard, moribond, plein de métastases, puis vivre à rebours, récupérer peu à peu la maturité, la jeunesse, pour finir quasiment inconscient comme un nouveau-né au bord d'une réabsorption utérine…* en plein simulacre d'utopie et de liberté… *la morale mène à l'abstraction et à l'injustice. Elle est mère du fanatisme et d'aveuglement…* ma non-participation à la pérennité du genre humain. Ma faible contribution à son extinction… *l'homme lucide refuse le monde tel qu'il est : je me révolte donc je suis…* je suis le sommet de la chaîne alimentaire… *rien n'étant vrai ou faux, bon ou mauvais, la règle sera de se montrer efficace, c'est-à-dire le plus fort…* je me contente d'exister en assumant les paradoxes, la déchirure que procurent le fini, concept humain, et l'infini, inconcevable, mais également le temps, et votre ecclésiastique éternité, mon être et votre vouloir, tout comme votre héritage religieux qu'est l'éthique et mon enivrant absolu… *vivre serait écœurant ; on ne pourrait ressentir que le dégoût de vivre…* nous devrions nous réjouir de chaque décès plutôt que de s'en attrister en songeant qu'il s'agit d'une minuscule contribution à la survie de l'humanité… *le philosophe lie l'ennui à l'incapacité où est la personne de dominer ses passions ; céder au désir entraîne le dégoût de soi…* c'est l'humain qui est inférieur à ce qu'il revendique être, il n'est que bassesse, que passion, que fantasme… *la fin de vie, ça ravigote…*

Mes doigts sont en sang, mais je les cache… ils le découvriront tôt ou tard… tôt ou tard… je me suis arraché les ongles… c'est une hérédité animale… et je ne suis pas un animal… je ne suis pas un animal…

Là où tu ne vaux rien, tu ne peux rien vouloir… le suicide est un acte capitaliste en adéquation avec notre société de grands jouisseurs… *les pieds sont sortis, déjà, du grand con de l'existence*… nous nous débiliterons et nous mettrons au monde une population d'autant plus dégénérée qu'elle nous mènera à notre fin… *l'ennui éloigne de ce qui est et suscite le désir de rien*… si je suis indifférent à l'homosexualité, ce n'est pas par altruisme ou ouverture d'esprit, mais uniquement parce que j'ai espoir que les homosexuels apportent une stérilité définitive… *je vis parce que les montagnes ne savent pas rire, ni les vers de terre chanter*… nous ne sommes rien de plus que de vulgaires bêtes domestiquées ne pouvant se passer d'un maître qui nous dicte notre comportement… *exister est un phénomène colossal, qui n'a aucun sens*… l'absurdité de la vie se réfute devant ce phénomène naturel… être naturellement combatif, agressif, intolérant et ne pouvoir se réclamer d'aucun dogme… je suis pire que l'extrême droite, il n'y a pas de races inférieures, mais la majorité des hommes ne vaut rien ! Je suis pire que l'extrême gauche, car je n'aspire pas à la mort d'une caste, mais à la fin de l'humanité… *pour vivre, pour seulement respirer, il nous faut faire un effort insensé de croire que le monde ou nos concepts renferment un fond de vérité*… je refuse de lire, entendre ou parler à ou avec un pratiquant puisque sa raison est forcément orientée, polluée par des historiettes invraisemblables, ce qui rend de ce fait tout échange stérile… *le despotisme éclairé : seul régime qui puisse séduire un esprit revenu de tout, incapable d'être complice des révolutions, puisqu'il ne l'est même pas de l'histoire*… je me suis focalisé sur la douleur, car il n'y a que cela de vrai… *c'est foutu depuis longtemps, depuis l'origine*… ces hommes se sont épris d'une alternative impossible au marasme ambiant et rien de plus, inutile de propager un insidieux autodafé, ce serait se priver d'écrivains majeurs… *je suis la négation de tout le reste, je suis le rien créateur, le rien dont je tire tout, rien n'est pour moi au-dessus de moi… quelque chose d'indéfini vous sépare de votre propre personne et vous rive au non-être*… la femme est une victime. Elle est victime et prisonnière de son éducation malgré les frêles soubresauts des plus hardies, des plus passionnées de son sexe… *l'immortalité de l'âme a été inventée par la peur de mourir ou par le regret des morts*…

Le plafond est blanc… les murs sont blancs… l'encadrement de la fenêtre est blanc… le lit est blanc… les draps sont blancs… mes pieds sont blancs… les lanières qui lient mes mains sont blanches…

***

Sur un tapis de ses semblables, une feuille rouillée s'ébroue puis entame son ascension vers les cieux. Dans un simulacre de danse, de ballottement divin, elle se pose sur une branche invincible et s'y attache. Immédiatement, sa fragile tige recouvre sa vigueur d'antan, d'une autre vie. Sans différer, sa couleur vire de l'orangé au jaune, pour se stabiliser un certain temps en auguste vert. L'identité de la chère feuille est usurpée au sein d'un uniforme feuillage. Luxuriant rempart aux puissants rayons estivaux, se jouant de l'étouffante fournaise, il prodigue une rédemptrice fraîcheur. Progressivement, la frondaison perd en superbe, se raréfie, le bouclier devient passoire par laquelle le soleil en profite pour réchauffer cet éther encore agréable. Soudain, la feuille perd de son intégrité pour se flétrir peu à peu en un anodin cocon. Une légère couverture de glace inhibe son repliement qui, grâce à la fortune, ne lui est nullement létal. Graduellement, le bourgeon se niche à l'intérieur de l'écorce nourricière, maternelle. Enfin, il disparaît, désertant une branche nue, rugueuse et frêle.

C'est ainsi que tout s'acheva.

C'est ainsi que tout commença.

FIN

Remerciements

Tout d'abord, Anaïs W. sans qui ce projet n'aurait pas été possible. 2LI pour ses précieuses corrections. Melvin pour sa magnifique couverture. Marielle, la première lectrice de ce qui s'intitulait « Prédateur », il y a fort longtemps. Sonia pour ses premières lectures et retours. Mmes Bernadet, Lesgourgues, Gourdon et Mr Diop pour leur pédagogie passionnée. Romain pour les précisions précieuses concernant le métier de Vincent, Régis pour l'aspect psychologique (tant pour le personnage que pour l'auteur), François pour le Droit (et les bons petits plats) et évidemment leurs soutiens inconditionnels. Fanny pour la force, la relecture, la patience et le soutien. Guillaume et Lucie, Jérémy et Marion, Pierrick et Maria, Yannick, Ingrid, Anna, Chrystelle pour leur bienveillance. Chloé Saffy pour sa confiance. Loulou1510, linesfullofliies, David Korvus, Pat747, Orezza D'Antes, Eurydictine, Saahthegrey, Mayou82 et Dreamcatcher1sv pour leur gentillesse et leur générosité. Et forcément, Stéphanie pour sa présence quotidienne.

Allons plus loin ensemble

Et si vous laissiez une petite trace de votre lecture ?
Comme moi, de nombreux lecteurs aiment lire les commentaires pour se faire une idée sur un livre avant de se lancer.

Vous pouvez laisser un commentaire sur différents sites, comme Amazon, La Fnac ou Cultura... et ainsi permettre à d'autres personnes d'être inspirées par ce roman.

Je vous remercie infiniment !

Vous et moi :

Si vous souhaitez suivre mon actualité ou me contacter
par email, voici quelques infos :

Site internet : fabricecausape.fr
Facebook : @FabriceCausapeAuteur
Instagram : @Fabrice_Causape
Email : contact@fabricecausape.fr

Je suis proche de mes lecteurs, alors n'hésitez pas à m'écrire !

Au plaisir de vous lire !

À propos de Fabrice Causapé

Né en septembre 1983 à Aire-sur-l'Adour (40), Fabrice Causapé est un auteur français. Sa passion pour l'écriture lui est venue à l'adolescence pour s'évader et assouvir sa curiosité.

Fabrice a suivi différents cursus scolaires : mécanique, tertiaire et littéraire. Il a exercé toutes sortes d'emplois avant de faire carrière dans le funéraire.

Fabrice espère avoir le privilège de se consacrer à temps plein à sa passion.

Son objectif est sincère : faire connaître ses romans pour aider ses lecteurs à mieux appréhender le monde.